老营房手记

孟宪实 著

凤凰枝文丛 / 孟彦弘 朱玉麒 主编

凤凰出版社

图书在版编目（CIP）数据

老营房手记 / 孟宪实著. -- 南京 : 凤凰出版社, 2020.6
（凤凰枝文丛 / 孟彦弘, 朱玉麒主编）
ISBN 978-7-5506-3190-8

Ⅰ. ①老… Ⅱ. ①孟… Ⅲ. ①随笔－作品集－中国－当代 Ⅳ. ①I267.1

中国版本图书馆CIP数据核字(2020)第070974号

书　　名	老营房手记
著　　者	孟宪实
责任编辑	韩凤冉
书籍设计	徐　慧
出版发行	凤凰出版社(原江苏古籍出版社) 发行部电话025-83223462
出版社地址	南京市中央路165号,邮编:210009
出版社网址	http://www.fhcbs.com
照　　排	凤凰零距离数字印前中心
印　　刷	苏州市越洋印刷有限公司 苏州市吴中区南官渡路20号　邮编:215104
开　　本	880毫米×1230毫米　1/32
印　　张	10.125
字　　数	189千字
版　　次	2020年6月第1版　2020年6月第1次印刷
标准书号	ISBN 978-7-5506-3190-8
定　　价	68.00元

孟宪实

黑龙江讷河人，历史学博士，现任中国人民大学历史学院教授。主要从事隋唐史、敦煌吐鲁番学教学研究工作。著有《汉唐文化与高昌历史》《敦煌民间结社研究》《出土文献与中古史研究》。

弁 言

“凤凰台上凤凰游”，是李白《登金陵凤凰台》之诗句，昔年我江苏古籍出版社立足南京、弘扬文史，而更名所由也。

“碧梧栖老凤凰枝”，是杜甫《秋兴八首》所吟咏，今日我凤凰出版社为学林添设新枝，而命名所自也。

30 多年来，凤凰出版社围绕中华传统优秀文化，彰显传承文明、传播文化、服务大众、贡献学术的出版理念，坚持以整理出版中国文、史、哲古籍及其研究著作为主的专业化方向，蒙学界旧雨新知之厚爱、扶持，渐已长成“碧梧”，招引了学界“凤凰”翩然来栖。箫韶九成，凤翥凰翔！嘤其鸣矣，求其友声！

“凤凰枝文丛”是本社与学界同人共同打造之文史园地，除学术研究论文外，举凡学人往事、经典品评、学术札记之文化随笔，旧学新知，无所不包。是作者出诸性情而诗意栖息之地，读者信手撷取而涵泳徜徉之处。

“凤凰鸣矣，于彼高冈。梧桐生矣，于彼朝阳。”

愿“凤凰枝文丛”成为我们共同的文化家园。

2019.5.22

自序

我家门前的马路叫老营房路。

跟老营房路交叉的叫蓝靛厂路。从我家到中国人民大学上班，通常要走火器营桥。这些都是清朝留下来的地名，如果看不见新建的高楼大厦，就如同生活在清朝的环境里。历史变了，仅留下地名，有关历史的其他事，没有去考证，只能靠联想。老营房路，一定因老营房得名。曾经有几排老房子，住过一些老兵。他们可能就是身背“勇”字的清朝大兵。蓝靛厂，给皇家工作，专门从事印染，应该常有一些马车，在这里来来往往。

不远处设立了火器营，专门使用火枪、火炮。这就有了近代味道，所有的目光都看着火器营。老营房里的老兵，被时代忘记了。他们渐渐老去，或者离开。营房也没人住了，杂草丛生，野狗乱窜。最后，房倒屋塌。只剩下地名，绊住了一点过往云烟。

住在老营房里的人，理所当然把自己想象成老兵。作为一名老兵，不能冲锋陷阵，甚至无力打扫战场，只能反复整理思绪。再想想，不要忘了重要的事。呆呆地立在院子里，望着远去的云。曾经的战友，曾经的故事，都是云。它们去了哪里？变成了什么？云被风撕碎，化作时间的碎片，最后都无影无踪。

算起来，在历史学这个行当，我真的是老兵了。四十年，人生能有几个？1979年，进大学听历史课，想象历史的事，拾起一些历史的风雨片段，看了又看。后来自己也讲历史课，引导别人去收拾历史旧山河。用云一样的证据，复原历史的真实现场，连自己也看不见，但挡不住深信不疑。历史学这碗饭，竟然一口气吃了四十年。

历史学就是一座老营房。

像我这样的历史老兵有很多。我们都是历史的过客，如一片云，慢慢被时间的风撕碎。好在，我们有老营房。我们飘进大门，在老营房的深处消失不见。终究会变成了老营房角落的一丝暗影，我们这些老兵。

这里，集合了一名老兵的手记。

在自己化成历史之前，老兵曾经打扫过老营房。

老营房就在前面，绕过这片雾区，前面都叫老营房。

2019年6月18日北京老营房路

目录

【书评】

【讲座】

【访谈】

致敬先生

冯其庸先生的大国学

如何评价冯其庸先生的学术，这是一个难题。冯先生是书法家，他的书法被认为是远宗二王。他是画家，有一次研讨会，听见专家评论冯其庸与饶宗颐的画，认为冯先生多年大西北旅行，如何扩大了意境。冯先生是汉画像砖的研究者，是中国汉画像研究会的首任会长，这要称艺术史专家吧。他也是中国戏剧学会的副会长，他的剧评甚为戏剧大家所重视，袁世海因而成为冯先生的至交，还曾请冯先生亲临剧场讲解历史背景与剧情设计。他也研究古代戏剧，《〈精忠旗〉笺证稿》就是冯先生在这个领域的研究成果。这是否可以强化艺术史专家的称号？冯先生是摄影家，出版过大型摄影集《瀚海劫尘》，专家予以佳评。冯先生在人民大学讲授古代文学课程，出版过《历代散文选》和《中国文学史》，对于《三国演义》和《水浒传》等都有专门研究，他研究北宋词风，深得夏承焘先生赞同。这可称作文学史专家吧。当然，对于《红楼梦》，冯先生在版本、作者家世等多方面都有研究，所以红学家的身份最为世人所知。但红学，显然概括不了冯先生的学术人生。

到底应该怎样概括冯先生的学术？2005 年，冯其庸先生出任中国人民大学国学院首任院长，而冯先生的学术研究，用任何现代学科概括都有困难，或许只有“国学”这个概括冯先生的学术人生最合适。在如今中国的学术范围之内，因为分科详细，与中国传统文化相关的，凡有成绩者都可以誉为国学家。但是，研究范围若只限于中国历史，称作历史学家更合适，称国学家不免有夸大之嫌。冯其庸先生在国学的多个领域都有研究，著书立说，培养后进，称国学大家，当之无愧。

用国学可以点题冯先生的学术人生，用国学也能理解冯先生的学术人生。众所周知，国学概念是近代国运背景下为应对西学而产生的，国学因此成为国运的一个影子。艰难困苦，曲折沉痛，国运与国学的背景，就这样映照着冯其庸先生的一生。2005 年，冯先生早已离休，谁也没有想到，中国人民大学隆重迎请冯先生出任国学院首任院长之职。国学再次造就了冯先生人生的又一个辉煌。

一、早年求学

1924年，冯其庸先生出生在江苏无锡前洲镇一个贫苦农民的家里。这一年的中国北方，冯玉祥发动北京事变，把末代皇帝赶出故宫。南方，国民党与共产党正式合作。饱经磨难的中国，继续努力挣扎。那是一个苦难岁月，贫穷和饥饿是中国流行的最强风。如今，年过九十的冯先生，每每说起母亲因为无米下锅在厨房暗自抹泪的情景，都难以抑制地哽咽片刻。客厅里，高挂着刘海粟先生题写的匾额“瓜饭楼”，那是冯先生为自己书斋的命名，为的是不忘早年以瓜当饭的饥饿岁月。2012年，青岛出版社出版的冯先生著作集共33巨册，总题目就叫《瓜饭楼丛稿》。早年的苦难，为冯先生提供了巨大的人生动力，这是显而易见的。

贫穷是苦难，因为上学要交学费，贫穷之家费尽周折，借钱还债，是家里最纠结的焦点。幼小的冯其庸，看见家里的状况，曾经要求停学，但上学才有未来，家长不同意。冯其庸就努力帮家里劳动，田里的事，没有他不熟悉的。他常说，自己是农民出身，诗意一点，就说这是“稻香世家”。抗战时期，无锡是汪精卫的统治区，日本侵略军是实际的主人。少年冯其庸，也经历过死亡的威胁和失去亲人之痛。他的一个姑妈，为了保护女儿，与日本人拼命，最后被日本人乱刀砍死。他的三舅，被日本人吊在树上鞭打致死。冯先生与母亲听到消息赶来，刚刚把人放下来，听说鬼子又回来了，赶紧躲藏。他被母亲藏在草垛里，听见外面鬼子的说话声，接着就是刺刀向草垛里刺，一次又一次。听上去鬼子走了，可是很快又回来了，依旧刺刀直刺。直到天黑了，母亲来叫，他才从草垛里爬出来。这事就是听听，也能感受到恐惧。这种逃鬼子的事太多了，冯先生已经记不起具体的次数，但亡国奴的滋味，牢牢地刻在心里。

因为家贫，读书变得艰难，也变得奢侈。如果别人把读书当作义务，冯其庸则把读书当成享受。书给冯其庸打开了另外一扇门，一个完全不同的世界在他的眼前逐渐打开。白天下地干活，晚上挑灯夜读。在大人看来，更该休息，在冯其庸看来，这是更好的休息。读书读得兴奋，看看外面的夜色，月光透过桂花树照到屋内，书香与花香散漫交织，渐渐体会到了读书的意境。冯先生到晚年，还能背得许多篇章，他说都是少年时书少，得到一本就如获至宝，拼命多读，于是成诵。想想，这反而是家贫无书的好处了。小学之后，冯先生手里长期只有一部《三国演义》，于是一读再读，最先读的是故事，然后读诗词，最后连毛宗岗的评点也仔细读了。不期然，暗合了苏轼的读书法，于是连如何写作、如何作诗也有了很大提高。不仅如此，从此以后就更重视评点的阅读，读到金圣叹评点《水浒传》之后，感觉精美，于是再去求借金圣叹评点的《西厢记》。

接下去再读《古诗源》和《唐诗三百首》的时候，背诵和摹写已经颇具功夫了。

冯先生早年读书，正是中国黑暗至极的时刻，而中国文化也在经历着最沉重的打击。1935 年 1 月，何炳松等十位先生在《文化建设》杂志上发表《中国本位的文化建设宣言》，认为作为文化的中国已经消失，今后应该努力建设以中国为本位的文化。这相当于中国文化危机宣言书，基本的事实认定也大略不错。然而，从冯先生的经历看，幸亏中国幅员辽阔，各地文化差异很大，冯先生的国学修养，不能不归功于江南之地传统文化的丰富存留。冯先生总是说当年书少，读不够，他读《论语》《孟子》《史记菁华录》和《三藏法师传》都是小学之后，初中之前。有一次，他二哥帮他一次性从苏州买来史震林的《西青散记》、张岱的《陶庵梦忆》《西湖梦寻》《琅嬛文集》，还有叶绍袁、叶小鸾、沈宜修等人的作品。有一个朋友，家里富有图书但不爱读，随手送冯先生两册，一部王士禛的《古诗笺》，一部袁昶的《安般簃诗续抄》。说实话，今天的中文系大学生的阅读书目，也未必有这么多，但冯先生当年还是一名小学毕业生。我们不得不承认，江南的国学氛围之浓厚，在当时的中国，绝对是一流的。冯先生虽然经济贫困，但文化环境是富饶的。追问冯先生的国学修为，早年这个经历是不能忽略的。

冯先生的戏剧爱好和修养，也离不开乡土的气息。秋天的时候，无锡各地都保存着社戏的传统，每当西瓜成熟的时候，各地的社戏也正式开锣，有的地方大戏二天，有的三天，甚至还有一种“双台”方式，两出戏同时上演，观众同时为两个演出喝彩。京剧是这时的主角，演员不是名角，但都是名戏。这是乡村生活的一个高潮，也为冯先生的戏剧爱好和后来的研究打下了最初的基础。冯先生到了 17 岁才算上了初中，是一个半工半读的“青城中学”，学校就位于前洲镇。这抗战的艰苦时期，各行各业都很艰难。一个以演昆剧著称的苏昆剧团，也十分潦倒。为了生存，他们来到前洲镇，仅仅是挣口饭吃，因为有位乡绅愿意保证最基本的演出费用。冯先生这些学生，不用买票就可以入场听戏，这成了他们的节日。这个剧团在前洲镇演出了很长时间，后来冯先生与这些演员都非常熟悉，如王传淞、周传瑛、张娴等日后都成了昆曲名角，冯先生则与他们保持了终生的友谊。这个经历对于冯先生后来研究戏剧，显然具有重要意义。

冯先生的书画爱好和最初的训练，也要从早年经历说起。1942 年，冯先生考入省立无锡工业专科学校，因为对纺织印染专业没有兴趣，所以把精力全部投入到语文课和图画课之中，乐此不疲。此前，冯先生已经有了一定的书画临摹经验，现在又有老师指导，进步飞快。一本《芥子园画谱》，不知道被他临摹多少遍，后来几乎见到好画，就要临摹。头脑里，不是花鸟就是书法字体。有一次他与朋友在公园，忽然偶遇大画家诸健秋。他看了冯先生的扇面，决定让冯先生作为自己的不拜师弟子。从此，冯先生常常入室观先生作画，或听先生分析各家作品的得失。诸健秋的一句话让冯先生受用终生，对于书画学习，“看就是学”。

这个时期，也是冯先生痴迷诗词创作的阶段。恰好，冯先生的语文老师张潮象和诸健秋领导着一个诗社，叫作“湖山诗社”，张先生便邀请他参加进来。冯先生的入社诗是写东林书院的，很能表达年轻学子的爱国之心：“东林剩有草纵横，海内何人续旧盟。今日湖山重结社，振兴绝学仗先生。”以前是摸索着写诗，如今有了诗友的琢磨切磋，不仅诗才得以发挥，诗艺也获得提高。此时的中国，正是灾难深重，但在无锡这个小小的角落，因缘地方传统文化的浓郁氛围，冯先生的国学基础，正在逐渐牢固。

1943 年夏天，还是因为学费，冯先生再次失学。先是回乡务农，后来以教书为业。但读书写作，已经成为冯先生的日常功课，是他每天的精神愉悦。他的国学素养，就是在这样艰难的环境中，饥一顿饱一顿地持续修炼着。2012 年，为了鼓励后人，无锡前洲镇修建了冯其庸学术馆，表彰他的学术成就。

二、大学时代

1945年，冯其庸先生的人生跟着中国，进入一个新时期。抗战胜利了，日本投降了，一切都该恢复正轨了。这一年的下半年，冯先生一边在一所孤儿院小学教书，一边在刚刚复校的苏州美术专科学校读书，但这个过程不到两个月，冯先生再次失学，因为美专搬到苏州去了，冯先生没有学费跟到苏州。贫穷让他失去了一个当职业画家的机会，但却让他迎来了更专业更系统的无锡国专的国学教育。

1946年初，冯先生入学无锡国专。

此前的国学训练，对于进入无锡国专的冯其庸先生而言，仅仅是打下一定基础而已，而无锡国专的训练，不仅称得上是学术性的，而且是中国顶级的。民国时期的国学教育，就大学阶段而言，因为缺乏整体设计，从而让各个学校皆因拥有自主性而各具特色。以清华大学研究院的国学门而言，从1925年到1929年，仅仅坚持了四年，而国学门还不如四大导师名声更响亮。无锡国专，从1920年开始筹办，转年正式招生，一直坚持到1949年，在西风劲吹的民国时期，无锡国专在中国传统学术的教育上，几乎是一枝独秀。

无锡国专的国学教育，最强调经典教育，即使接受教育部的建议后，依然是通识课与经典课并重。比如，《国学概论》《文字学》《文学史》《中国文化史》《版本目录学》《中国哲学史》《哲学概论》《西洋文学史》《中国散文选》《中国韵文选》《音韵学》等，都是通识课，而《论语》《孟子》《文史通义》《荀子》《王荆公文》《毛诗》《左传》《史记》《礼记》《史通》《老子》《昭明文选》《韩昌黎文》钟嵘《诗品》《吕氏春秋》《韩非子》《尚书》《周易》《尔雅》《汉书》《墨子》《孙子》《楚辞》等都是选修课。此外还有专题学术讲座。

冯先生至今清晰地记得朱东润先生开设的《史记》课和《杜甫》专题，朱先生会朗诵，声情并茂，引人入胜，然后备引诸家观点，再仔细对比评论，然后得出自己结论。正确的学问方法，很自然引导学生登堂入室。老师们的学问高度，让冯先生领略到了学问的魅力。冯振心先生开设的《说文解字》课，让冯先生看到了学问的深奥，看到老学者的深厚与精良，一种学者人生极具魅力地展现出来。如今，关于每个老师的绝活，冯先生仍然能够一一道来，语气中透露出感佩和幸福。有一次钱穆来国专讲学，告诉学子要从大处着眼，称作“我见其大”，让冯先生特感震撼。冯先生一生都与无锡国专的老师保持着密切的来往，如王蘧常、钱仲联、夏承焘、饶宗颐等。

在中国现代教育史上，无锡国专拥有特殊的地位。现在，不仅有学术论文研究无锡国专，甚至硕士学位论文也有多篇研究无锡国专。无锡国专教育的成功，证明了中国书院传统与近代西学结合的成功，研究者通常称之为转型的成功。国专原本一律以经典设课，1927 年为了应对教育部的立案转制，即赢得合法办学资格，增加多门必修通识课，才形成了上文的课程体系。而国专的特色课程，仍然是那些以经典书籍为题的选修课。国专主张扎实学风，反对空谈主义，从校长唐文治先生开始，就很少参与社会争论。对此，主张西化的人士并不满意，但因为国专培养的人才赢得了社会的信心，人们也在国专的实际行动中，看到文化保存的可行性。1931 年，国联教育考察团的洋专家到达国专，给予国专教育高度评价，盛赞国专保存文化的可贵精神。这对于国专的坚持十分重要。有资料显示，无锡国专的学生主要来自苏浙，无锡国专的国学坚持，具有某种地域文化的色彩。在为刘桂秋《无锡国专编年事辑》作序时，冯先生总结国专对自己的影响，深情地写到“生我者父母，长我者母校也”。

不可认为无锡国专是培养书呆子的学校。冯先生在国专时期，最重要的思想升华是国家观念的成长，开始参与学生活动，被地下党组织认定为进步青年。想想冯先生的苦出身，政治上的这种选择具有必然性。他去观看田汉的戏剧排练，积极参加国风诗社活动，调查古迹书写报导，而参加学生活动，抗议当局，是他国专时代重要内容之一，当然国专学运其实是全国学运的一部分。唐文治校长反对空谈，但积极支持学生，在老一代学人之中，确实开明，也深获学生的爱戴。1848年12月，吴先生从无锡国专毕业，此时的无锡与冯先生一样，最重大的计划是迎接解放。

三、学术生涯

1949年，作为中学教师的冯先生被地下党派去迎接解放军渡江，然后参军。本来计划继续南下，结果为了巩固解放区，党组织要他留下，于是冯先生在无锡女中担任教师，一直到1954年，他被调到中国人民大学。中国人民大学来自延安，老革命特别多。冯先生说，在人大，连看大门的都是老红军出身的高干。一个江南才子，就在这里，投入火热的新生活。解放后所有的成绩，都从这里起步，所有的磨难，都在这里发生。1986年，冯先生的工作关系正式调离人大，但他始终满怀着一颗人大之心。

在所有的运动冲击过后，冯先生留下了累累硕果。《瓜饭楼丛稿》分作三个部分，《冯其庸文集》共十六卷，《冯其庸辑校集》共七卷，《冯其庸评批集》共十卷，丛稿共三十三卷。另外，还有《瓜饭楼外集》十五卷已经提交商务印书馆。创造力，只有在特别努力的人身上，才能显现出来。

其实，冯先生的学术创作，文学一直是他的主攻方向，然而早年打下的国学基础，尤其对于传统文化继承发扬，文学的范畴显得似乎过于狭窄。尤其是他的许多国学之思，在后来的新学科中，无处投放。在别人看来，冯先生的学术范围很宽广，但在他自己说来，依然是空间有限。直到2005年，中国人民大学决定成立国学院，决定从本科开始培养国学人才，人大校长纪宝成教授亲自登门，盛情邀请已经离休十年的冯先生出山。冯先生一生的国学积累，终于找到了安身之所，八十多岁的老人，忽然再次焕发出了国学青春。

作为首任院长，冯其庸先生为人大国学院设计了最基本的规范。国学院的课程体系来自冯先生的建议，在此之前，学校多次邀请专家研讨，一直莫衷一是。原因很简单，专家自己就没有受过国学教育，完全没有经验。现在看冯先生的课程设置，其实就是无锡国专体系的活用而已。看看上文的课程名单，差不多都在国学院的课程之中。2008年，国学院成立三周年之际，冯先生在《光明日报》发表《大国学就是新国学》，为国学院的理念证明，说明冯先生的国学理念是与时俱进的，深得当年无锡国专的精神。冯先生当初倡导三个办学特色，至今都在国学院施行：一是导师制，加强师生的联系；二是游学制，读万卷书行万里路，培养扎实学风；三是办国学论坛，领略大师风采，博采众家之长。

冯先生的国学情怀，终于在人大国学院找到了托付，对于国学未来，冯先生充满信心。人民大学每月给冯先生发放一定数额的津贴，在冯先生三年期满离职之后，悉数还给国学院，为学生设立奖学金，自己分文未取。他把自己一部分重要图书，捐献给国学院，希望同学认真研究国学，发扬中国的优秀传统。在冯先生看来，一个人的学术成绩永远是有限的，教育的希望才是无限的，孔子说，后生可畏，那就是国学的希望，中国文化的希望。这是学者的情怀，也是教育家特有的情怀。

《光明日报》2017年1月4日第16版“光明学人”栏目

冯其庸先生与新国学

冯其庸先生以治红学著称于世，因为在《红楼梦》的版本、曹雪芹的家世等研究领域的诸多创获，加之领导一个红学小组注释《红楼梦》，创刊《红楼梦学刊》，创办红学研究所和中国红学研究会等，先生在红学界的泰斗地位，很自然举世无争。但是，谁能想到，早年的一个梦想，却让冯先生这位江南才子到了晚年却与西域发生了不解之缘。而以西域为开端，冯先生的晚年，也如西域高山、大漠一样，进入一个更加辽阔而壮丽的境界。

一、西域

冯先生自己说，初读玄奘的故事，是在小学失学之后的那几年，如饥似渴，见书就读。当时的冯先生，应该只有十几岁。不知从哪里寻来了一部线装的《大慈恩寺三藏

冯先生在自家庭院

法师传》，一读入心，再也没有放下。从那时起，冯先生就生发一种梦想，想追随玄奘的脚步去西域冒险。冯先生一直以为，玄奘体现了一个中国人对于真理的忘我追求。但是，冯先生第一次成行西域已是 1986 年了，距他最初的希望，竟然过了半个世纪。冯先生在焉耆拍摄的一张开都河照片，名之为“玄奘渡口”，童年时期开始的萌动，终于结成了一片看得见的影像。

从此，冯先生展开了他的玄奘之旅。按照《大唐西域记》和《大唐三藏法师传》的记载，冯先生每次前往西域，都是沿着玄奘当年的路线行进。1995 年暑假，我有幸第一次参加冯先生的西游壮举。2005 年，再次追随冯先生走进新疆，穿越罗布泊，走访古楼兰。一路上，有机会坐在先生身边，一边领略车外的壮丽风光，一边聆听冯先生的壮丽人生。最没有想到的是，冯先生对于西域的多方面学术思考。古代中国，每当盛世，中国都会倾力经营西域，西域成为中国发展的必定方向，西域不仅是中国吸收世界智慧的渠道，也是贡献世界、展示中国的通途。虽然，今日世界的交通方式已经天翻地覆，但是西向发展一定会成为未来中国发展的重要选项。后来，中央果然有西部大开发的重大决定，学人的思考与国家的建设不期而遇，让我辈后学大开眼界。

冯先生西域旅行，前后十多次。冯先生是书画家，他也喜欢摄影，西域之行，冯先生用他的照相机也捕捉了很多珍贵画面。这些画面，主要有文物古迹、自然风光和风土人情。冯先生抓拍了很多维吾尔族的老人镜头，白须飘然、目光深邃、神情泰然，让人产生由衷的敬意。冯先生认为，西域与中亚相接，欧亚大陆的中心地带，也会成为世界竞争的中心地带，作为中亚的近邻，中国未来在中亚问题上的发言权取决于中国的实力和西部开发。西域是中国多民族居住地区，不仅历史文化丰富，而且会对中国的未来产生重大影响。学术独立，是追求学术思考的独立性，但学术独立并不意味着永远躲进象牙塔，脱离社会、脱离时代。学术的目标应该远大，为未来着想，从学术这个特殊的渠道回报社会。西域的学问，复杂性强，场面宏大，所以必须养成大胸怀。中国自古多民族，未来走向必然是各民族的共同发展，共同繁荣，否则是有问题的。既然研究传统文化，也一样要存有这样的心思，中华民族共同的遗产，要为各民族共同发展服务。狭隘的民族主义有着多种多样的存在方式，但无一不是危险的。

车外的风景可能会保持几个小时一模一样，新疆的戈壁展现了自然之大气。每当这个时候，冯先生讲述的江南风光就会在头脑中反映出来，形成强烈的对比。冯先生作为江南文人，竟然会一往情深于西域的戈壁大漠，在他内心的深处，这种对比一定会更为强烈。冯先生讲得最多的是无锡国专的往事，如何在拥挤的人群中聆听钱穆先生讲中国历史，冯先生提及多次，而我感觉冯先生真的如钱穆先生主张的那样，对中国的历史保持着一种绵延不绝的温情。冯先生讲无锡国专的校长唐文治先生，说唐校长虽为经学大师，但从来是广招贤才，不拒任何学派，所以无锡国专大师云集，更没有成为经学院。治学必有长短，不能总用自己所长去评价天下，对于学校而言，各种人才云集，才能培养出更优异的学生来，毕竟学生才是学校的真正目标。我读书甚少，冯先生讲的许多学术前辈，如唐文治、王蘧常、顾起潜、冯振心、吴白匋、顾佛影、王佩琤、张世禄等，我都是闻所未闻，内心里十分惭愧。看见先生陶醉于无锡国专的往事，不免也一样心驰神往。我辈生也晚，虽然没有遭遇建国后那些人为的政治动荡，读书可以一心一意，但是可能无法再遇无锡国专那样的学术盛世了。民国时期的大学教育，无锡国专绝对独树一帜，虽然没有北大、清华那么广泛的影响，但就学术领域而言，无锡国专出身的学者多如冯先生一样，学艺兼修，一专多能。在当今的主流学术体制里，这样的故事，几乎再也没有机会重现了。

想到这一点，坐在冯先生身边的我，会有一种莫名的伤感。以冯先生的阅历与思考，如果能够有机会投入实践，这种学术思考就会扩展为社会财富，然而先生已经离休，不可能再有什么实践机会。这才是说不出来的伤感。据说陈寅恪的学术研究计划，需要二百年才能完成，然而最后的形势导致连他自己都没有办法全力以赴。

想一想，这类浪费，几乎是触目皆是，如果不能想得开，岂不是遍地烦恼。

得识西域学术之辽阔，得知冯先生的境界辽阔，于我已十分知足。或许有一天，我也可以因为知道冯先生的一些故事而受到学生多一份的尊敬。凡事都得如此，尽量向好的方面去想象吧。

二、国学院

但是，谁都不会想到，八十多岁的冯先生，忽然再次进入人生的另一个高峰，2005 年，于是成了一个值得纪念的年代。中国人民大学决定成立国学院，纪宝成校长亲自到冯先生家，盛情邀请冯先生出山，出任国学院首届院长。冯先生推辞不过，同意暂任两年，以便过渡。以冯先生的高龄，自然不能打理具体事务，但是先生的很多思考，却获得了一个宝贵的实践机会。

国学院的师资从文史哲三个学院选调。因为冯先生的推荐，我博士毕业之后即到人民大学落户工作。现在，冯先生希望我到国学院报到，我当然责无旁贷。常务副院长孙家洲和我一样，都来自历史学院，而副院长袁济喜和叶君远都来自文学院。叶老师是冯先生的高足，是文学院的党委书记，同时兼任国学院的副院长。为了保持与冯先生的联络畅通，孙老师给我加了一个头衔，叫作院长助理。

于是建院初期的很多事，我都有机会成为见证人。

成立国学院，是纪宝成校长直接推动的。后来听说，校长已经有了一段时间的酝酿，连续撰写文章呼吁国学建设，在舆论上先声夺人，并且引发了讨论与关注。在学校已经筹备国学院期间，召开过多次国学课程建设的讨论会，也开过国学学科论证、呼吁国学建设的正式会议。但是，作为国学院组织的建立，肯定是从确定冯先生为院长之后才正式开动起来的。

冯先生既然答应出任院长一职，没有任何应付差事的心理，立刻全力以赴投入工作。国学院新建，学校在资金方面的投入是可想而知的，但是冯先生认为还要依靠社会力量，争取多方面筹措资金。冯先生的努力很快见效，十月十六日开学典礼，第一笔二百万元的社会捐助及时到位，不仅使学院初建就具备了从容安稳的条件，也鼓舞了士气，壮大了声威，某种意义上也体现了国学的社会价值。国学院开办以来，获得多笔社会赞助，而冯先生引入的这第一笔最及时，最能引发人们对于国学的想象力。

国学虽然是中国文化的一种学术表述，但是国人对于国学的概念却十分陌生，而原因则是众所周知的。如何在教学、科研方面重振国学，学校下了大决心，决定国学院实行本硕连读学制，希望通过六年的时间，让国学院的同学把国学的基础夯实打牢。在此基础上，冯先生提出三点建议，希望国学院在学生的培养上能够卓有成效。第一，加强师生的密切联系，通过师生互动，让学生尽快踏上学问之路。无锡国专时期，师生联系紧密，任何老师都不能拒绝任何学生的请教。冯先生说，无锡国专的师生体制，其实是沿袭了古代书院传统。根据冯先生的建议，国学院实行导师制，在三年级的时候，就根据同学的专业选择和老师的考察确定导师与同学的关系。第二，读万卷书必须配合以行万里路，实地考察对于学问而言，不仅是增加一种新的学术证据，也能养成学生良好作风。冯先生特地书写“读万卷书行万里路”几个大字，如今还悬挂在国学院资料室中。根据冯先生的这个建议，国学院报请学校批准，国学院实行定期游学制度，六年期间两次游学，一次走东南路线，一次走西北路线。学校全力支持，至今此项制度都完成得很好，成为国学院走出校园办学的代表性活动。第三，让同学及时领略大师的学问。冯先生建议办“国学论坛”，不定期地邀请学界的一流学者来校办讲座，在同学了解学问的具体问题之外，还能感受到大师风采，正面引导学生的人生追求。如今，国学院举办了多年的“国学论坛”还在进行中，大师们的讲座随后也以《国学论坛》为题出版发行，以期延伸影响于社会。

根据冯先生建议而诞生的这些教育行动，多少都能看到无锡国专的一些影子。冯先生确实把无锡国专的经验有意识地加以总结归纳并付诸实践，从而成为人民大学国学院的诸多办学特色。其实，冯先生对国学院办学影响最大的是课程体系的设计。中国的人文教育存在问题，这是中国高教的共识，前些年，许多重点大学都采取了改革措施，力求改变文史哲分科过细带来的严重问题，于是一批“文史哲实验班”纷纷成立。但是，实践的结果，如今多无声无息了。虽然不会有人站出来宣布失败，但是大家都同意不成功。原因何在？人大要办国学院，即使赞成者也有忧虑，担心再走一遍文史哲实验班的老路。文史哲实验班的问题，在于课程体系没有创新，基本上是文史哲课程的叠加，学生上课压力大，甚至没有时间读书，这怎么会获得成功呢。为此，人大举办多次国学课程研讨会，邀请校内外专家出主意想办法。但是，所有专家都在强调本学科某些课程的不可缺失，你加一门课他加一门课，好像文史哲实验班的幽灵又出现了。一个最基本的问题在这一过程中发挥着根本性的作用，那就是现在的文史哲专家，即便是从思想上已经认同国学建设的价值，但在建设的具体方案中却不知如何着手，原因很简单，大家都没有具体经验。

冯先生并没有参加前几次的课程研讨会，问题和症结也全然不了解。2005 年 7 月 12 日，孙家洲、袁济喜、叶君远和我一同去看望冯先生。冯先生把他的课程设想写在一张纸上，然后一一讲给大家听。冯先生设计的课程体制，最重要的特色是以经典研读为课程骨干，如《论语研读》、《老子研读》、《左传研读》、《文心雕龙研读》等等，再辅之以通论课程如《中国哲学史》、《中国文学史》和《中国通史》等，体系清晰，轻重明确。大家一听，此前的所有问题，忽然之间都豁然开朗了。当天回到学校，我们立刻在叶君远先生的文学院办公室把冯先生的这张课程简目输入电脑，稍作补充，即成了国学院的第一张课程表。几年来，国学院的具体课程多有修改，但冯先生最初确立的基本体系始终未变。

以经典研读为课程骨干，恢复原有的中国学问的基本单位，这样不仅可以与文史哲的学术分野相区别，也能在理解古人学术思路，接续中国特有的学术传统上显现意义。近代以来，中国敞开怀抱学习西方，成绩即使不能称为显著，至少在学问领域西学占据主流是没有疑问的，与此同时，就是国学的整体衰落。所以如今复兴国学，是重新创造中西融合的学术条件。只有国学或者只有西学，显然都不是中西融合的正常现象。国学不仅研究对象是中国的，研究方法、研究思路也是中国的，国学的复兴不仅是名义，更重要的是研究思路与方法的复兴。古人没有文史哲这样的学术分类，任何一部经典名著，虽然会有各自的特色或侧重，但是综合仍然是最主要的特征。强行按照文史哲的分类分割古代中国的经典著作，是我们学术多年来最严重的问题，也是无法获得先人宝贵学术遗产的症结所在。因为经典著作是综合性的，那么以经典著作为基本单元的课程体系，就能够在更好地与古人的学术理念进行对接，理解与发扬也就拥有了良好的基础。

中国人民大学创办国学院，在社会上引起热烈反响，一时之间成为学术思想上的弄潮者。在存在争论的地方，校长和冯先生都主张坚定自己的既定路线，坚持数年，误解会自然消除，理解与支持也会越来越多。国学院的建设，是高等教育的一次创新，很快教育部确认人民大学国学院为创新实验基地，国学也成为创新学科。曾有人认为国学只能成为一时热潮，很快会冷却下来，这几年的社会实际证明，国学越来越成为国人追求的对象，很多人把学习国学当作重大人生调整的措施，社会上认同国学的声音不是越来越小了，相反，国学正在成就中国文化前进的一个新动力。事实证明，人大创办国学院适应了时代的需要，响应了社会的需求，服务社会、服务未来的大学理想在这里得到了实现。而冯先生，这位当年无锡国专的毕业生，正通过他自己的努力，为国学在新时期的复兴，担当起历史桥梁的使命，而且，那几乎就是一个人的国学桥梁。当年的无锡国专的办学宗旨是“研究本国的历史文化，明体达用，发扬光大，期于世界文化有所贡献”，如今国学院，何尝不是如此呢。

三、大国学

冯先生对国学的深情厚谊，很容易让人怀疑他是一位思想保守的老者，而事实上，即使对于国学，冯先生恰恰是从未来着眼的。一方面，他认为中国需要国学，传统文化是中华民族的母乳。另一方面，他主张复兴国学要在全面继承近代学术发展成果的基础上进行。一时引起争论的正是冯先生主张的“大国学”理念。

国学既然以国名学，就应该体现现有中国的实际。中国是多民族国家，国学当然不能排除汉族以外的兄弟民族。不仅如此，中国历史也是多民族共同建设的历史，历史上各个民族休戚与共，汉民族和汉文化就其历史形态而言，也是多民族血缘和文化融合的结果。国学如果只讲汉族之学，学理无据，政治有害。中国的实际，也包含中国的现状，而就学术而言，近代以来吸收西方文化形成的学术等现状，只能作为今日复兴国学的基础，不仅不能摒除，而且不该排斥。近代以来，随着西学的进入，中国的学术毕竟有了很大进步，从概念、理念到治学方法，西学都为中国学术带来了新鲜血液。近代以来的国学大师，多以中西兼容为主要治学特点，这是必须给予重视的。复兴国学如果以排斥西学为指向，只能画地为牢、固步自封，是狭隘民族主义的表现。同时，近代以来的学术范围，比起古代有了很大的扩展，以中国古学而言，甲骨文、汉简、敦煌西域文献等新资料的发现，不仅仅是资料上的扩展，课题、方法等等无一不随之进步。如今复兴国学，近代以来的学术进步必须成为基础。

2005 年 5 月，人大召开国学座谈会，纪宝成校长当众宣布聘请冯先生出任首届院长。冯先生致辞时即表示建设大国学的必要性，举凡敦煌西域、出土简牍汉画等，都应该纳入国学的研究范围之内。8 月底，冯先生联合季羡林先生上书国家领导人，呼吁建立西域历史语言研究所。这一呼吁，很快得到国家领导人的重视，领导批示迅速下达，指示相关部门跟进支持。这一消息是 10 月冯先生刚刚到达楼兰古城时获悉的，整个考察队都为之欢呼。冯先生大受鼓舞，立刻在楼兰古城的帐篷中，召集所有考察队的学者开了一个座谈会，大家不仅表示全力支持国学院的西域研究，还纷纷献计献策。10 月 16 日，中国人民大学召开大会，宣布国学院正式成立。纪宝成校长讲话，报告人大为什么要创办国学院，冯先生致辞报告国学院将如何办，再次强调大国学的理念。

在学校的全力支持下，大国学理念迅速在国学院的初创时期突显出来，而具体表现就是“西域历史语言研究所”的创立。从学术的角度说，与中国相关的学问，西域因为牵涉很多古代西域语言问题，该领域中国长期落后。一方面是因为很多西域出土的古代语言资料都流散到西方，另一方面西方的相关研究起步早，成绩大。如果中国长期回避西域古代语言的研究，那就会永久停留在落后状态，这是中国不应有的也不该有的表现。从未来西部开发的角度看，西域研究停留在落后状态显然不利于西域的开发和建设。国防建设与民族团结，都是中国的大局，而西部是最典型最重要的部分。西域研究，使用的是历史词汇，但是西域与西部的联系很清楚，以学术的研究协助未来的发展，显然意义重大。

任何研究都一样，理念必须由人才贯彻。国学院开办之初，没有合适的西域研究人才，尤其是领军人才十分缺乏。学校决心花大力气，用当时最高年薪聘请了沈卫荣教授，而推荐沈卫荣的是北京大学的荣新江先生。根据冯先生的建议，国学院又聘请西域考古大家王炳华先生。各项研究也陆续开展起来，出版连续出版物《西域历史语言研究辑刊》，每年一期。出版西域研究丛书，如今已经有十几部研究专著面世。开设了许多民族语言类课程，藏语、蒙语之外，还有梵文、巴利文、西夏文，最近又开设了吐火罗语课程。有兴趣的同学被送往国外深造，西域所已经送出的学生前后已经有十几名，有的是到国外攻读学位，有的是联合培养，有的是专项进修。各项助学活动也有声有色开展起来，旅居加拿大的藏传佛教大师谭锡永先生不仅为西域所安装了远途电信设备，便于西域所同学随时收看世界各地的学术报告，也出资成立汉藏佛学研究中心，资助学生和相关学术活动。

国学是关于中国的学问，举凡诸子百家、三教九流，不管是义理、辞章还是考据，都在国学的范围之内。冯先生认为，当今国学复兴，首先是埋头学问，至于总结归纳，整理出影响世界的理论体系，都必须建立在学问基础之上。国学，深藏着中国文化的精神，是中国人之所以是中国人的灵魂所在，但是如果不能建立深厚的学术积淀，仅仅高声主张国学拯救世界，不仅是浅薄的而且是危险的。如今国学的实际，连国人尚且没有很好地理解，连说服世界都难，更不要说拯救世界了。国学尚不能成为国人联络团结的文化纽带，如何让世界感受到中国文化的魅力呢？在国学的学术观念上，冯先生主张大国学理念。在国学的复兴发展上，冯先生主张循序渐进，打好基础，从学问的立场立意，从培养学生入手。没有良好的基础，一味好高骛远，不仅是徒劳的，而且不利于国学复兴大业。

冯先生的大国学理念并非人人赞同，但是加强中国人的国学素养，培养学生的国学研究，则很少见到异议。国学院学术顾问季羡林先生，在病榻之上发表谈话，大力赞扬大国学理念。冯先生感到十分欣慰与鼓舞，其实两位先生在给国家领导人的致信已经谈及这一理念，只是少人知道而已。2008 年，国学院成立三周年，《光明日报》发表专版以示纪念，冯先生撰写《大国学即新国学》，再次强调大国学的理念与价值。就学术界的一般情况而言，在拥护国学的群体中，不赞成狭隘国学的是主流，大国学新国学是最能获得共识的。

如今，冯先生已经从院长职位上退下，人大请冯先生继续担任名誉院长。冯先生对国学院的关心没有丝毫减退。

国学与国学院，成为离休以后冯先生最关心的事业，也是用力最多的事业。在我看来，从前的《红楼梦》研究成就了冯先生的学者事业高峰，而如今的国学则成就了冯先生作为教育家的事业高峰。

倒退几十年，八岁的冯先生因为阅读《三藏法师传》而对西域产生的联想，谁能想到会在很多年之后，甚至在离休之后爆发如此这般的能量？从西域到大国学，经由无锡国专的宝贵经验，冯先生终于在中国人民大学国学院的创建过程中发挥出积累已久的学术教育理念。当然，要更全面的评价冯先生的国学贡献，国学初兴的今天是不合适的，这一定要等待国学真正繁荣之后了。冯先生也一直表示，国学是他个人的志趣所在，不求任何回报。人民大学发给冯先生的工资都被冯先生转交给国学院作为学生的奖学金。

从西域到大国学，冯先生的壮阔人生，正在成就中国文化的一幅大风景。

原刊《师友笔下的冯其庸》，文化艺术出版社，2012 年

国学家冯其庸先生

2017 年 1 月 22 日，著名学者冯其庸先生平静地走完他的人生。每一名成功的学者，都是一道学术风景线。然而，哲人已逝，风景却不该消失。思考、分析冯先生的学术人生，这该是后人积极继承宝贵学术遗产的应有态度。

总结冯先生的学术人生，治学广博应该是个共识。但是，这里的广博其实是在新学科体系参照之下才能得出的结论。如此广博的治学，在冯先生同辈或者前辈中，并不鲜见，只是越到后来，越难感到这种广博性。冯先生何以治学广博？追问此题，不能不从冯先生的教育经历中去寻求答案。

一、国学启蒙

多年前，笔者曾经有过为冯先生作传的计划，后来

楼兰考察与冯其庸先生合影

没有坚持下来。但冯先生早年的生活学习经历，却有了不少了解。加上叶君远先生的《冯其庸年谱》和《风雨平生——冯其庸口述自传》等，都能帮助我们了解冯先生。冯先生的早年教育，断断续续，充满痛苦与挣扎。家庭贫苦，小学时期印象最刻骨铭心的就是围绕学费的挣扎。因为母亲的坚持、亲朋的帮助，冯先生没有最终辍学可以称作奇迹。冯先生的小学活动空间，大约不出无锡前洲镇。小学与学习相关的回忆，是 1937 年抗战全面爆发，冯先生因病休息，等到病愈再去学校，学校已经不在了。从学校图书馆借的一部《三国演义》，因为学校解散无法奉还，只好留在身边继续阅读。

按照民国教育部 1915 年颁布的国民学校令，小学科目主要是国文、算术，高等小学才有本国历史、地理等课程。曾经有过的读经、修身课程在 1916 年修订的时候取消。识字读书，应该是小学最重要的目标，从冯先生借阅《三国演义》一事看，这个目标学校是能够完成的。这一年，冯先生 14 岁。从此，进入辍学状态。

辍学的冯先生开始下地劳动，业余时间找书读。第一步阅读最细致的自然是《三国演义》，因为没有其他书。这个时期，冯先生的读书，没有目标，更没有计划，找到什么读什么。环境提供什么，冯先生就读什么。从冯先生后来的回忆看，冯先生的阅读是从小说开始，从《三国演义》，到《水浒传》到《西厢记》，到《唐诗三百首》和

《古诗源》。开始模仿写诗是在这个时期，写字、画画也是这个时期。后来又读《论语》《孟子》《古文观止》《聊斋志异》《西游记》。如果从小说的角度看，这个系列有一定的逻辑。但实际上，这些书的获得与阅读，完全不是按照计划进行的。此外，又读过《东莱博议》《夜雨秋灯录》《浮生六记》，还有《史记菁华录》和《三藏法师传》。15岁那年，冯先生的二哥帮助他从苏州购买了几种书，它们是《西青散记》《西青笔记》《陶庵梦忆》《西湖梦寻》和《琅嬛文集》。“当时，我如一夜暴富，天天夜以继日地沉浸在这些书里”，冯先生如是说。

冯先生沉浸在自己的读书世界里，他只是乐在其中，即使后来回忆，也充满快乐的语调。但是，当时冯先生的这种阅读，对于他和他的未来，究竟具有怎样的意义？冯先生是否心知肚明？

这是冯先生的文化启蒙时期。在冯先生的早年阅读中，我们看不到一点西学的内容，充当文化启蒙功能的，都是传统的国学书籍。1935年，何炳松等十位先生在《文化建设》杂志上发表《中国本位的文化建设宣言》，认为作为文化的中国已经消失，今后应该努力建设以中国为本位的文化。这相当于中国文化危机宣言书，基本的事实认定也大略不错。但是，这些先生并不知道，在江南核心区域的苏州无锡，前洲镇上的一位少年，每天沉浸其中、乐在其中的正是饱读国学。中国的底层社会，国学依然是中国的文化底色。

17 岁时，冯先生终于有机会读中学。那是 1939 年，前洲镇创办了青城中学，1943 年，考入无锡工业专科学校。这期间，冯先生的国学修业超越启蒙，进入有所创作的高级阶段。初中时获得一部《水云楼词》(作者蒋春霖，字鹿潭)，对照《词律》进行学习，开始喜欢“词”这种文学形式，后来先生著《蒋鹿潭年谱考略》，这是最初的契机。此时，冯先生有词作和散文在无锡《锡报》上发表，这是获得承认和鼓励的重要方式。

冯先生的国学启蒙，主要不是选择的结果，而是环境作用的结果。冯先生的父亲是识文断字的，并且是书画爱好者。他有一个表弟薛玉麟，同时也是冯先生的书友，一同寻找书籍，一同研读。他的邻居邓桐芳，是冯先生的小学同学，两人都要帮家里劳动，共同的爱好就是读书，那本《东莱博议》，冯先生就是从他那里借来读的。冯先生的一位堂兄叫冯宗志，喜欢书法和篆刻，冯先生深受影响。还有位初中同学，家里富有藏书，但他自己不喜欢读，随手送几部给冯先生，有王士禛的《古诗笺》和袁昶的《安般簃诗续抄》。冯先生早年积累的书籍，1954 年赴北京工作留在老家，后来毁于“文革”，竟然有“几个柜子”。一个家境贫寒的乡下少年，能积累如此多的书籍，除了个人的爱好努力之外，我们得注意所在的环境：国学厚重的存留，给少年冯先生提供了最重要的阅读条件。

早年的老师，也是冯先生重要的国学资源。冯先生几乎记得他所有的国文老师。丁约斋老师教导冯先生怎样写文章，看见冯先生在读《水云楼词》十分高兴，就用其中的词句为冯先生写了一个扇面：“细竹方床蕉叶伴，薄罗衫子藕花薰。晚凉闲坐看秋云。”冯先生原来的名字是大哥起的，名奇雄。初中三年国文老师方伯霄，认为名字太露，改为今名“其庸”。如此，更符合国学精神。无锡工业专科学校，相当于高中。冯先生不喜欢数理化，偏科语文和图画。顾钦伯老师就教冯先生阅读史震林的《西青散记》《西青笔记》和《华阳散稿》，而顾老师自己就是一位诗人。因为冯先生爱好诗词，于是一位教印染课的老师范光铸告诉冯先生应该去读《红楼梦》，而这位范老师有自己的书法特长，尤其擅长写《麓山寺碑》。还有一位科举出身的语文老师张潮象，别号“雪巅词客”，冯先生认为张老师的诗和词都是一流水准。

冯先生结识诸健秋先生，成为诸先生不磕头的学生，这种奇缘正是根植无锡当时浓厚的国学氛围。无锡有许多画家，而诸健秋是最著名的。冯先生的朋友邵雪泥是诸健秋的学生，而邵雪泥父亲也是画家。因为邵雪泥，诸健秋收了冯先生这位徒弟，考虑到家境，诸先生不让冯先生磕头拜师，让冯先生进入诸先生画室看先生创作，有时又为先生讲解各家作品的优劣，这让冯先生对于国画的理解有了很大提高。冯先生后来回忆说，无锡的画家很多，有孙葆羲、陈旧村、陈负苍、钱松喦等，冯先生与他们都有往来。特别是，诸健秋和张潮象办了一个文人诗社“湖山诗社”，也吸纳冯先生进入。虽然还是一个高中生，但已经进入无锡文人的社交圈，这对于国学修养的提高，发挥了重要作用。

冯先生提及他初中时学过英文，无锡工业专科学校时强迫学日文。但是，毫无疑问，在少年时代，对冯先生吸引力最大的还是国学。冯先生的时间，主要分配给了国学阅读、诗词创作以及书画学习。虽然西学之风早就是当时中国的文化主流，但在广阔的九州大地，并非所有空间都被西学占领。无锡隶属苏州，作为江南文化重镇，苏州一带的国学传统根基雄厚，枝繁叶茂。西学在大都市，在北京上海等地，所占份额应该更高，但苏州无锡不是文化前沿，国学的传统依然顽强。正是这样的文化环境，为冯其庸先生打下了牢固的国学基础。

冯先生年轻的时代，中国还有这样的去处，国学虽然不再时尚，但依然有人热爱，有人奉行，有人专研。“礼失求诸野”的文化变迁原理还能够获得证明。几十年之后，那样的国学环境一扫而空。学生要写作，我们的高中老师会拿出《西青散记》《西青笔记》让你读吗？老师会给你写个扇面，鼓励你去作诗填词吗？从这个意义上看后来冯先生的成功，虽然出身贫寒是不利的，幸而当时的文化环境比较富有。

二、无锡国专

中国近代学人，多有兼跨中西之学的特点。早年接受传统文化熏陶，青年时期远赴重洋或者追随西洋之风，最终成为中西兼通的学者。但冯先生的学术道路与此不同，因而呈现出单纯的国学风貌。

冯先生早年求学经历，严重受制于家庭的经济状况。1945 年的下半年，冯先生一边在小学教书求得生存，一边在刚刚复校的苏州美术专科学校读书。但仅仅学习了二个月，冯先生再次失学，因为美专搬到苏州去了，冯先生没有学费跟到苏州。看看地图，无锡距离苏州咫尺之遥，贫穷让他再次失去机会。但对于下一个机会而言，冯先生一生都庆幸。1946 年初，冯先生入学无锡国专。他迎来了更专业更系统的国学教育和学术训练。

进入无锡国专之前的冯先生，国学打下了一定基础，而无锡国专的训练，不仅称得上是学术性的，而且是中国一流的。民国时期的国学教育，就大学阶段而言，各个学校皆因拥有自主性而各具特色。以清华大学研究院的国学门而言，从 1925 年到 1929 年，仅仅坚持了四年，而国学门还不如四大导师名声响亮。原因可能是众多的，但清华大学国学门越来越西化，国学被文史哲取代的趋势十分明显。读陈寅恪先生的通信就能发现，早期陈先生写信多用国学概念，表扬一个同学会说他国学修养深厚。但后来，国学的概念越用越少，最后都是文学、史学这些概念了。无锡国专，从 1920 年开始筹办，转年正式招生，一直坚持到 1949 年，在西风劲吹的民国时期，无锡国专在中国传统文化的教育上几乎称得上是一枝独秀。

“研究本国的历史文化，明体达用，发扬光大，期于世界文化有所贡献”。无锡国专的这个理念，一直坚持到最后。今天看上去，尤显切实而明亮。在中国现代教育史上，无锡国专拥有特殊的地位。无锡国专教育的成功，证明了中国书院传统与近代西学结合的成功，研究者通常称之为转型的成功。国专原本一律以经典设课，1927 年为了应对教育部的立案转制，即赢得合法办学资格，增加多门必修通识课，因而形成了经典课与通识课并行的课程体系。而国专的特色课程，仍然是那些以经典书籍为题的选修课。冯先生著有《瓜饭楼述学》一文，回忆无锡国专时讲到“无锡国专的课程，凡经典著作，都有专题课，如《诗经》《楚辞》《左传》《论语》《孟子》《老子》《庄子》《墨子》《史记》、杜诗等”。无锡国专的教育成功，这份课程目录应该是有启发的。

冯先生进入无锡国专，开始接受高等学术训练。冯先生至今清晰地记得朱东润先生开设的《史记》课和《杜甫》专题，备引诸家观点，再仔细对比评论，然后得出自己结论。正确的学问方法，很自然引导学生登堂入室。老师们的学问高度，让冯先生领略到了学问的魅力。王蘧常先生讲《庄子》，旁征博引，古今《庄子》的研究，都储藏在先生的脑子里，一个学期没有讲完《逍遥游》，但冯先生却从中看到了学问的渊博与深广，满心都是钦佩不已。王先生书法专写章草，天下一绝。冯先生与王先生，结下了一生的深厚友谊。在无锡国专的时候，冯先生依然专注于诗词写作，但学问的理念已经确立起来。比如，童书业先生讲秦汉史，直接介绍与唐兰正在进行的学术辩论，彼此的资料，彼此的观点，原原本本地复原在课堂上，不仅让同学看到了论辩，也看到了学术要有立论根据，学术对手需要尊重。大约在 1948 年春，冯先生到达上海的无锡国专学习，于是有了机会利用上海的学术资源。冯先生专注在顾廷龙的合众图书馆里撰写《蒋鹿潭年谱》，顾廷龙是王蘧常先生介绍的，图书馆为冯先生提供及了十分周到的安排，从而让冯先生顺利完成了《蒋鹿潭年谱》。冯先生记忆很清楚的一个事，无锡国专有好几位专门讲唐诗的教授，顾佛影、俞钟彦，还有冯振心，他们都开唐诗的课，学生可以自由选课，也可以都听，先生们的各自特色令学生在比较中获得认识。为了完成《蒋鹿潭年谱》，冯先生连刘诗荪的《红楼梦》的研究课都没有听完整，但从此却明确了一个问题：红学是一门学问。

无锡国专的师生，成为冯先生永久的朋友圈，也是最核心的朋友圈。无锡国专的名师太多，周谷城、周予同、蔡尚思、顾廷龙、谭其骧、朱东润、钱基博等等，不一而足。冯先生在上海见过词学泰斗龙榆生先生，介绍人还是王蘧常先生。上海的无锡国专，有位词学教师，名陈小翠，是当今李清照。她指点冯先生的作品，让冯先生很受益。书法名家白蕉先生擅长写王体，冯先生书法很得白蕉身传。因为同学严古津的介绍，冯先生拜见了钱仲联，从此与诗学泰斗钱先生结下了一生的缘分。冯先生的同学除严古津外，还有汪海若，同学们一同组建“国风诗社”，作诗填词，也一同参加学运，抗议当局的种种不义。说起来，这应该就是当时学生生活的基本内容。

无锡国专的学长杨廷福，在学校时没有交集，直到1977年才相见，但一见如故。杨廷福以研究玄奘、唐律享誉学界，与冯先生交往甚深。杨先生爱酒、懂茶，能诗，善书法，特别喜欢京剧。于是，他常常与冯先生作彻夜长谈。此外，杨先生还以《易经》算命著称。据冯先生女儿幽若说，1979年考大学，请杨伯伯算算能否考中，结果遭坚拒。两位挚友有着太多的一致，所以才会如此倾心。这仅仅是个性使然吗？无锡国专的教育背景是必须承认的。国专学生多博学，一专多能，这应该归功于国专的教育。没有后来的文史哲大分工，无锡国专的国学课程设置，现在看来是很成功的。

但是，有个问题始终不见冯先生在回忆中提及，那就是无锡国专的师生是否讨论中国文化传统问题，是否涉及对中国文化的价值判断。叶君远在《冯其庸年谱》中，曾经引用冯先生在油印刊物《国风》中发表的一首《调笑令》：“休去，休去。且伴春风同住。夜来香满帘旌。怕见花间月明。明月，明月。何苦照人离别。”无锡国专的师生似乎都是学术与创作并重的，如果仅仅拥有学术能力，那么有关文化的价值判断是可以坚持否定路线的，但是一旦涉及创作，不管是文学还是艺术，坚持否定路线就无法彻底。词汇是传统的，方式是传统的，甚至感情都是传统的，如何坚持彻底否定？这如同“文革”时期读毛主席诗词，当时心底的一个疑问是毛主席为什么不用自由诗？其实，无锡国专的时期，或者无锡国专以后很长时期，有关中国文化的价值判断已经概括性做出，不同的观点可能被扣上政治帽子。看看无锡国专的理念，在当时条件下，说无锡国专实行的是一种文化保守主义教育路线，应该是不错的。有人写文章，认为无锡国专三十年的办学史，就是以唐文治先生为首的一批文化人顽强坚守，为中国文化殉道的三十年。对此，阅读刘桂秋先生的《无锡国专编年事辑》，证据甚多。而冯先生为此书作序，直接写到“生我者父母，长我者母校也”。“无锡国专，它决定了我这一辈子的人生道路”，具体而言，冯先生认为国专给了自己一是进步思想，二是学术道路，但是关于中国文化的价值，冯先生长期以来似乎一直回避的。

有资料显示，无锡国专的学生主要来自苏浙。无锡国专的国学坚持，是否具有某种地域文化的色彩，有必要深入研究。在传统文化积淀最为深厚的苏浙两省，有一座坚持中国文化本位研究的高等学院，其中必有缘由。其实，无锡国专在中国当时的高等教育中，是个异类，国专的学生也莫不如此。在激进主义文化思潮占据主流的时代，如无锡国专这样以文化保存为己任的学校，生存空间是十分有限的。然而，我们今天再去观察，就会得出不同的结论：无锡国专是一个珍贵的存在。比如，对于无锡国专的教育，当时主张西化的人士并不满意。但无锡国专之所以长期存在，一是因为国专培养的人才赢得了社会的信心，二是国际的认可。特别是 1931 年，国联教育考察团的洋专家到达国专，给予国专教育高度评价，盛赞国专保存文化的可贵。教育部的反对声音因为崇洋而消声。

很多年以后，冯先生发言撰文肯定中国文化传统的优秀面，认为国学是中国文化的“母乳”，主张大国学即新国学。无锡国专的文化理念，在冯先生头脑中，似乎一直是潜伏状态，直到新的时期到来。2005 年，冯先生出任中国人民大学国学院首任院长，把无锡国专的课程体系创造性地移植过来，国学研究与保存的传统，再一次在中国的高等教育中获得新生。直到这时，我们才能体会到，冯先生一直保存着国学的火种，冯先生就是一颗国学的火种。

三、学术人生

冯先生的口述自传最近出版，名为《风雨平生》（商务印书馆）。不能不承认，冯先生这代学人，确实饱经风雨。早年，中国久陷战乱，国运人生，混乱跌宕。新中国之后，又连逢政治运动，盼望中的学术人生，迟迟不能迈入正常。这不是冯先生一个人的学术命运，这是整个学术界的。然而，冯先生却在这种不正常的环境中逐渐展开了自己的学术研究，如今去回顾，感觉十分别致。

冯先生中学时看过《红楼梦》，但少年更喜欢行侠仗义的《三国演义》《水浒传》，不喜欢才子佳人的《红楼梦》。无锡国专时期，虽然确认红学为学问，但也没有燃起研究兴趣。1954 年，奉调中国人民大学语文系，正逢中国开展《红楼梦》研究批评运动，胡适、俞平伯等“新红学”大受批判，但冯先生没有参与，仅仅阅读文章，冷眼旁观而已。不过，在“中国古代文学史”课程中，冯先生已经开始大讲《红楼梦》了。到“文革”发生时，冯先生暗地里抄写《红楼梦》庚辰本，当是对红学很有了解甚至产生感情了。

冯先生正式开展红学的研究，发源于 1973 年全国评红学再次掀起热潮的时刻。当时人民大学已经解散，北京市委宣传部成立《红楼梦》写作组，冯先生被调入。这是冯先生开始研究《红楼梦》的开始。不言而喻，这类写作组要完成的主要是政治性的写作任务，有着强烈的政治色彩。从此以后，在写作任务之外，冯先生开始认真研究起《红楼梦》的版本、曹雪芹的家世来，即使是政治任务的写作，毕竟也要熟读《红楼梦》。另一方面，应该是考虑到写作组的临时性，1974 年前后，冯先生曾经调到范文澜的《中国通史》写作组去，但当年十月，国务院成立《红楼梦》校订组，由文化小组副组长袁水拍当组长，冯其庸任副组长。校订组是毛主席同意的，而最初的建议就是冯先生提出，报告也是冯先生起草的。于是，红学成为冯先生的主攻方向。

《红楼梦》在中国已经热了很多年，尤其是最高领袖重视《红楼梦》，红学于是获得了最社会化的影响。但是，《红楼梦》竟然没有一个校注本，对于红学研究而言不能不说是一个最基本的遗憾。于是，校订组开始从全国抽调学者参加工作。1976 年，校订组已经有了不少成绩，但在这个多事之秋，校订组是否解散曾经是一个问题。当然，最后还是保留下来。到 1979 年 1 月，在校订组的基础上，成立艺术研究院所属的红楼梦研究所，5 月决定出版专业刊物《红楼梦学刊》。1980 年，中国成立红学研究会，吴组缃出任首届会长，冯先生担任副会长兼秘书长。从《红楼梦》写作组，到《红楼梦》校订组，再到研究所，最后出版学刊，原本一个政治色彩极浓的写作组，如今完全转轨成为正规的学术组织。冯先生担任研究所的所长，学刊主编（另一主编是挂名的王朝闻先生），而红学的著名学者都参加了编委会。这个转变对于中国红学的发展，具有里程碑意义，而冯先生是促成这个转变发生的关键人物。

1980 年 7 月 2 日，俞平伯致冯先生的书信中写道："《红楼》本是难题，我的说法不免错误，批判原可，但不宜将学术与政治混淆。"（"语可诲人，光可鉴物"，见《剪烛集》）俞平伯是红学政治化的受害者，对于红学正在发生的巨变，他的感受可想而知。在所有的学术都饱受政治化影响的时代，似乎只有红学走出了一个相反的方向。说冯先生驾驭了潮流未免太夸大了，但冯先生利用了形势，应该是不错的。这种利用，正是学术化的正途，红学从此避免陷入更深的政治泥潭，踏上真正的学术研究的康庄大道。《红楼梦》校订组是一个良好开端，在"文革"结束之后，乘着拨乱反正的东风，红学快速走进新时代。或许，在冯先生的心中，有一个无锡国专时期形成的念头始终没有改变：红学是门学问。在条件具备的时候，一定要恢复红学的学问本质。就如同国学教育，国学的理念和系统，始终隐藏在冯先生的心中，一旦机会成熟，立刻落地生根。

冯先生以研究红学著称，但在其他的学术领域也多有建树，治学广博令人印象深刻。这一特点，可以在无锡国专的教育中获得部分答案，更可以说，这原本就是国学的特点。近来，常有学术大师缺乏的讨论，那么大师的特征是什么？就学术研究而言，只有治学广博，方能影响更大。看看曾经的中国学术大师，国学基础深厚，差不多是共同特征。王国维如果活在今天，适合文史哲哪个专业？哪个专业都胜任。陈寅恪曾经被中文、历史两个系聘为教授，一时传为佳话。胡适呢？虽然当时有人认为胡适的国学根底不足，但从今天的眼光看，恐怕也是文史哲都有资格做教授。冯先生以及冯先生的先生的那代学者，有学术，能创作，多专多能是很普遍的，所以大师纷出。在探索其中的原因的时候，人们强调中西融合的意义。当时中西融合能够创造大师，今天不是同样存在中西融合吗？如此分析，我们今天缺乏西学吗？今天中西交流的程度降低了吗？今天中西交流的机会变少了吗？显然都不是。比起曾经的学术大师来，我们今天缺少的其实是国学教育，不仅缺少古代经典知识，也缺乏对文化传统的尊重与温情。在满怀中国文化自卑感的人群中，数典忘祖很容易，融合中西太难。

冯先生治学广博，来源于他接受的国学教育。书法家、画家、摄影家、戏剧学家，红学家……，概括冯先生的学术人生，恐怕还是国学家更恰当。作为国学家的冯先生，他的人生是精彩的，对于后学，是富有启发的。

原刊上海《文汇学人》，2017 年 3 月 17 日，1、2、3 版

国学建设与文化自信——纪念冯其庸先生

2010 年，冯其庸先生八十八岁，正逢米寿之禧。同时，也是中国人民大学国学院成立五周年。为此，国学院召开隆重的学术大会，根据冯先生的学术研究和国学学科建设的需要，分作红学、古代文学、近代国学、出土文献与思想史、西域敦煌出土文献研究等五个分会场进行，应邀前来参加会议的学者一百五十多人。10 月 16 日，是当年的重阳节，学校特地选择这个日期，以表敬老尊贤之意。开幕式上，宣读了时任国家副主席习近平同志致冯先生的贺信。信中高度评价了冯先生的学术人生："今已 88 岁高龄，仍带领中国人民大学国学院为国学新时期的发展、为促进中国传统文化的研究发挥着重要作用。您治学报国的精神，令人钦佩。""国学新时期"，显然是一个重要概念，这不仅对于理解中国文化的当今地位，对于理解冯其庸先生的国学思想，也具有点睛之意。

楼兰古城三间房前与冯其庸先生合影

一、近代：中国文化自信心的一步步丧失

“国学”是近代特殊背景下形成的概念，相对于外来的“西学”，以“国学”自称中国学术、中国文化，这便是“国学”。作为与“西学”对称的概念，“国学”概念产生之初，便有寻求中国文化之路的含义，面对强大的西学，中国文化何去何从，这是当时中国迫在眉睫的重大课题。如果说，反帝爱国，反对殖民主义关涉政治前途的话，那么“国学”与文化前途紧密相连。

不可否认，在近代中国连续失败的背景下，中国文化的价值一再遭到低估，中国传统的文化自信一步步遭到消解。通常，理解中国近代史的发展变化，往往会分作三个时期，即鸦片战争时期、戊戌变法和辛亥革命时期，最后是新文化运动与“五四”运动时期。三个时期，中国文化完成三次蜕变，社会变革的深度也发生三次深化，中国人的文化观也发生三次巨变，文化自信心遭遇一次又一次降低。

鸦片战争，让中国人饱尝西方船坚炮利的先进性，认识到中国科技不如人。随后发起了洋务运动，“师夷长技以治夷”。长期以来，中国屹立在世界的东方，几千年的历史经验，让国人对中国文化满怀自信，一方面是中国从没有见过与中国文化旗鼓相当的另一种文明体系，另一方面，即使中国有军事政治的失败，因为随后发生

的文化融合，即征服者为中原的文化所征服，也保证了中国人的文化自信心的合理存在。但鸦片战争让中国人的文化自信遭遇前所未有的打击。西方人的船坚炮利之后，是科技系统的发达，比较中国，正能显示出中国的落后与不足。中国文化的重大部类出现问题，民族自信心遭受打击可想而知。

洋务运动的成绩是显著的，中国的近代工业从零起步，发展比较迅速。但是，甲午战争让洋务运动的梦想彻底破灭。反思者如影随至，以康有为、梁启超为代表的变法派主张，甲午战争的失败，证明仅仅依靠洋务是不能救中国的，中国的问题在于整个制度落后。打败中国的日本，正是向西方学习，才打倒了两千年的老师中国。中国要发展，必须学习西方的制度。戊戌变法由此展开。戊戌变法失败后，辛亥革命接踵而至，两次政治运动都以改变中国的制度为己任。在此过程中，中国制度不如人的观念深入人心。戊戌变法失败后，康梁等人逃往日本，在日本与革命派展开著名的大辩论，虽然未来主张有所不同，但是认定中国制度落后，则是双方的共同点。然而，从文化自信的角度看，则是中国文化遭遇到的第二次严重打击，制度不如人，是很重要的一次自我否定。

辛亥革命的突然成功，清朝和帝制被推翻，原本中国应该迎来胜利的狂欢，但残酷的事实让国人难有片刻的好心情。袁世凯复辟，军阀混战，洋人的骄横，没有一点革命胜利的情景。反思这个历史时期的问题，1915 年，思想文化界出现了“新文化运动”，四年之后出现了“五四”爱国运动。很多中国人头脑中有挥之不去的帝制情结，有人宣传民主自由多年，一转身却去为袁世凯的帝制复辟当鼓吹手。这一切，难道与中国文化的深层结构，没有一定的对应性吗？新文化运动是一次从文化深层进行社会现实反思的思想运动，不仅论证中西文化的对立性，而且普及了中国文化的严重落后性，完成了从文化的深度和广度对中国文化的否定。至此，中国人的文化自信心彻底毁灭，零星的自信观点或者边缘化，或者遭遇历史性的忽视。

事实上，讨论近代中国的变迁，从物质、制度、文化等三个维度进行的思考很早就存在，甚至在不同的文化阵营学者之间，对此都有高度的共识。庞朴先生著《文化结构与近代中国》一文，认为文化结构由物的层面、心物的层面和心的层面构成，而近代中国的变化正是按照这个构成展开的，即器物、制度和深层文化[①]。庞先生论证，举凡曾廉、陈独秀、梁启超，虽然文化立场完全不同，但对于近代中国变化的观察却是一致的。从接受西方文化的立场看，三阶段的发展变化，正是对西方文化不断接受、且不断深化的过程。从文化反思的角度看，正是对中国文化

① 庞朴《文化结构与近代中国》，《中国社会科学》1986 年第 5 期，81–98 页。

三次反思的过程。而从中国人文化自信心的角度看，也是信心不断丧失的过程。

“五四”运动是中国现代化的起点，而文化自信心的缺失于是成了中国现代化过程中的先天性病症。经过近代一系列的反思，用西方文化的优秀面，对照中国文化的问题面，强调世界文化的共性而否定民族文化的个性，以西方文化为现代化的方向，根本已经否定了中国文化优秀面的存在，甚至努力排斥中国文化加入中国现代化的进程。中国文化的存在意义就是努力减少对西方文化引进的干扰，主要的使命就是尽快转化为西方文化。中国文化完全以负面的姿态出现，在文化教育等方针政策上，不断重复和强化着国人的文化自卑感。

中国革命的任务是“反帝反封建”，中国文化批判被纳入“反封建”的任务之中，而原本应有的文化自信与反帝任务，自始至终都没有建立起有机的联系，更无从发挥出应有的作用。整个民国时期，文化气氛都是“新文化运动”的延续，文化方向的主张，一直以全盘西化为主导。1934 年，陈序经在《民国日报》上刊登《中国文化之出路》，系统提出全盘西化主张[①]。这一观点，引发何炳松等十教授的反对，1935 年 1 月 10 日，他们在《文化建设》

① 邱志华编《陈序经学术论著》，浙江人民出版社，1998 年，《编者叙意》，1 页。

发表《中国本位的文化建设宣言》，针锋相对[①]。最后，胡适也进场发言，3 月 31 日他在《大公报》上发表《试评所谓“中国本位的文化建设”》[②]，认为十教授的宣言不过是今日的中体西用而已。

胡适先生在民国时期的影响是巨大的，而他就主张“全盘西化”。在他撰写的《充分世界化与全盘西化》一文中，他主张把“全盘西化”概念改为“充分世界化”，因为从论述策略上看，“充分世界化”增加了弹性，会获得更多人的支持，而“全盘西化”的概念过于生硬和绝对，难以获得更多支持。总体上看，胡适与陈序经先生的观点是一致的，但陈序经更坚决，对于胡适“很不客气地指摘我们的东方文明，很热烈地颂扬西洋的近代文明”给予极大的支持，但对胡适的考据学有科学性的说法又不满意，认为“胡先生所说的西化，不外是部分的西化，非全盘的西化”[③]。

胡适认为，有关中国文化的前途有三派主张：一是抵抗西洋文化，二是选择折衷，三是充分西化。胡适认为

① 何炳松等《中国本位的文化建设宣言》，收入《何炳松文集》第二卷，商务印书馆，1997 年，403–408 页。
② 收入《胡适文存四集》卷四，欧阳哲生编《胡适文集》卷 5，北京大学出版社，1998 年，448–452 页。
③ 陈序经《中国文化的出路》，邱志华编《陈序经学术论著》，浙江人民出版社，80 页。

“抗拒西化在今日已成过去，没有人主张了。但所谓‘选择折衷’的议论，看去非常合理，其实骨子里只是一种变相的保守论。所以我主张全盘的西化，一心一意的走上世界化的路”[1]。思想文化的派别划分，胡适所言，也是通常的看法。胡适把中西融合派观点，划归保守派进行批判，说他们是保守派的“变相”。他在批评十教授宣言时，采用的也是这个逻辑，说十教授宣言跟张之洞的“中学为体西学为用”本质一致。中西融合的观点是广泛存在的，但在民国时期，占据舆论主流的是西化派。西化派并不考虑文化自信问题，相反，任何坚持中国文化自信的表态都会遭遇批判，结果自然是文化自卑主义盛行。

1949 年，中华人民共和国宣布成立，“中国人民从此站立起来了”，新中国标志着“反帝”斗争的胜利。但此后一段时期，思想上的“左倾思潮”依然强势，以“反封建”为旗帜，文化激进主义高歌猛进。中国传统文化被当做文化糟粕，不惜以政治运动的方式进行扫荡，“文革”中破坏文物等同于“破四旧”，中国文化饱受了一场人为的浩劫。此时的中国人，心中只有紧跟政治的念头，文化自信，既不见于政策论述，也不见于思想教育，即使是相关的个人爱好，也会战战兢兢，如履薄冰。

① 胡适《充分世界化与全盘西化》，欧阳哲生编《胡适文集》卷 5，453 页。

1978年十一届三中全会，吹响了新时期现代化建设的号角，经济建设成为工作中心。这也是改革开放的新时期，社会建设的各个方面都取得了前所未有的成就，特别是经济领域，尤为世界所瞩目。但是，以文化自信为中心的文化建设却日益显现出短板特征。国人对于中国文化的认识，基本是百年之前的结论，以否定为主调，以排斥为基本心理。与文化自信相反，文化自卑是中国人的基本集体意识。让中国人列举中国文化的缺点是很容易的，但是让中国人找到中国文化的优点则是艰难的。国人热衷于了解西方文化，对于自身的文化传统，则会坚持简单地否定与排斥立场。这种错误的文化观，严重影响了中国社会的正常发展，对于经济的发展，也不可避免地带来制约效果。中国要成为影响世界的大国，国人的文化自信心的状态，是绝不能忽视的严重问题。

解决文化自信问题，不能仅仅依靠文化措施解决，社会全面进步是文化自信获得提升的基础。同时，文化自信问题绝不可能在缺少文化措施的前提下自然解决。如何解决国人的文化自信问题，直到2005年中国人民大学成立国学院，我们至少看到了文化努力的开始。

二、冯其庸与人大国学院

中国人民大学国学院，这是新中国的首家国学院，在当年引起巨大反响。学校领导反复研究，郑重邀请已经离休的冯其庸先生出山，担任首任国学院院长。加强传统文化的研究，重估中国文化价值，重建中国人的文化自信，这是国学院工作的当然目标。2008 年，纪宝成校长在中国社会科学院首届国学研究论坛上，以《国学何为》为题进行演讲，指出重振国学有着多方面的意义，包括“唤起文化自觉，恢复文化自信，实现文化认同，增强民族凝聚力”“挖掘国学的当代价值，提高国人的道德水准，提升国人的文化素养，建设和谐社会”“增强我国文化竞争力，提升国际影响”以及“完善中国特色的社会主义理论体系”等等[①]。可见人民大学创建国学院，有着清晰的文化使命感。

人大创办国学院，叶嘉莹先生认为得人得时。就当时的情况分析，冯先生适合国学院的首任院长，两个背景最为重要。其一，冯先生的治学范围广，不仅文史哲都有研究，更有书画戏剧等方面的研究专长，以传统国学衡量，冯先生的治学最为接近。冯先生治学广博，在更老一代的学人当中比比皆是，但年龄越轻，这种现象越少见。原因

① 纪宝成《国学何为—在中国社会科学院首届国学研究论坛上的演讲》(2008 年 7 月 4 日)，发表于当年 7 月 21 日《光明日报》，收入作者《重估国学的价值》，中国人民大学出版社，2012 年，190–197 页。

也是公认的，越年轻受传统国学的影响越小。其二，健在的学者之中，亲身接受过系统国学教育者十分罕见，冯先生可以称得上是硕果仅存。国学院宣布成立之前，学校已经多次组织校内外专家进行论证，核心是课程体系设计，其实一直不能确定。赞成国学理念的学者，无不是文史哲分科教育出来的，对于国学课程体系，始终不得要领。后来，冯先生很简单地就完成了课程的设置，以元典研读为课程骨干，再辅之以通识课程，体系很自然地建立起来。经验的重要性，再一次获得体认，其实人大国学院的课程体系，不过就是当年无锡国专课程的继承发展而已。

人大国学院，是冯先生晚年关注的焦点，为国学院的发展，冯先生鞠躬尽瘁。不仅因为冯先生是国学院的首任院长，更重要的是，国学院给冯先生的国学情怀找到了托付。冯先生是无锡前洲镇人，因为家里生活贫困，早年的教育时断时续，辍学是他早期教育最痛苦的记忆。尽可能利用所有条件读书，是冯先生克服生活困苦的唯一途径，在西风劲吹的当时，无锡社会还存在着比较好的国学基础，而这成了冯先生启蒙教育的源泉。无锡其实距离苏州并不远，但在当时，冯先生连去一趟苏州都有很大困难，无锡于是成了冯先生读书学习的大本营。因为无力走出无锡，所以冯先生最终成了无锡国专的学生，两年的无锡国专学术训练，成就了冯先生的学术人生的基本底色。冯先生曾经为刘桂秋先生的《无锡国专编年事辑》作序，深情地表达对母校的敬意，序中写到“生我者父母，长我者母校也”，“无锡国专，它决定了我这一辈子的人生道路”[①]。

民国时期，虽然西化派占据主流，但中西合璧的主张也没有仅仅停留在口头上。无锡国专从 1920 年开始筹办，转年正式招生，一直坚持到 1949 年。在西风劲吹的民国时期，无锡国专在中国传统文化的教育上几乎称得上是一枝独秀。无锡国专的办学理念是“研究本国的历史文化，明体达用，发扬光大，期于世界文化有所贡献”[②]。今天看上去，这一理念支持下的办学实践，通过研究中国文化，再造文化自信，在中国现代教育史上，无锡国专拥有特殊的地位。无锡国专教育的成功，证明了中国书院传统与近代西学结合的成功，研究者通常称之为转型的成功。对于无锡国专的教育，当时主张西化的人士多有意见，但无奈国专培养的人才赢得了社会的信心，其次又赢得了国际的认可。1931 年，国联教育考察团的洋专家到达无锡国专进行实地考察，给予国专教育高度评价，盛赞国专保存文化的可贵。教育部的反对声音因为崇洋而消声。

① 冯其庸《怀念母校——刘桂秋著〈无锡国专编年事辑〉序》，《无锡国专编年事辑》，中国大百科全书出版社，2011 年，1—12 页。

② 参见周泉根《国民高等教育中的国学教育——以无锡国学专修学校为例》，《文艺争鸣》2012 年第 7 期，58—64 页。

无锡国专是在近代的背景下进行国学教育的，西学的部分内容已经融入国专的国学教育之中，可以认为这是中西合璧的国学教育。总结无锡国专教育的成功，坚持经典课程体系，努力维护国学特性，这是无法否认的。在西风强大的形势下，无锡国专脚踏实地，极少参与论战，埋头教学研究。比较而言，清华大学的国学门仅仅维持了四年，最终名实皆亡，国学被文史哲完全替代。清华国学门的日益西化，是走向最终结局的根本原因。无锡国专是吸纳西学成果，积极研究国学的现代典范，很多国专教授都是学贯中西且不忘中国文化本位的学者，从而造就了无锡国专的国学教育奇迹[①]。陈平原著《中国大学十讲》，专辟一章研究无锡国专，题为《传统书院的现代转型——以无锡国专为中心》，他写道："唐文治有眼光、有胆识，有恒心，其独立支撑很不时尚的无锡国专，为二十世纪中国高等教育留下另一种可能性，值得尊敬与同情。"[②]

冯其庸先生出任中国人民大学国学院首任院长，他是无锡国专培养的国学专家，于是无锡国专的成功经验通过冯先生之手，自然而然地传递到了人民大学。冯先生对于无锡国专的办学特点，有自己的体会，用他的话说是"直

① 有关无锡国专的国学教育成绩，参见吴湉南《无锡国专与现代国学教育》，安徽教育出版社，2010 年。

② 陈平原《中国大学十讲》，复旦大学出版社，2002 年，98 页。

觉的感受”，不用说这就是刻骨铭心的感性认识。在《怀念母校》一文中，冯先生总结了国专办学的几个特点，首先，“觉得它是我国历史上书院制的继承和发展。唐校长是著名的经学大师，他完全可以像古代书院一样来主持办学，但是他却延聘全国名师来执教，包括经学在内，把我国传统的学术精华包罗无遗”。另一个特点是“课本用的都是元典，没有什么选本、概论之类的教材，也没有文、史、哲等分科”。再有，“无锡国专的教学，特别重视敦品，对学生品德的培养”。最后，“是重视培养学生的自学能力和协作实践的能力”[①]。对照人民大学国学院的办学，就其精神实质而言，完全可以说是如出一辙。

人大国学院有本科学历，所以要设置课程体系，而现有的课程体系正是来自冯先生。其中，以元典为课程骨干的核心特征，正是无锡国专特点的继承。如此，也就克服了文史哲分科的问题。全国重点文科大学大搞文科实验班的历史尚未远去，如何区别国学与文史哲的学科特点，困扰着很多人，因为文科实验班曾经大搞文史哲课程累加，完全走不出文史哲的分科体系。从无锡国专到人大国学院，之所以能够走出一条不同的道路，就是因为课程回归元典，学术理念于是与文史哲划清了界限。冯先生也曾试图在人

① 冯其庸《怀念母校——刘桂秋著〈无锡国专编年事辑〉序》，《无锡国专编年事辑》，1—12 页。

大国学院广泛延聘天下名师，但受到人事制度的限制，除了聘请退休的先生之外，只好采用大办国学论坛的办法进行弥补，希望通过论坛，吸取天下学者的宝贵学术见解。那么，如何继承传统的书院精神呢？从体制上，冯先生设立导师制，建立师生更紧密的学术联系，争取让学生早日在学术上登堂入室。在学术理念上，主张建设大国学新国学，反对过于狭隘的办学理念。国学院成立之初，社会反响很大，有关国学的争论更是此起彼伏。对此，冯先生的态度是不必要介入争论，国学院要脚踏实地办学，几年之后，我们办学成功了，争论自然会停止。这个态度，其实也是当年无锡国专的。总之，因为冯其庸先生，人大国学院的办学特点，几乎处处能从无锡国专找到根据。国学教育作为一项利国利民的事业，因而拥有了承上启下的传承，而这种继承关系的确立，正是因为冯其庸先生发挥了起承转合的衔接作用。

国学研究与教学，是深入研究中国文化传统的必由之路，是重建文化自信的必由之路。没有国学的研究与教学，中国文化的优秀传统就无从辨别，文化自信缺乏基础，中国文化的使命与责任等等，都无从说起。这正是冯先生为国学新时期的发展、为促进中国传统文化的研究所发挥的重要作用，受到中央领导的表彰，也在情理之中。

三、冯先生的国学思想

冯其庸先生是专业学者，是专业的教育工作者，不是有感而发，甚少进行理论阐述。直到出任国学院院长之后，冯先生才开始发表一些有关国学和国学教育的文字与感想。

中国人民大学决定成立国学院，校长已经酝酿了一段时间，发表文章重估国学价值，为国学和传统文化的研究鼓与呼，同时组织专家探索国学课程。到 2005 年 5 月下旬，召开了一次校内外专家的“振兴国学教育座谈会”，宣布正式成立国学院，并正式邀请冯先生出山，担任首任国学院院长。校长在座谈会之前特地前往冯先生家拜访，根据叶君远先生的《冯其庸年谱》，纪校长的拜访是 5 月 18 日，郑重说明了学校的用意[①]。现在，我们能看到冯先生的第一篇有关国学教育的文字，就是为了准备座谈会而在 5 月 27 日撰写的，而座谈会在两天之后召开。

成立国学院，加强国学教育，冯先生从自身的感受说起，认为是具有远见卓识的，“振兴国学是振兴中华的根本。国学是我们民族的思想和灵魂，是我们民族独有的东西，削弱了国学，也就是削弱自己，削弱了自我意识，削

① 叶君远《冯其庸年谱》，中国社会科学出版社，2015 年，432 页。

弱了我们民族的自尊心和自信力。一个没有自己的思想和灵魂的民族，一个没有自尊和自信的民族，是谈不上什么振兴的”[1]。强调国学是民族的思想与灵魂，国学教育是民族自信心的建设，这是冯先生始终坚持的国学研究与教育的高度。

这个认识高度，虽然属于个人认识，其实来自时代感受。当年 10 月，在国学院开学典礼上冯先生的讲话稿中，很充分地体现了这一点：“我们伟大的中华民族正在飞速走向复兴之路”，“在这样的历史背景下，我们的民族精神、民族思想、民族文化必将发挥它强大而积极的作用。”“一个伟大的国家，一个伟大的民族，不可能没有自己独有的思想、独有的文化，现在是发扬光大我们民族传统思想文化的精华的时代了”。国学的发展，是民族复兴的一部分，是不可分解的有机组成部分。“国学是我们整个中华民族的民族精神、民族思想、民族意志的共同载体，是我们伟大中华民族的精神长城，是我们伟大民族顶天立地的思想根基、力量根基，也是我们不可被战胜的强大自信力量的

① 冯其庸《关于振兴国学教育的几点思考》，2005 年 5 月 27 日初稿，收入《冯其庸文集》卷二《逝川集》，青岛出版社，2011 年，124—129 页。

源泉”[1]。

从民族复兴的大局看待国学的发展，是冯先生一贯的着眼点。在《怀念母校》一文的最后，冯先生也有如下表述：“我们现在正处在伟大的民族复兴的历史时期，中华民族是一个伟大的有悠久的历史思想文化传统的民族，对全世界的文明发展起过重大的推进作用。我们的民族复兴，当然是与民族的历史、思想、文化的复兴伴随而来的，一个没有自己的历史、思想、文化的民族，是不可能真正强大地独立于现代世界的”[2]。强调国学的时代意义，是因为冯先生亲身经历的几个不同的时代，抗战的苦难岁月冯先生刻骨铭心，“文革”中横扫一切文化的极端行为，直到改革开放的新时期，他的体会是深切的。冯先生认为，今日中国正逢一个伟大的时代，“这个时代，需要我们研究国学，发扬其中的优秀的精华，使中华民族的灿烂文化更好地走向世界，让全世界都了解它，知道我们的文化是博大精深的”[3]。伤痛的近代史，是中国文化自信心一步

① 冯其庸《在中国人民大学国学院开幕式上的讲话》，收入《冯其庸文集》卷二《逝川集》，青岛出版社，2011 年，130—132 页。
② 冯其庸《怀念母校——刘桂秋著〈无锡国专编年事辑〉序》，《无锡国专编年事辑》，12 页。
③ 冯其庸《传承发展优秀历史文化》，原载《光明日报》2007 年 4 月 19 日，收入《冯其庸文集》卷二《逝川集》，171—176 页。

步丧失的时代，在中国和平崛起的今天，通过国学建设，重建国人的文化自信心，不正是时代的需要吗？

国学教育是国民文化自信心建设的事业，对此，冯先生《大国学就是新国学》一文阐述比较清楚明白。国学院创办之初，有学者发出质疑，问所办国学，是哪个时期的国学？冯先生的观点是脚踏实地办学，不参与论战。三年之后，冯先生撰写《大国学就是新国学》，予以回应。国学是发展的，一个时代有一个时代的国学，“每一个时代的国学，都是在前代国学的基础上发展起来的，今天我们研究的国学，就是涵盖以往任何时代的中国学术”。新国学，包括百年近代发展起来的学术，都是我们的研究对象，对比以往的国学，新国学的外延扩大了，研究方法进步了，所以新国学就是大国学。冯先生对国学的三个基本面进行了阐发，一是研究对象，不能画地为牢，尤其在研究并不发达的今天，国学的外延维持模糊的空间不是坏事。二是研究方法，方法无禁区，“大国学要有大思维，凡是人类的积极文明成果，都应该吸收，研究方法当然也要吸收。新国学要有新思维，不仅探索新的研究领域，而且敢于运用新方法研究问题”。三是研究立场。冯先生强调学术立场的正当性，“国学这么多年最大的问题，就是中国人不敢坚持中国的学术立场，以至于国学概念都不敢提及”。“学习西方不意味着一定要否定中国”。“在民族国家存在的背景下，学术的国家民族立场存在是正当的自然的”。具体说，国学的学术立场，其实就是中国文化的本位立场。“我们研究国学是为了让国学的优秀传统能够在今后发扬光大，让中国文化为人类做出更大贡献。学习外来文化是必须的，那是中国文化发展的重要途径。但是一味地学习他人，对本国传统数典忘祖，那就走向了偏颇。要明确，学习别人是为了发展自己，不是把自己变成别人”。

中国文化本位，近代以来常常被提及，但始终受到压制。在今天中国的背景下重新提出，应该更容易被接受。在坚持西化的观念中，不正是坚持把自己变成别人吗？文化本位与文化自信，是一个问题的两个方面。文化本位，强调的是文化的民族特性，从来就是文化建设的方向。文化自信，是民族群体对自我文化的认同与信念，是文化本位建设的能动性来源。冯先生坚持文化自信和文化本位建设，并不是极端的文化自我中心论者，冯先生说“我们不会主张让中国文化解决全世界的所有问题”，事实上，这类观点并不缺乏。从人类的视角观察，文化是值得珍惜爱护的宝贵精神财富：“人类文化的丰富多彩，是人类的幸事，中国文化至今未能中断，是中国的幸事。中国的学者，可以有不同的文化观，但是对自己国家的历史和文化缺乏研究，甚至略无所知，能说是光彩的吗？虽然说中国文化未曾中断，但是近代以来的危机还是严重的，现在的状况更不能乐观。研究国学，传承文化，要我说，是国家和民族走向兴旺发达的重要方面，也是今天的民族大义。”①

冯其庸先生有关国学研究与教育的言论文字，理论阐释与立场主张同时并举。一位伴随国家风雨九十多年的学者，学术见解与文化情怀展现得淋漓尽致。冯先生是一位积极的爱国主义者，主张学以致用，努力运用学术为国家建设服务。他积极推动在国学院设立“西域研究所”，就是看到了西部大开发的学术需求。如今，我们结合国家“一带一路”的事业，再来观察冯先生的思想主张，其中不乏学术的先见之明，尤其能够发现冯先生跳动的爱国主义之心。

冯其庸先生已经离开了我们，但他留传下来丰富的学术著作和宝贵思想不会离开我们。老一代学者的使命感和学术情怀，一定会感动一代又一代的后来人，薪火于是得以永传。

原刊《红楼梦学刊》2017年第四辑

① 冯其庸《大国学就是新国学》，原载《光明日报》2008年10月15日，收入《冯其庸文集》卷二《逝川集》，133—136页。

怀念刘泽华先生

去年的 5 月 8 日，刘泽华先生永远离开了我们。从得知噩耗的那天，就想着应该写点什么，表达哀思以示纪念。思绪混乱，完全没有头绪。跟先生交往的很多镜头从脑海中飞过，就是抓不住任何线索。

一转眼，一年就过去了。

1979 年，我考上南开大学历史系。入学开始，就面临两个大课题，一是从乡下到了城市，好多事不会做，比如怎么乘公共汽车。二是如何读书学习，比如是跟随老师的作业，还是自己到图书馆摸索。学历史到底要干什么？当初报考，就因为历史故事好玩，有文学性，显然这不是历史学的使命。那应该怎么办？一头雾水。从高中生变成大学生，自觉太幼稚，看着同班那些有社会阅历的同学，内心很是茫然。

当时，正是刘泽华先生的传奇时代，一入学，满耳朵

刘泽华先生

都是刘先生的传奇故事。现在已经记不起来是谁说的，多半是高年级的同学。刘先生是老革命，是晋察冀根据地出身的革命者，出生入死，打过游击。后来，很久以后才知道这是传说，不是事实。又说，刘先生不仅根红苗正，而且“有思想”。当初，说谁“有思想”，几乎是最高级评价。曾经，刘先生在《南开学报》上发表一篇论文，说秦始皇也有问题，并不全是功绩。结果得罪了“文革”中的当权派，那一期学报被勒令收回销毁。“文革”之后，这篇文章被平反，《南开学报》重新刊登，并隆重地配上说明。这事是真的，当时还专门去找过这期学报拜读。还有一种说法，说刘先生如今获得国家高级领导的称赞，凡是刘先生写的文章，必须重点刊发。这也是传说，没有根据。大约是刘先生经常在有影响的刊物上发表论文，人们才如此附会。

传说故事太多，但没有机会见过先生，心里总在暗想，刘先生应该是怎样的一个形象呢？想来想去，还是不脱老一套，有学问有思想的人，应该符合两个标准：一是读书多，二是很低调，低调的意思是不容易引起注意。有一天在图书馆，我终于发现了刘先生。他从图书馆教师阅览室借出了很多书，足有十几本。戴着高度眼睛，人很消瘦，甚至有点弓背。图书管理员对他十分尊敬，跑前跑后为他服务。我心跳得厉害，两眼盯住刘先生不放。他离开图书馆，我也跟了出去。不敢上前打招呼，只能在后面悄悄地盯梢。刘先生走远了，我依然激动不已。回到宿舍，我把重大发现告诉舍友，他们一副置之不理的样子，让我很失望。其实，他们也没有见过刘先生，不能为我提供是否证明。

幸亏我的追星行为很谨慎，否则会更尴尬。终于在历史系的一个什么师生都参加的大会上，刘先生被介绍出场。黑框眼镜，遮不住两眼炯炯有神。很多年以后，一想到刘先生，就首先看到他的眼光，真诚而有穿透力，好像是透过你，看着你身后很远的地方。哪里消瘦？又高又壮，完全像个体力劳动者。当时老师们的着装都极朴素，坐在刘先生身边的系主任魏宏运先生，真正的革命家出身，笑眯眯的也是一身朴素。不过，刘先生一直这么朴素，偶尔看见刘先生穿西装的照片，总觉得不很自然，不知道是他不自在，还是我看着不习惯。后来与刘先生来往多了，也常去先生家。先生在家自然是穿拖鞋，最喜欢穿棉线袜子，多少年都如此：袜筒已经松懈，懒散地堆在拖鞋上。我曾在图书馆发现过刘先生，当然是认错了人，那个故事别人早忘了，我更不好意思提起。

刘先生在那时上的都是选修课，《中国古代政治思想史》《中国古代阶级关系史》《史学理论》等等。我自然有课就上，感受到强烈的思想激荡，十分过瘾。有一次，忽然发现大学时候偶尔会记日记，刘先生的政治思想史我得了 85 分，王连生先生的古代政治制度史也是 85，反而是南炳文先生的明清史课获得了优等。结果呢，谁会知道，我现在的主营方向是隋唐史。毕业论文跟随刘先生作，当时的选题是汉初的黄老政治思想。其他都忘记了，只记得刘先生的教导：论文要前后衔接，前面说到的话题，后面一定要接上，如你说“这一点很重要”，那么下文一定要回答怎么重要，为什么重要。

大学毕业时，当时还是组织分配，主管老师的意见影响一生。当时气氛诡异，人心混乱。主管老师发动班里的党员同学主动申请去边疆、去祖国最需要的地方。不是党员的同学都有压力，不知何去何从。我还专门去刘先生家请教，应该怎么办啊。刘先生说：不必响应，人生路很长，一生都是为党贡献的机会，不在一时。其实，还是不懂。多年以后，慢慢想明白了，刘先生也没有把话说透彻，根本上说：摆拍的事不必在意。刘先生当时没有点明，应该是担心学生接受不了。当年的分配时代，在南开有“天南海北”和“新西兰”的说法，前者为天津、南京、上海、北京；后者为新疆、西藏、甘肃。经过一番折腾之后，我去了新疆。

临行，去跟先生告别。先生的话，从此成为我人生重要的动力。只要自己不沉沦，努力上进，人生就永远有希望。在哪里生活不是最重要的，最重要的是你是否能够坚持学习，坚持思考。刘先生反复强调思考这个概念，并不断地用手指指向自己的头。学习、思考、再学习、再思考。多年以来，每当想到刘先生，就感到自己的头被敲击。难道，当初刘先生就已经敲击了我的脑袋？在新疆工作的日子里，一直保持跟刘先生的联系，回老家探亲，通常都要路过天津，去看望刘先生。这时，就会获得刘先生的新作，聆听先生的教诲。工作几年之后，回到刘先生身边继续读书的愿望越发强烈，当然，路径只有考研究生。1987 年，所在的新疆师大终于批准了我的考试申请，初试之后是复试，重回南开读书的美好憧憬，代替了分配时期留下来的噩梦。当时有好多大学同学重回南开，马上就能“旧梦重温”了。

谁能想到，结果是更大的噩梦。新疆师大的领导，不知道忽然想起什么，在我复试已经通过的情况下，决定不许我去读书。有位副校长，利用在天津出差的机会，专门到南开大学，要求南开不要录取我，遭到拒绝。一切手续都合法，用什么理由呢？看来副校长大人也提不出有说服力的理据，所以我顺利收到录取通知书。但是新疆师大却拒绝给我办入学手续，不予说明，不出示理据，就是不办。重回南开的梦，就这样破碎了。刘先生来信安慰，我也得安慰刘先生，因为这肯定耽误了先生的招生计划。太阳照常升起，但光临新疆总要晚些。

又过了几年，我已经调离了教师岗位，到新师大的图书馆工作。图书馆领导开明，允许我报考 1991 年北京大学历史系的助教进修班。从此便与北大结下缘分。2001 年，北大博士毕业，到中国人民大学工作，有机会再回南开，成为刘先生名下的博士后。整整十八年，终于正式重回南开园。从1989年开始，我读书的注意力从思想史转移到社会史，这次跟刘先生作的课题是《敦煌民间结社研究》。看上去，这是一个标准的社会史题目，但思想无处不在，如果从思想史的角度去观察民间结社问题，值得深思之处很多。民众的社会行为，体现怎样的思想观念，这显然是一个重要问题。2003年，北京大闹"非典"的日子，我完成博士后出站报告，2009年出版，刘先生极认真地写下序言。什么叫画龙点睛？这是我第一次理解这个成语。

在人民大学教书，跟刘先生的距离更近了，联系更容易了。我上过全校通选"中国通史"这门课，当时把刘先生的专著《中国的王权主义》当参考书推荐给同学，而有的同学很认真，写出很好的读书报告。这时刘先生早就使用电脑，用网络通信。我把学生的报告发给先生，先生看得高兴，作大段的评语。刘先生晚年主要住在美国，联络方式通过电子邮件进行。回国的时候，也会见面，先生对国内学界动向一直很关注。刘先生始终保持很清醒的头脑，注意观察社会。2005年，中国人民大学成立国学院，我因缘际会成为国学院的教师。刘先生对国学热很有兴趣，而对国学保持很警惕的目光。我们往来信件讨论相关问题，让我感到，刘先生的批判火力依然猛烈。比起先生的敏锐，我发现自己越来越迟钝，立场也越来越像文化保守主义者。有一次来信，说到“儒家宪政”，刘先生指出如果“儒家宪政”可行，那么“法家宪政”是否可行？“墨家宪政”是否可行？我当然不是“儒家宪政”派，我以为如今的“儒家宪政”可以比拟当初的“孔教会”，是特定历史时期出现的一时思想现象而已，不必太重视。我的态度似乎比先生还超然淡定，而刘先生却批判火力十足，可见先生始终保持着的批判精神，锋芒依旧，未曾稍退。2014年，先生的友朋弟子为先生八十大寿集会，不过当时没有使用这个名义。有专门研究史学理论的同行，发表论文，高度评价，称刘先生的史学为“南开学派”，也有先生认为叫作“五四学派”更合适。凡此等等，说明先生的学术已经深得学界认同。

先生去世之后，《南方人物周刊》曾发表一篇纪念文章，称作《反思者刘泽华》。反思，就是批判。在刘先生的思想认识中，学者的使命本该如此。刘先生著作丰富，他的思想已经获得系统深刻表达。跟刘先生学习，被先生耳提面命，体会最深的是两个方面。

首先，历史学的特性何在。历史学以历史为研究对象，而历史是既往的，所以历史学只能去认识历史，不能实践历史。这样一来，历史学的特性就属于认识论问题，具有思想性特征。获得历史认识的发展或者飞跃，历史资料固然重要，认识主体的自由状态同样重要。刘先生写过文章，强调认识过程，除了认识对象不该有任何禁区。历史学的研究，可以根据认识对象产生各种史学，经济史、社会史，都不成问题。但是，最终的历史认识，一定要抽象为思想认识，即思想概括。思想性的历史概括，完成的是从事实判断上升为价值判断的过程。史学的工作可以分作多个阶段，而思想性的概括没有完成，那么史学研究的最终目标就没有实现。当然，史学研究的全过程是全体史学工作者共同完成的，具体到个体的史学家，完成阶段性的史学工作完全没有问题。那么，史学的思想概括是否准确，由谁来判断呢？史学认识无法经过实践来检验，人的判断又会有局限，那么历史认识如何检验呢？刘先生的观点是，史料既是历史认识的来源，也是检验历史认识的标准，历史认识的结论如果经不起史料的检验，只能宣告失败。史料的信息，或许有多重含义，不同史料之间也常常会有冲突，信任史料不是单纯的，史料也需要检验，史料的去伪存真工作程序是必要的。如果史料信息确实无法确定，只能等待更新的史料出现，这时，历史认识的结论势必陷入公婆各有理的状态。历史学的争论常常一时无解，这便是基本根源。

其次，历史学家的意义何在。历史学的研究，史料与史学家的结合是基本形态，就如同农民与土地的结合一样。一个时代有一个时代的史学，除了新史料的发现之外，重要的是史家的不同。除了史料之外，史学家还要面对前代学者，批判与反思，主要是针对前代史家的。

推陈出新，批判思维，都有针对前代史家的意义。这是史学时代性的一个重要体现。此外，史家必须观察现实，理清历史与现实的发展脉络，从现实社会观察中获得灵感和启发，从而为更恰当的反思与批判提供动力。史家的时代性，更重要的是回应现实对历史提出的课题。刘先生反对躲进书斋、拒绝现实接触的历史学，不能回答现实提出的问题，就是拒绝历史学的基本使命。刘先生一代学者，经过了“文革”的全部过程，对于“影射史学”从心里反感。刘先生认为，“影射史学”是史学对政治的投降，是放弃了史学的特有价值。毕竟史学是一个独立学科，史学的本质与方法是紧密联结在一起的，没有史料根据的任何历史认识，都是打着史学幌子的骗子。历史学家对现实的回应，必须采取历史学的方法，否则就是政治学、社会学或者经济学等等，与史学无关。历史学家应该保持头脑清楚，对现实社会的观察要敏感灵动，只有这样才能担当起一个时代的史学使命。

理解就是体会，包含了自己的认识。希望刘先生同意并赞同。在先生驾鹤西去的周年，一篇小文，略表怀念。祝先生在天之灵安息。

怀念侯灿先生

每当想起侯灿先生，心中就不免愧疚。得知侯先生生病的消息并不晚，但并不认为有多严重。有一次跟侯先生通话，音容笑貌宛如眼前，心想看来侯老师的病是好转了。后来让夫人专程前往上海看望侯先生，我自己竟然没有去。现在想起来，最后一次见侯先生，是在北大读书的时候，侯先生去日本讲学经过北京，荣新江、姚崇新和我一起跟侯先生见面，还在北大门口照相，那已经是二十年前的往事了。2016 年 9 月，侯灿先生去世了，享年八十。一个多月之后，吴美琳老师才打来电话告知，当时手握电话，全然不知道说什么，好像连安慰的话都说不出。其实，当时的情绪被悔恨塞满：这么多年，怎么竟然没有去看过侯老师……

最后一次接到侯先生的电话，是来问《西域历史与考古研究》出版的事，时间大约是在 2016 年的春天。现在

侯灿先生1988年12月5日出席《朝日新闻》在日本东京举行的“谜和传奇的古代国家——楼兰特别报告会”（《朝日新闻》摄，松村崇夫摄）

知道了，侯老师平缓的声音中，隐藏着极度的焦虑。他真的想在生前看到这部书出版，很有可能他对病情的好转已经放弃了希望。我尽力给先生以肯定的回答，其实我也没有什么把握。中国人民大学国学院过去出版一套“西域历史语言研究丛书”，学术影响不错，以侯灿先生的研究声望，他的文集加入这套丛书，一定能增光添色。其实，这套丛书当时可能已经夭折，但我并不知情。我知道国学院的人事变动会影响此书，主持者说人大出版社人事变动巨大，极大地影响了这套书的出版。侯灿先生的文集，是以手写稿的方式寄来的，我更担心的是，交给出版社的书稿好几年，一直没有动静，千万不要把手稿弄丢了。最终，书稿并没丢，五年过去了，就如同交出去的时候一模一样，书稿还装在侯先生用来邮寄的那个纸盒之中。但侯先生却注定再也看不到了。我自己固然人微言轻，是不是努力不够啊，这是无尽的愧疚之源。

侯灿先生是四川合川人，曾当过四年兵，然后进入川大考古专业。大学毕业后分配到了新疆农一师的宣传科，十二年后才回归专业，进入新疆维吾尔自治区博物馆考古队。1987年，从新疆考古所调入新疆师范大学历史系。我是历史系的青年教师，早就知道侯先生。当时新疆考古已经很吸引人，吐鲁番文书、楼兰考古等等，极具社会影响力。我们这些考古门外人，都知道新疆考古学家的大名。新疆师大是个年轻的学校，师资力量除了高校新分配来的以外，主要来自中学和行政单位。如侯先生这样研究成果众多的学者，大家其实很少接触。特别是侯先生曾经是楼兰考古的领队，掌握最新的考古资料，在人们的想象和讲述中，侯先生个人都充满神秘色彩。

侯先生调到师大历史系，我是第一受益人。这不是当时的认识，这是事后的总结。大学毕业后继续爱好中国思想史，1987 年考上南开大学研究生不让读，对我的思想史研究也有冲击。再过两年，遭遇全国性的混乱，我的思想也乱了。思想史毕竟以社会为思考对象，社会史更能说明历史问题。我的唯物主义思维，促使我寻找社会史的问题进行思考。吐鲁番出土文书，就在这个背景下进入我的视野。出土文书，没有经过别人的改动，百分百地社会现实反映，从文书入手，最有利于社会史的研究。这种简单的思考，浮于问题的表面，完全是言不及义。就在这时，侯先生来到身边，如同天使降临，侯灿先生成为我经常请教的老师。研究吐鲁番文书要从哪些书入手，怎么获得研究资料，所有基础性的问题，都来自侯先生的教诲。我几乎天天要到侯先生家请教，侯先生每天都要为我开课。当时，外面的喧嚣还没有平静，我跟侯先生的学习却大有进展。1989 年 9 月，我草成第一篇吐鲁番文书的论文，讨论吐鲁番出土的随葬衣物疏的时候，侯先生跟我一样高兴。从此，我开始拥有的自己的学术及其生活。到如今，研究吐鲁番文书已经有三十年历史了，回想最初的感受，无一不是从侯先生开始的。把所有的同类文书抄写在一起，把所有的研究观点排列到一起，分析他们各自的根据与不足；把墓表资料按时间编排起来，看看那些官名出现的频率比较高，尤其官员的晋升，观察是否有规律可循。时间长了，很多镜头都变得模糊。是我在床上排比墓表，或者是我看见侯先生在自己的床上排比……。每有一个想法，总希望得到侯先生的赞成，每次获得赞成，就如同小学生一样高兴，觉得这一天没白过。

侯先生的家与我家是两个相邻的居民楼，从我家的阳台上能够看到侯先生家的厨房灯光。侯先生的夫人吴美琳老师，原是上海知青，先后在阿克苏和乌鲁木齐当老师。侯先生的家总是一尘不染、窗明几净。在沙发边上的一个小桌上，摆放着一个精美的搪瓷小盆。很多年过去了，我还能清晰地记得那个黄底红花的搪瓷盆。每次喝茶的时候，吴老师就笑眯眯地打开小盆："小孟，选一块。"里面有各式糕点，真是太可爱了。多少年过去了，每次想起来，都觉得十分美好。

侯先生的四川口音始终如一，每次要强调什么的时候，侯先生就会先说"小孟啊"！声音有些尖锐。这时，我的所有思绪会突然停顿，头脑里只剩下侯先生的一个声音。后来从新疆出来读书，听到侯先生教诲的机会越来越少。有的时候，比如正在看书，忽然会听见侯先生的声音从身体很深的地方涌出："小孟啊！"不管在什么情况下，我都会猛然停顿下来，迅速整理一下自己的思路。这是什么？这就是耳提面命的效果，多年不忘。

侯先生治学，以新疆考古为主，但不是所有新疆考古问题都研究，而是选择有代表性的问题进行重点深耕。侯先生的学术，当以高昌研究最有影响，其次是楼兰，第三是和田。侯先生常说：作学问最怕没有资料，无米下锅，神仙也没用。新疆的考古资料，当然以吐鲁番出土最为丰富，不仅有大量的纸文书，还有可观的墓表、墓志资料。无论解放前还是解放后，历次考古资料都比较容易找到。资料以中国保存为主，这一点几乎只有吐鲁番考古如此，因为解放后吐鲁番的考古资料，明显比解放前的资料要丰富。加之，解放前黄文弼先生所获资料也在中国，所以吐鲁番资料获得比较容易。侯先生有这样的思路，老一代学者都能理解。研究敦煌吐鲁番学，改革开放之初，大陆学者严重受限，主要就是很难接触到国外的相关资料。侯先生没有参与过吐鲁番考古发掘，所以主要是利用吐鲁番出土资料进行历史研究。利用文物资料，侯先生研究高昌王国的郡县问题，讨论各个时期的高昌所奉年号问题，特别是利用吐鲁番出土的高昌时期的墓表资料，排检分析，写出《麴氏高昌王国官制研究》巨文（1984 年），对于高昌官员几个系列和等级进行了翔实的考证，即使今天也必须参考。吐鲁番资料，侯先生用功最多的应该是墓表资料。1990 年，侯先生著《解放后新出吐鲁番墓志录》(北京大学中国古代史研究中心编《敦煌吐鲁番文献研究论集》第五集),很长时间以来一直是几乎最重要的吐鲁番新出墓志资料来源。2003年,侯灿、吴美琳《吐鲁番出土砖志集注》出版(巴蜀书社),至今依然是最权威的资料著作。

侯先生的楼兰研究,是作为考古学家引人注意的。经过前一年的勘察,1980年春天,有东西两支考古调查队进入楼兰故城地域,侯先生是西队队长。在一个月的考古调查中,收获丰富。毕竟这是新中国成立以来对楼兰第一次真正意义上的考古工作,深受各界重视。1984年,侯先生在《中国社会科学》第二期上发表《论楼兰城的发展及其衰废》一文,因为使用了最新的考古资料,引起重视是很自然的。1988年《文物》第7期,发表侯先生的三篇文章,分别是《楼兰新发现木简纸文书考释》《楼兰古城址调查与试掘简报》和《楼兰城郊古墓群发掘简报》,集中展现了1980年楼兰考古的新成就。长期整理楼兰出土资料,研究相关问题,1999年,由四川天地出版社出版的《楼兰汉文简纸文书集成》,可以看作是侯先生多年积累的结晶。有关和田的研究,侯先生主要是围绕麻札塔格古戍堡进行了讨论,涉及丝绸之路上的地位以及和田绿洲的变迁等问题。

学术研究难免会落下遗憾,侯先生也如此。有一段时间,我看见侯先生把所有的高昌史料都摆了出来,卡片密密地布满大床,侯先生想整理出麹氏高昌的朔闰规律。大约是 1990 年上半年的一天，我到侯先生家，侯先生说了声“小孟啊”！这次，声音有些低沉。侯先生拿出一本《出土文献研究续集》，其中有王素先生的大作《麴氏高昌历法初探》，文后附有长长的《麴氏高昌朔闰推拟表》。学术撞车了，侯先生的功夫白费了。侯先生显然很受打击，苦笑着：“这就是学术啊。”这样的事，只能坦然接受了。有关楼兰考古的报告，至今只有简报，没有发表报告。侯先生已经调到新疆师大，整理工作似乎并没有停止。我确定看到过他的书稿，书名类似于《楼兰考古调查报告》，见其中有表格，有线描图，也有照片，尤其对照斯坦因等从前的工作说明如今的进展，感觉很有学术意义。不过，我关心的是高昌问题，楼兰的事不太在意。后来听说，侯先生把书稿寄给了北京的一家出版社，再后来遭遇挫折，有人写信表示反对出版，似乎是署名或者单位有问题，书稿被退回。书稿不能出版，个人的功夫又白费了。但更重要的是，如果是考古报告，那么所有的资料和研究也作废了，这就不是一个人的损失了。我曾专门联系新疆所的所长于志勇先生，他说不能让学术工作浪费了，新疆所可以支持出版。可惜，侯先生去世后，我一再追问，侯先生的家人很肯定地说：没有这样一部书稿。

侯先生在历史系上“考古学概论”课，特别欢迎同学对有关考古的问题进行探讨。侯先生指导的学生，我所知是姚崇新和张莉。姚崇新是那个班的班长，毕业时竟然不能留在乌鲁木齐，侯先生努力帮忙，介绍他去了吐鲁番文物局，从此踏上学术之路。张莉的故事我都是听说，她接受侯先生指导读书，帮侯老师翻译西文资料，从而对西域考古有了相当深入的了解，后来读硕士、博士所作问题都与西域研究相关。

侯先生的考古工作，主要是在博物馆和考古所时期进行，到了新疆师大，核心工作是学术研究。正是到达新疆师大之后，侯先生的重要成果纷纷出版，影响日著。媒体采访、学术演讲频繁发生。日本九州大学与新疆师大建立合作关系，日方的考古学家西谷正教授与中方的侯先生是双方学术代表，多次以丝绸之路考古为题对新疆各地考古遗址进行考察。加之楼兰考古的新成果，引起日本学界如东京大学池田温教授、早稻田大学长泽和俊教授的重视也在情理之中。1988 年，日本学术界为纪念“中日邦交和平友好协议签订 10 周年”，特地邀请侯灿教授前往日本参加名为“谜和传奇的古代国家——楼兰特别报告会”，围绕楼兰考古与丝绸之路，侯先生在日本举行多场报告会。此后，侯先生多次应邀前往日本进行学术交流。

1990 年，侯先生的专著《高昌楼兰研究论集》由新疆人民出版社出版发行。这是一部学术论文选集，由书名可知，主要选取的是高昌和楼兰方面的研究论文。这是中国的出版困难时期，在出版问题上，中国学者的窘况人所共知。侯先生的著作得到了九州大学西谷正教授的资助，

《高昌楼兰研究论集》，侯灿著，新疆人民出版社，1990年

最初的出版动议也是西谷正提出的。他想选一些侯先生的论文翻译成日文，供日本同行参考，而第一步先在中国出版一部论文集。论集出版了，总共只印制了1200本，可想而知，很快就洛阳纸贵，今天更是踏破铁鞋无觅处。

出版《高昌楼兰研究论集》之后，侯先生的研究没有止步，除了高昌历史以外，楼兰史的研究又增加许多，所以《西域历史与考古研究》是前一部书的升级版，内容更丰富，价值更高。比如围绕楼兰出土的木简和纸文书，侯先生进行许多新的探索，而前一部书没有收入，现在都纳入本书，尤其是丝绸之路研究和和田历史研究的论文，更是新近加入。和田作为丝路南道的核心绿洲，在丝绸之路上的地位十分重要。特别是从佛教历史的视角看，和田历史的重要性认识完全没有达到应有的地位。侯先生对和田的研究，也是在实地踏查的基础上，再结合文献和考古进行研究的，对于我们今天理解丝路变迁尤其是和田绿洲的变迁，意义重大。特别是如今丝绸之路研究大热的情况下，本书会为这个课题再增新资源。《西域历史与考古研究》，可以看作是侯灿先生西域历史考古研究的全面总结，是他个人的论文全集。

新疆师范大学黄文弼中心资助了这次重要出版活动，毕竟是老单位有感情啊。

本来应该作者写后记，现在只能遗憾地由我代笔。愿侯先生在天之灵安息并理解。

2019年6月18日北京老营房路

历史随笔

敬畏泰山

作为鲁国境内最高的山峰，泰山在当地受到崇拜，并且形成传统，即使今天也不难理解。《诗经》有言：“泰山岩岩，鲁邦所瞻。”但是作为后世长期五岳独尊的泰山，我们当如何理解？泰山成为中国高山崇拜的最高代表，有力的证据就是帝王的封禅泰山。《白虎通》曰：“王者功成封禅必于泰山者何？万物之始，交代之处也。”封禅，显然是成就泰山神圣的关键所在，难道成就泰山这种地位的仅仅是因为泰山屹立于中华大地的最东方吗？

一、泰山：从祭祀到封禅

泰山崇拜问题，商朝的情况无法知晓，现在可以肯定的是，周天子和鲁国国君都有资格祭祀泰山。有观点认为，泰山崇拜最初应该属于东夷人的发明。根据万物有灵的观点，这是可以认可的。但是，西周时代，肯定是继承了这个传统。《礼记·王制》:“天子祭天下名山大川，五岳视三公，四渎视诸侯，诸侯祭其疆内名山大川。”正因为周天子有祭祀泰山的礼仪，《左传·隐公八年》（前715年）才有这样的记载：“郑伯请释泰山之祀，而祀周公。”为的是与鲁国交换土地。说明此前西周天子是经常祭祀泰山的。

《史记·封禅书》，记载历代帝王祭祀泰山，是从舜开始的，比西周更早。但那只是祭祀，不是封禅，而且是五岳遍祭，礼仪“皆如岱宗之礼”。封禅，是不同于祭祀的，虽然也属于祭祀，但是规格远远高于一般祭祀，是所有祭祀典礼中的最高级。不仅一般诸侯没有资格，即使是天子，不是特别成功者也没有资格，简单地说封禅是帝王最高的祭祀天地礼典。

那么，是谁开始封禅泰山呢?《史记·封禅书》中引用了管仲劝说齐桓公的话，因为齐桓公自认功劳很大，想要封禅泰山。管仲回答说古代封泰山禅梁父者共有七十二位，而他所能记得的只有十二位，伏羲、神农、炎帝、皇帝、颛顼、帝喾、尧、舜、禹、商汤和周成王。管仲的观点是，这些封禅泰山的都是天子，“皆受命然后得封禅”。《史记·封禅书》的这个记载可为根据，那么管仲所说十二次封禅泰山最后一位，就是“周成王”。

管仲不同意齐桓公封禅，最后用条件不足劝阻成功。

但是，所言十二人封禅，与《史记·封禅书》的观点不同。《封禅书》说："诗云纣在位，文王受命，政不及泰山。武王克殷二年，天下未宁而崩。爰周德之洽维成王，成王之封禅则近之矣。"近之矣，是认为周成王封禅泰山之说与事实比较接近，也没有完全肯定周成王就是封禅之礼的创始人，这个大约是《封禅书》的观点。

《史记·封禅书》在记录秦穆公的种种祭祀活动之后写道："其后百有余年，而孔子论述六艺，传略言易姓而王，封泰山禅乎梁父者七十余王矣，其俎豆之礼不章，盖难言之。"在齐桓公时代，已经有了很流行的封禅说法，所以才有齐桓公要封禅而管仲阻拦的故事。推测当时的说法，恐怕还不是易姓而王才能够封禅泰山，因为当齐桓公认为自己功劳确实很大，理应封禅的时候，管仲只能用条件不足为由来加以阻拦，不能否认齐桓公的功劳和资格。所以，《封禅书》这里讲述的应该是孔子的主张：论述六艺，言易姓以及封禅泰山。封泰山禅梁父之说，很有可能是在孔子的加工之后，才成为更流行的理论观点。

二、泰山：西周礼乐文明

泰山，何以成为封禅的圣地？学者多认为，封禅理论主要来自山东半岛，儒生和方士都是积极主张者，而泰山在齐鲁大地的崇高地位因此确定。自然的原因也是泰山的高耸，确实强于他山。西晋袁准就说过："夫洛阳者，天地之所合；嵩高者，六合之中也。今处天地之中，而告于嵩高可也，奚必于太山?"（见《太平御览》卷五三六）后世的这种质疑对于历史几乎没有意义，重要的是理解。泰山的崇高地位，显然不仅仅因为自然高度，更主要的是因为文化高度。看看春秋战国思想家们笔下泰山，就知道泰山的高大获得了共识。

泰山属于鲁国，而鲁国是周公的封地。周公不仅是鲁国文化的奠基人，更是西周文化的代言人。周公有功于周朝，而周公的制礼作乐正是周文化的代表，"敬德保民"正是周公思想的精华所在。西周以小邦取代大国殷商，如何治理天下，是周初的当务之急。周公用敬德保民、制礼作乐取代殷商的天命观，正式划开了商周历史的分水岭。"郁郁乎文哉，吾从周"。孔子是泰山封禅理论的支持者、参与者，孔子对泰山的推崇让人联想到周公。周公对于西周的巨大无比的贡献，赢得了孔子的推崇，因此也受到后世的尊重。

在礼崩乐坏的春秋时代，鲁国也陷入同样的混乱。季氏"八佾舞于庭"，孔子的反应是"是可忍，孰不可忍也"。同样是季氏，他竟然也去祭祀泰山，而孔子的说法是泰山之神不可能接受季氏的祭拜，因为泰山只能接受鲁国国君和周天子的祭拜。《封禅书》的说法和解释是"及后陪臣执政，季氏旅于泰山，仲尼讥之"。虽然如此，在孔子眼中，鲁国依然是中国最理想的国度，孔子说："齐一变，至于鲁；鲁一变，至于道。"（《论语·雍也篇第六》）显然，鲁国即使不是最理想的国度，至少也是最接近理想的国度。孔子把鲁国与周公和西周的文明联系起来，孔子闻韶乐，三月不知肉味。而梦不见周公，则让孔子不安。

周公不仅在政治上有功于周，而且在思想上有功于后世。孔子一方面认定鲁国是自己的父母之邦，另一方面也承认周公是自己的思想源泉。夏商周三代，文质搭配各有特点，孔子认为，西周是最佳的，称得上是"文质彬彬"。而西周的关键，就在周公。唐朝皇帝的一份诏书，是这样评价周公的："爰始姬旦，主翊周邦，创设礼经，大明典宪，启生民之耳目，穷法度之本源。"（《唐会要》卷三十五）重点表彰的，即是周公对于周礼创设的贡献。

孔子是周公思想的继承人，更是儒家的创始人。如果说周公主要是政治家而兼及思想家的话，那么孔子的政治生涯是有限的，孔子的光辉几乎完全在于他的思想家身份。周公的成功，一方面表现在政治上辅佐成王，另一方面则是礼乐制度的创设。而孔子的成功，最重要的是思想和精神。孔子在周公的礼制中提炼出精神，把礼乐化为一种思想，并建筑了儒家的思想体系。

从孔子讥讽季氏一事看来，孔子一定是把祭祀泰山看作周礼的一部分，季氏旅泰山如同"八佾舞于庭"一样，都是非礼之举。那么，封禅泰山是否可以看作是孔子礼乐思想的一部分呢？过去论者甚少。孔子对齐桓公尊王攘夷十分肯定，并且主张祭神如神在，封禅泰山可以看作是孔子礼乐思想的一部分。

三、封禅：从理论到实践

历史学家一般强调汉武帝对于儒家的尊重，导致了后来儒家的兴盛。其实，秦始皇封禅泰山，完全可以看作这是向东方儒家妥协，而军事征服者被文化所征服，这并不是历史上的唯一案例。刘邦征服天下，但是在曲阜城下，面对一丝不乱的丝竹管乐，忽然软化了征服者的铁石心肠，这应该就是后来祭祀孔子的重要铺垫。

秦始皇封禅之时，距离传说中的封禅已相去太久，封禅之礼，几乎无人能知。学者认为，秦始皇封禅泰山之前，只有封禅理论而没有封禅实践，也是很有道理的。汉武帝封禅，情形几乎雷同。但是，他们都还是请来众多儒生，认真讨论，直到最后讨论没有结果，莫衷一是，只好一切罢而不用。但是，主张封禅者，多来自东方，不仅有鲁国的儒生，也有滨海的方士，笼统可以如是观：来自西方的征服者和统治者，不管是秦始皇还是汉武帝，都为东方文化所折服、所吸引，沉迷不返。追求仙人和长生必然无果而终，但是封禅泰山却是成功的。泰山封禅，终于走出了传说的迷雾，变成了帝王心目中的神圣所在。何止是帝王，封禅大典，几乎就是一种历史创造，所以司马谈才会因为不能参与而痛心疾首，终生为憾。古代中国，最神圣的典礼，非封禅莫属。因为封禅不能随时进行，封禅的条件常常难以具备，所以古代帝王无数，而真正能够封禅成功寥寥无几。

如果说周公的礼制是可以操作的系统，那么孔子的思想体系主要是精神光芒的闪耀。如今，秦汉大统一时代的到来，孔子的思想再次向可以操作的礼制转化。中国文化，经过春秋战国时代的大交融，在秦汉时代才终于结出硕果。作为帝王祭祀天地的最高礼典，封禅终于成为事实，而泰山几乎永久地独占了这个荣耀。

秦国起源于关中，而关中不乏名山。就海拔高度而言，华山 2154.9 米，太白山顶峰 3767 米，而泰山不过 1532.7 米。为什么秦始皇不远千里，费尽周折地封禅泰山呢？作为统一帝国的元首，他要表达对“普天之下莫非王土”的信念？为了让东方人民感受到皇帝的亲近？不管封禅泰山有多少复杂因素，但有一点是可以明确的，东方关于封禅泰山理论和文化，不管是语焉不详的传说还是相互矛盾的故事，都在证明一种强大的思想文化传统的存在。即使很多细节都无法证明，即使所有礼仪都无法施行，但是，要封禅就只能到泰山。其他的名山大川都可以祭祀，但那只能叫作祭祀，不能叫作封禅。面对传统，不可一世的帝王也只能低头妥协。

泰山封禅，可以看作是儒家思想礼制化的一个具体表现。而在儒家思想的传播过程中，我们看到的事实是，帝王先接受了封禅理论，然后才接受了儒家，最后儒家成为国家意识形态。秦始皇封禅泰山，汉高祖祭祀孔子，汉武帝设五经博士，这个思想传播的过程，方向是一致的。封禅泰山为代表的儒家礼制思想，因为与天地祭祀有关，与帝王的合法性证明有关，所以最先受到最高统治当局的青睐。而这，正是儒家获得独尊地位的开始。

可以说，自从秦皇汉武封禅泰山以后，泰山的五岳独尊地位才真正确立下来。泰山的地位的提升，与儒家思想在中国的发展同步进行，泰山于是成为一种文化象征与符号。中国文化，如果用一个人来代言，那就是孔子。如果用一座山来代表，那就是泰山。

四、祭奠：敬畏与感恩

泰山，从鲁国的名山到全国的名山，从享受山岳祭祀到承载封禅大典，除了伴随东方和儒家文化的成长壮大以外，随着祭祀典礼层级的提高，它所代表的感恩观念也走上极致。

《公羊传》曰："山川有能润于百里者，天子秩而祭之。触石而出，肤寸而合，不崇朝而遍雨天下者，惟泰山乎！"山川之所以受到祭祀，是因为能够泽被四方。这种祭祀，就是一种感恩典礼。感谢山川，感谢天地。封禅泰山，是为了报功，其实也有感恩的一面。封禅，根据《五经正义》的解释是“易姓而王，致太平，必封泰山，禅梁父何？天命以为王，使理群生，告太平于天，报群神之功”。报功天地，到底是什么意思？一方面是汇报、报告，另一方面就是回报、报答，就是感恩天地。所有的祭祀，都有报恩之意。

天子封禅，报功天地，为最高感恩典礼。成就这一盛典的，不仅取决于帝王意愿，更取决于客观条件。所谓客观条件，按照管仲的说法，需要凤凰来仪，麒麟现身，还要有比目鱼出海。其实，最重要的是要天地祥和，万物茂盛，人民幸福。汉光武帝刘秀恢复汉家江山，即位三十年，群臣建议封禅泰山，而光武帝的回答是：“即位三十年，百姓怨气满腹，吾谁欺，欺天乎？”隋文帝一扫天下，让分裂中国再次统一，但是当群臣建议封禅泰山的时候，文帝说：“此事体大，朕何德以堪之。”最后只用南郊之礼祭祀泰山，不敢举行封禅之礼。

中国古代，虽然没有西方式的宗教和上帝，但是古人有所敬畏，知所进退。天地受到崇敬，不仅是因为天地赐予万物，养育万民，也因为天地代表良心，代表善的意志。无其德而行其礼，是欺天灭祖。所以我们看到，很多帝王何尝没有自我表扬的需要，但是敬畏之心让他们止步。唐太宗几次决定封禅，或因大臣劝阻，或因天象异常，或因水灾出现，最后决定放弃封禅。封禅，对于帝王而言，是一种巨大无比的荣誉，因此有着可以想象的引力，但是很多帝王，汉光武、隋文帝、唐太宗等，最后决定放弃，是因为他们有敬畏之心。孔子说，畏天命，畏大人之言，这些帝王敬畏的是什么？真的是无知无情的自然天地吗？当然不是。他们敬畏的是人心，是历史。他们畏惧肆无忌惮的自我膨胀会导致人民怨声载道，导致天谴，导致历史的恶评。

天地良心，算是一个成语，在中国的语境中，天地代表良心。从春秋时代开始，中国人的天命观就发生了巨大改变，“天视自我民视，天听自我民听”，上天的意志代表人民的意愿。天地为万物之本，人民为邦国之本。从这个意义上说，感恩天地，就是感恩人民，敬畏天地就是敬畏人心。

探究中国文化，感受中华精神，我们不单单是一群客观的研究者，我们还是中华文化的继承者。所以，在探索中华文明的过程中，我们作为中华文化恩泽的承受者，还应该表达一份感念之情。作为中华儿女，我们在这方天地之间，不仅承受温暖阳光的爱抚，接受无私大地的滋养，我们同时还在享受一种精神，那就是中华文化。正是因为中华文化，我们才能够感受爱与美，通晓事理，明白是非，体会与享受亲情、友情和一切人间美好。

与此同时，我们也需要反省。反省自我，反省当今中国。曾几何时，我们拼命排斥中国文化，我们甚至把中国文化简单地贬斥为封建文化、封建糟粕，一句话就是文化垃圾。正是我们这些中国文化的受益人，在诅咒中国文化的时候最卖力，如同一边吸吮母亲的乳汁，一边对母亲叫骂。最后，我们变成了一群什么人？数典忘祖，失去了文化之根，成为文化的弃儿。传统被我们抛弃，西学的精华也远未学到，如今的中国，正处在文化上的邯郸学步状态。可怜之人，定有可恨之处。如果再不觉醒，中国文化的千年基业，必然会彻底葬送在我们这些人的手中。

以泰山的祭祀而言，今天我们早已经丧失了祭祀泰山的资格，我们更缺乏的是敬畏之心、感恩之心。因为心中没有敬畏，所以听任天良丧尽，祸国殃民。不怕人民诅咒，不怕五雷轰顶，不怕天谴。心中没有感恩，所以欺师灭祖，坑害人民。连父祖都不能孝敬，还有可能感恩山川吗，有可能感恩天地吗？

站在泰山脚下，我们抚今追昔，能感受到的只有愧疚。愧对泰山，愧对祖先，愧对中国文化。乾隆皇帝有一首诗，名《题封禅事》："登封降禅古来传，总属夸为可鄙旃（zhān）。造极至今凡六次，无他只谢愧心虔"。乾隆第六次登临泰山，他最大的感受是惭愧。对于中国文化，乾隆至少是有所贡献的，比起今日中国，更应该惭愧的是谁？就破坏中国文化传统而言，数风流人物，还看今朝。

原刊《光明日报》2010 年 12 月 2 日 11 版，题为《泰山的祭祀与封禅》

中国历史上的功臣政治

中国古代政治史，常常以朝代为限，朝代的兴衰更替，确实是一种重大历史现象。从远处看，夏商周三代已经开创了朝代政治的先河，而中国人熟知的朝代故事，还是发生在秦汉之后。历代王朝，如同遵循生物规律一样，几乎都存在着发生、发展和衰亡的客观过程，这就成了历史研究中的一个重大课题，探索朝代兴亡，汲取经验教训。唐太宗曾说过“以史为鉴，可以知兴替”，就是这一课题的高度概括。人所共知，古代中国历史学发达，原因正在于这一课题的政治实用性，看上去是历史课题，对于在位的国家领导人而言，其实是严肃的政治问题，如何吸取历史的经验教训对于当代而言是无法回避的重大政治议题。如今的中国，早就超越了朝代政治，历史研究属于更纯粹的学术领域，探索其中的规律，对于今日读者而言，更多属于历史知识的增进。

一、重用功臣

与王朝政治相伴随，许多朝代开国之初，都有功臣政治问题。在朝代兴替的过程中，无非是天下暴动、和平政变和外敌入侵等几个基本方式。通过激烈的战争方式完成改朝换代的新朝，如汉、唐、明常常都伴随着一定程度的功臣政治。通过政变完成的改朝换代，新朝也会有不同程度的功臣问题，如隋朝、宋朝，但功臣政治问题并不严重。几乎可以断定，凡是依靠功臣努力完成改朝换代的时代，功臣政治就会如影随形地产生。这是历史的辩证法，所谓成也萧何败也萧何。

战争是政治斗争的极端形式，无论胜败，都会伴随着巨大的牺牲。皇帝带领团队打天下，不能仅凭自己的“力拔山兮气盖世”，更多需要依靠的是自己的军事集团的重要成员们。他们冲锋陷阵，抛头颅洒热血，最后击败对手，逐鹿成功。新的王朝诞生了，这是铁血战斗后的结果。对于功臣而言，新的王朝是他们流血牺牲换来的，正因为如此，他们才被尊称为功臣。秦叔宝（名琼）是唐太宗的功臣，两军阵前，多次刺杀敌人最醒目的骁将。贞观时期，经常患病，他说自己经过的战阵二百多次，无数次受伤，前后流血加起来得有几十斗，怎能不患病呢？结果贞观十二年就去世了。功臣的鲜血是新朝建立的基础，没有功臣们的战斗功勋，就没有新王朝的建立。

新王朝不能忘记功臣们的功勋，所以建国之后都会特意表彰功勋，一个显赫的功臣阶层拔地而起。有学者研究认为，中国古代的改朝换代，常常伴随着一个阶层的兴起，成为地主阶级的一个新的再生道路。这是从政治作用于社会来观察的，而就朝廷政治而言，功臣们存在更主要是政治形态的，他们的历史功勋会转化成现实的政治能量，在新时期继续发挥作用。

西汉的功臣政治是中国历史上最典型的。西汉是没有任何历史基础，单凭军事斗争建立起来的王朝，很多问题都是首次遭遇。汉代对功臣采取分封的手段进行肯定，当初跟随高祖刘邦打天下的功臣有一百四十三人被封为侯，史书记载清楚，在举行封爵之礼的时候，还有相应的誓言，即“使黄河如带，泰山若厉，国以永存，爰及苗裔”。即使黄河变成了衣带，即使太山（泰山）变成了磨刀石，封国也会永远存在下去，世代享用。同时，“申以丹书之信，重以白马之盟”。这大约就是白马盟的内容。这个宣誓，显然是皇帝对功臣们的庄严承诺。当然，史书也记录了白马盟的另一项内容，即“非刘氏而王，天下共击之”。这是功臣们对皇室的承诺，绝不允许非刘邦子孙成为领导人。

政权到手了，皇帝世世代代享受最高权力与荣誉，决不能忘记给自己的一班兄弟分一杯羹。汉高祖与功臣们刑白马歃血为盟誓，功臣们要世代忠诚刘氏天下，而功臣们有功，也可以世代享受高官厚禄。但是，这种形式隆重的宣誓及其背后封侯赐位的政治分享，仅仅是赏功吗？当然不是。跟随刘邦平定天下的功臣们，除了张良一心要退隐之外，功臣们都成为新朝廷的重臣，成为辅佐皇帝的核心力量。清代的历史学家赵翼，对此特别概括汉初政治的“布衣将相之局”。从这个意义上说，功臣集团当然不是单纯的历史概念，他们在现实政治中也扮演着最重要的角色，皇权对于功臣的依赖，不仅是从前的功勋，更重要的是现实政治的维护与支持。相对而言，新王朝要治理当今天下，虽然竞争对手被消灭了，但是治理任务同样繁重。汉高祖的《大风歌》有“安得猛士兮守四方”之句，这绝对是新王朝的急迫任务，而举目四顾，皇帝能够信任的只有功臣集团。

功臣的特长首先是忠诚。如今的王朝是大家流血牺牲换来的，对于当今王朝的忠诚，其实就是对于自己以往行为的肯定，如果背叛新王朝就是否定了自己。正因为如此，韩信临死的时候说“狡兔死走狗烹，高鸟尽良弓藏，敌国破谋臣亡”，千古以来被看作是名言。韩信是冤枉的，如果造反或追求个人利益的最大化，韩信是有过极佳机会的，但如今却被打成谋反罪臣，遭遇人生悲惨结局。皇帝对功臣不放心，往往与皇帝的个人心理关系密切，并不存在功臣谋反的事实。

战争时期更需要军事人才，和平时期的治国理政，所需人才却是多方面的。叔孙通的故事最能说明这一点。叔孙通带领一班弟子跟随汉王，在战争时期几乎无所用力，但叔孙通知道什么时候是自己发挥作用的时候，他对自己的弟子也是这样吩咐的。果然，战争结束，和平时期需要制礼作乐，叔孙通和弟子们立刻派上了大用场。其实，叔孙通研发的礼仪，主要是朝仪，以君臣之礼为核心，要达到的目标就是大臣遵守尊君之礼。刘邦这位皇帝，终于尝到了被尊敬的好处，说了一句话，响彻千古："吾乃今日知为皇帝之贵也。"

总之，历史地位与现实政治的强烈需要造就了功臣政治。吕后的故事人所共知，陈平、周勃这些功臣在拱卫朝廷，保护刘氏天下这个根本问题上，确实发挥了关键作用。曾经的功臣再立新功，功臣政治因此获得进一步的发展。

与西汉相比，后来的功臣问题一般并不严重。汉光武帝有二十八功臣，后世称作云台二十八将，富贵荣华，并不稍缺。但是，汉光武帝却不给功臣们具体的政治权力，不让他们担任朝廷要职。对此，史家常有讨论。唐高祖晋阳起兵，建唐之后，公布太原起兵功臣，明确功臣享有法律特权，不与政治职位相联系，所遵行的可以认为正是光武帝的政策。赵匡胤建立北宋，黄袍加身的背后有一批军事将领的支持，后来又南征北战平定天下，也出现了一批北宋的建国功臣。天下稳定之后，赵匡胤杯酒释兵权，解除功臣们的兵权，报以大型地产和豪宅，用经济利益换取功臣们的不参政，依然是光武帝的思路。明太祖朱元璋对待功臣的办法过于残酷，胡蓝之狱先后有几万人被株连，曾经的战斗友谊一扫而空。皇帝感到功臣集团的巨大政治威胁，才会出此下策。一方面是明太祖过于敏感的心理发挥扩大化的想象，一方面战后君主与功臣的关系确实存在某种紧张。

二、功臣集团的顽疾

西汉功臣政治的负资产，成为历代功臣问题的一面历史镜子。功臣集团在西汉建国之初的地位如上所述，在政治领域他们具有无可争辩的优先权。但是，长此以往，渐渐却生出新的弊端，功臣集团在政治上的排他性，严重限制了国家正常有序地发展。

皇帝与功臣集团的关系，具有战略联盟的含义，而这层关系是从战争时期继承下来的。战争结束之后，国家进入全面建设时期，主轴与主题都发生转变，这便是打天下向坐天下转变，暴力革命向全面建设转变。这一主题，是在西汉初年破题的，陆贾这位思想家功臣，有鉴于秦朝的失败，把这个主题全面阐述出来，不仅获得汉高祖的高度肯定，也受到历代的高度肯定。从此，国家转型就成为后来任何一个新王朝都不能不重视的一个重大政治课题。

在国家转型这个过程中，皇帝与功臣集团的关系，也要发生转变，这可以看作是国家转型过程的一部分。与面对一个敌对的政治军事集团不同，如今皇帝和功臣集团之外，没有一个客观存在的具有威胁性的对手，于是他们的关系需要重新定义。皇帝原本是功臣领袖，或者更应该被看作是功臣们的领袖。功臣集团可以细分为更多的次级集团，从地位与功劳的角度，也可以划分为很多的等级，从最高将军到普通战士，完全都可以划分为功臣，但他们唯一的领袖就是皇帝。一个军事政治集团，有一位自己的领袖，而他们控制的区域与人口，也听令于同一位领袖。然而，战争年代，越是领袖众多，领袖的地位越不稳定，对于民众来说，这尤其是一个问题。在拉锯的区域，民众会经常被不同的集团控制，会接受不同的领袖指挥。所以，相对稳定的关系是功臣集团与他们的领袖。征服的地区扩大，一个集团获得最后的胜利，于是集团领袖便转化为全国的领袖，他便是全民的皇帝。

但是，和平到来之后，新的王朝持续由功臣集团控制，皇帝与功臣集团的关系就要发生摩擦、矛盾甚至冲突。功臣是有相当大的权利的，这种权利可以分为两个方面：一是经济利益，二是政治权力。在战争年代，集团领袖要分权力给自己的各级将领，以便他们更忠诚。韩信与刘邦就有过这样的过程，韩信要当齐王，刘邦不得不给。因为面对项羽集团的威胁，内部的权力分享有利于内部团结一致。刘项成败论，古往今来一直有这样的看法，那就是刘邦愿意与臣下分享权力，而项羽虽然作战勇猛，但心胸狭窄，主要证据就是不肯分权。和平时期，功臣政治的特点是，功臣集团继续把持朝政，继续分享权力。刘邦时期解决了异姓王问题，但是随后地方诸侯坐大，功臣集团问题依然存在。且不说地方诸侯问题，就功臣集团问题而言，他们的存在不过是延续以往的经验，战争时期的权力在和平时期继续保持。

国家转型过程中，皇帝的角色也发生了转变，而这一点功臣集团往往不能理解。他们依旧相信，如今更应该分享权力，而这种权力如同皇权在一个家族内部传递一样，他们的权力也可以跨世代传递。但是，战争是特殊时期，相比于和平时期而言，战争时期是短暂的，政策是临时的，即使强化内部团结，注重内部分享，也是战时的权宜之计。如果把战时政策全部在和平建设时期沿用，就会严重阻碍国家的转型。然而，功臣集团过分看重自己的权力，往往不能适应国家转型，他们甚至阻挠皇帝的国家转型倾向，阻止皇帝成为全民皇帝。

汉文帝的故事很能说明功臣政治对于皇帝的限制。功臣集团稳定了刘氏天下，挡住了吕后家族权力发展的去路，汉朝重归刘家。而文帝当选，是功臣们的主意，追究其原因，就是因为文帝庶出，长期生活在长安以外的代地，即使当了皇帝也容易控制。这是史家早就看到的问题，而文帝也只能适应这样的朝廷环境，长期忍隐不发。如果文帝与大臣发生分歧，通常都是文帝方面妥协。皇帝一切顺从功臣集团的安排，皇帝被功臣集团绑架，皇帝依然仅仅是功臣集团的皇帝，迟迟无法成为全民皇帝。

西汉的功臣政治持续的时间很长，比如《后汉书》的作者范晔著《二十八将传论》，认为云台二十八将不被光武重用（“光武不以功臣任职”）是因为汲取了西汉的教训。汉高祖以后，“迄于孝武，宰辅五世，莫非公侯。遂使缙绅道塞，贤能蔽壅，朝有世及之私，下有抱关之怨”。范晔在讨论功臣政治造成了另外一层的问题，即功臣集团成为阻挡其他人发展的障碍。缙绅，通常指学人士大夫，他们学而优则仕，本来就准备为国家尽其才力的，但是因为功臣集团的阻挠，他们的人生道路走不通了。贤能之士，没有机会为国家效力，只能庸庸碌碌地混日子。朝廷上的达官贵人都有通世之好，担任小吏的人才当然要发声抱怨。

范晔所论，也是天下共知的问题。在这方面，贾谊可谓典型。在《史记》中，贾谊与屈原同传，而同传就是因为他们有共同之处，那就是怀才不遇。空有一番报国之志，有想法有能力，但却不被理解，只能郁郁寡欢，被后人千百年同情。贾谊写过《吊屈原赋》，以极其哀痛之心替屈原抱不平，而所有人都知道，他这里存在着自己的幽情。其实，贾谊还是有所不同的，那就是汉文帝十分欣赏贾谊的才干，而更可悲的是汉文帝也不能为贾谊做主，因为朝中执政的功臣看不上贾谊，皇帝虽然欣赏，也只能停留在欣赏的层面上。读贾谊传，我们知道汉文帝一直惦念贾谊，有的时候甚至希望贾谊在外地做官意志消磨、熬光才气。可是，见面一看，贾谊依然才气十足。如果贾谊的才华消失了，文帝的自责之心会淡一些，可真实的贾谊让文帝更加痛苦。因为，如今的皇帝依然不能有所作为。文帝与贾谊见面，迫不得已，只能“不问苍生问鬼神”。

横在汉文帝和贾谊之间的，就是功臣集团。是汉文帝和贾谊两个人吗？不是。所有的皇帝和所有非功臣集团成员，都在功臣集团的阻拦之列。一方面，国家进入全面建设、全面发展的时期，需要大量的人才加入，另一方面因为功臣集团的存在，皇帝却不能大力开发人力资源，加快推进建设步伐。皇帝看上去，依旧仅仅是功臣集团的皇帝，而真正全民的皇帝，还要不断去争取，至少要挣断功臣集团的枷锁。

唐朝初年，通常我们很少注意到功臣集团问题，因为著名史学家陈寅恪发明的“关陇集团”概念，完全吸引了研究者的注意。所谓“关陇集团”其实就是西魏、北周以来北朝的上层统治集团，他们可以说是北周的功臣集团及其在后世的持续存在。这个视角是值得注意的，对于唐高宗而言，以长孙无忌为首的宰相团队也可以看作是功臣集团，至少具有许多功臣集团的要素。唐高宗终于通过斗争摆脱了长孙无忌这个集团，唐高宗完成了皇帝的转型。

三、功臣集团的下场

但是，功臣政治注定会走向衰亡的。功臣第一代，甚至第二代，他们对于权力的享有似乎有着绝对的正当性，连皇帝和法规也会对此给予承认。但是，进入第三代之后，他们的政治正当性理所当然地会遭到质疑。如此，功臣子孙的不自信会越来越严重，而攻击者越来越理直气壮。这种现象，表面上是一种政治斗争，本质上却是政治社会的进步，而最终的结局一定是皇帝与士大夫合作，一起结束功臣政治。

这里所谓的士大夫，就是中国古代特有的一个群体。如果从广义的阶级论，士大夫属于地主阶级。但是，很多士大夫成员，可能在财产上一贫如洗。士大夫更主要的特征是读书人，是古代知识的拥有者。强调这一点，士大夫更应该归纳为知识群体。同时，士大夫又是官员的来源和去处，从而士大夫又与官员存在交合关系。有学者概括士大夫是士林、官场和地主的“三位一体”，由此则可以证明，士大夫既不是士林，又不是官场，更不是地主。士大夫是拥有知识的群体，所以在当时的理论上具有解释权，因为政治理论就是意识形态，所以他们对于朝廷的政策、行为也有评论的能力与影响力。如果笼统地总结，可以认为士大夫就是当时中国社会精英的集合体。他们有社会理想，有政治热情，熟悉法律及其原理，明了社会疾苦，甚至不乏管理才干。自春秋战国时代中国传统的贵族阶层被消灭以后，秦汉以后的中国社会，士大夫就成为中坚力量。春秋战国时期，最高的政治领袖与士人阶层的成功合作，最终完成了中国历史的重大转变，贵族政治告别中国，中国迎来了崭新的时代。

面对功臣政治，皇权与士大夫群体，再一次进行合作。汉武帝时期，是西汉解除功臣政治的转折期，正是汉武帝时期，广泛采取了从社会上选拔人才参与政治的政策和制度。察举制是董仲舒提出，汉武帝采纳的选拔官员制度，二十万人口以上的郡国，每年给一个察举名额，四十万以上的给两个名额等。依照人口数量给予察举官员的名额，很自然令人想到按照人口分配议员的代议制，社会的代表性因此呈现。为什么汉武帝时期采取的新的察举制度？一个很重要的背景就是功臣政治衰落，需要一个更有活力的士人群取而代之。

功臣集团的陨落具有必然性。其一，功臣集团相对于全部国民而言，自然是一个极小的存在，即使是对于士大夫群体而言，功臣集团也是一小撮而已。随着社会经济的发展，社会人口普遍增加，但是功臣集团的成员却只能不断减少。以西汉的情况而言，功臣“子孙骄逸，多抵法禁，殒身失国”。一方面是他们行为不端，另一方面，法禁趋严。根据史书的归纳，汉高祖封列侯 143 人，但是到了文、景时期，仅仅剩下了四家。所谓法禁趋于严密，自然显示了朝廷（皇帝）的动因。其二，功臣子孙也会有不同的人生选择，在读书入仕越来越成为社会的主流的时候，或许就有功臣子孙不屑于躺在祖先的功劳簿上过活，成为人人鄙视的啃老族。相对而言，士大夫群体的崛起同样具有必然性。一方面，士大夫更具有社会代表性，他们是皇帝体现全民皇帝性质的更佳对象。另一方面，和平时期，士大夫群体读书入仕，具有更强的竞争性和更大的优越性。

无独有偶，唐高宗打掉了长孙无忌的“关陇集团”之后，也在选官制度上加强了科举考试的力度。陈寅恪先生甚至认为，武则天上台当皇帝，科举制度是一个重要因素。看来这是有规律可循的。功臣政治结束之后，一定伴随着重要的选官制度出台或者推广。汉朝的选官制度察举制是汉武帝时代推广的，唐朝的科举制度是高宗、武则天时代有了更大的发展。一个更广阔的时代正在展现，一个王朝的盛世景象开始酝酿。

结束功臣政治，挺进新时代，历史正是这样演进的。

原刊《文史天地》2015年第4期

大唐的“朝贡”外交

英国和美国是近代以来影响世界历史进程最重要的两个西方国家。分析英美历史，人们注意到一个重要的外在环境相似性，即光荣孤立：英国与欧洲大陆的相对隔绝，美国与世界重要国家的相对隔绝。这种地理环境，为英美制定相应的“光荣孤立”政策打下基础，让英美面对世界的时候可以从容不迫地按照自身的意愿去行事。这个观察角度也可以运用到古代世界。在古代世界，以文明古国为基础的强大帝国都集中在欧亚大陆的西方，只有中国长期孤悬于世界的东方。这是当时世界文明的基本格局，而这个格局显然有利于中华文明从容不迫地健康发展。

孤立的中国不是文化选择的结果，完全是自然环境造成的，但这却为中国的外交格局奠定了基础。政治上，中国间歇性受到草原力量的冲击，这为中国文明的统一性酿造了外在条件，也促成了中国外交重点以北方、西方为主的态势。因为古代海洋的隔绝性比较强，汉代以后，中国对外发展的基本方向是西方，丝绸之路于是成为中国外交努力的化身与代表。中国对域外交往的向往，一方面存在“万国来朝”的政治期望，一方面也积极寻找机会进行接触和交流。不过，在东方形成的“汉字文化圈”足以证明，古代中国对于周边的文化贡献是多方面的，影响力基本上是放射性的。

一、“以我为主”的外交格局

汉唐之际，中国的外交体制获得良好发展，唐朝“以我为主”的外交已经相当成熟。所有与唐朝有外交关系的国家，都被唐朝纳入自己的外交体制中。他们的情况不尽相同，与唐朝的关系也不尽相同。在唐朝的观念中，中国居于天下之中，“四夷”环绕着中国，而“四夷”这个观念来之久远，唐朝不过是沿用而已。不过，正是因为这个观念的存在，相应的制度设计也会相配套。比如“四方馆”，就是一个专门接待外国使者的场所，并有一整套制度，如每有使者前来，就会有专门的人员接待、访问、记录，尤其是访问记录来访国的风情、制度，这些文字都会保存在唐朝的史馆之中。

在唐朝的外交体制中，交往各国都有等级，这个等级是由唐朝设定的，相应的接待工作，也按等级进行。专门的外交部门，唐朝叫作鸿胪寺，“凡四方夷狄君长朝见者，辨其等位，以宾待之”。鸿胪寺的长官鸿胪卿、副长官少卿也有相关的出使任务，“若诸蕃大酋渠有封建礼命，则受册而往其国”。册封政治首脑，是中国皇帝（唐太宗开始也称“天可汗”）的权力，而鸿胪卿等人是执行者，即参加各国首脑的加冕仪式，表达中国皇帝的政治姿态。鸿胪寺管辖的典客署，职责为招待外宾，“凡朝贡、宴享、送迎预焉，皆辨其等位而供其职事。凡酋渠首领朝见者，则馆而以礼供之”。等位显然是个关键因素，具体而言，“三品以上准第三等，四品、五品准第四等，六品以下准第五等”。第一次来中国的外国使者很可能没有官阶，不过唐朝也有安排，即“其无官品者，大酋渠首领准第四等，小酋渠首领准第五等。所乘私畜抽换客舍放牧，仍量给刍粟”。级别不同，待遇不同，这是那个时代的等级特色。

所谓品阶，就是唐朝的官员品阶，包括职务、将军号和爵位等。国外领袖，获得唐朝的官职，在当时很普遍，显然是双方共同遵守的一项规则。以阿史那思摩为例，他是突厥人，在东突厥内部官职为“夹毕特勤”，没有兵权，几次出使唐朝，唐高祖曾封他为“和顺郡王”。贞观四年（630）三月，唐太宗任命他为“右武侯大将军、化州都督”，五月又册封为“怀化郡王”，将军号为正三品，而郡王品阶为从一品。很多册封，是具有沿袭性质的，比如新罗王为乐浪郡王、百济王为带方郡王、高丽王为辽东郡王等。与唐朝交往各国，多为附属国，向唐朝称臣朝贡；而接受唐朝的册封官职，应是它们外交的内容之一。史书对于唐朝的邦交国，也称之为“外臣”。因为唐朝主宰外交事宜，与中国交往的条件与待遇，各国或者只有接受这一种可能。形式上的平等交往并不存在。

古代外交，实力原则贯彻得赤裸鲜明，丝毫不加掩饰。看看古代波斯帝国流传至今的“万国来朝”浮雕就能明白，国际关系的实质不平等是根本性的。在实力相当的大国之间，小国的选择变得更加困难，不得已只好首鼠两端。西汉与匈奴长期战争不休，致使很多小国朝秦暮楚。楼兰王对汉武帝说“小国在大国之间，不两属无以自存”，获得汉武帝的同情理解，就是一个典型的案例。所以，与大国交往，小国追求的绝不是与大国分庭抗礼，而是其他实际利益。

二、朝贡，实质为经济贸易

朝贡，看上去是附属国的进贡，在政治上主仆分明，但是现在研究表明，朝贡与其说是政治关系，不如说是经济关系，所以学术界又称之为“朝贡贸易”。

唐朝对于这种朝贡贸易，有独特的语言描述。对于朝贡一方，唐朝称之为“献方物”，名马、战象、狮子等，都是具体的“方物”。唐朝有专门的规定，如何接收处置，都有明确的程序和办法。如果方物是药物、食物，一进入唐朝边境，边境的州县就要验收、打包、封印，然后交给使者，同时上报鸿胪寺。鸿胪寺检验无误，通知少府监和市场管理部门，派专门官员检验贡品并且确定价值，然后奏报并送往朝廷，是否引见、宴会等皆听从朝廷指示。使者归国（称作“还蕃”），一定要赏赐（“赐各有差”），地点是朝堂之上，典客署的官员负责引导使者领取，并教会使者拜谢礼节等。为什么“赐各有差”呢？之前对朝贡品的定价，在最后的赏赐环节发挥因果作用，皇帝的赏赐是有依据的，即根据进贡方物的价值决定赏赐的多寡。虽然没有使用交易之名，而本质上就是交易。

唐朝皇帝对外交使节的赐物，并非百物皆有，通常只是纺织品，这就是“赐物”的真正含义。不过，赐物分内外，如果是朝臣，赐物“十段”的具体内容是绢三匹（四丈为一匹）、布三端（五丈为一端）、绵四屯（六两为一屯）；如果是“赐蕃客锦彩”，则“十段”为锦一张、绫二匹、缦三匹、绵四屯。看来为蕃客准备的赐物更加丰富多彩。唐朝与边境之外的居民有互市，但有些物品不许用来互市。唐朝的《关市令》规定：“锦、绫、罗、縠、绣、织成、紬、丝绢、丝布、牦牛尾、真珠、金、银、铁，并不得与诸蕃互市及将入蕃”。同是锦绫等丝织品，皇帝的赐物中有，但却不许互市交易，或许是想体现浩荡皇恩的独特性。朝贡贸易本质上是贸易，但毕竟打上了深刻的政治印记，所以受到政治的影响不可避免。唐朝安史之乱时期，回鹘曾经援助唐朝平乱，作为回报，唐朝除加大赏赐外，还规定以丝绢购买回鹘马，每年最高额为 10 万匹，每匹马换绢 40 匹。回鹘利用互市关系，输送大量的马匹给唐朝，以换取唐朝的绢帛，为唐朝带来了巨大的财政压力。

三、文化软实力比军事实力更重要

外交活动具有能量交换的意义，著名的张骞出使西域，就是为了建立国际统一战线共同抗击匈奴，虽然没有成功，但开辟的丝绸之路却成为当时世界主要文化区域之间的交通大通道。此后，佛教传入中国，中国文明输入西方，都是通过这条道路实现的。文化交流是文化发展的重要途径，而文化也常常成为外交活动的一部分。文明的近似会促进双方的好感，这并不是今天才有的现象。汉武帝正是在张骞的介绍中了解到西域有“行国”与“城郭之国”的区别，知道后者与中国文明相近，这才对发展与西域的关系产生浓厚兴趣。古代中国，因为对本国文化拥有坚定的自豪感，所以在外交活动中对文化因素的加入采取积极开放态度。

唐朝的中央学府是国学、太学，而在这里就学的学生并不限于高官子弟，还有各国的留学生，“高丽、百济、新罗、高昌、吐蕃诸国酋长，亦遣子弟请入国学，于是国学之内，八千余人，国学之盛，近古未有”。唐代史书还记载新罗、渤海等国向唐廷请求中国书籍的故事；而朝鲜半岛的国家，言及经典常常首先历数中国的儒家经典。开元十九年（731），唐朝发生的一个故事很有意味。根据和亲于吐蕃的金城公主的请求，唐玄宗让有关部门抄写《毛诗》《礼记》《左传》《文选》各一部，准备送给金城公主。不想，朝臣于休烈上表反对，理由是《左传》是历史书，记载着很多政治军事谋略，而唐朝与吐蕃经常和战不定，这些谋略如果为吐蕃所用，将不利于唐朝。唐玄宗要宰相们讨论。裴光庭发言反对于休烈的观点，认为于休烈只看到了史书中的谋略，没有看到书籍中的道德，“不知忠信节义于是乎在”。裴光庭的观点得到了唐玄宗的支持，于是一批传统经典进入吐蕃。在这个外交故事中我们可以清晰地看到，当时中国的主政者，展现出无可比拟的文化自信，而这种自信在外交活动中显然是十分重要的。

贞观十四年（640），唐太宗平定高昌，此役是唐太宗外交思想的卓越表现。高昌王国位于今新疆吐鲁番盆地，自公元502年麹嘉建立王国至此，已经一百多年，在南北朝时期，算得上是长命之国。但是，自西突厥陷入分裂以来，一直向唐朝称臣的高昌王国，也无法摆脱西突厥的内战。尤其是，控制了高昌的西突厥欲谷设一派，倚仗连续的胜利，并不把唐太宗的朝廷放在眼里。高昌国被西突厥挟持，也对唐朝采取不恭敬的态度，攻打另一个唐朝的附属国焉耆，阻断唐朝的贡道，拒绝唐朝的劝阻等等。高昌国的不臣举动，让唐朝兴兵讨伐师出有名，但是唐太宗还是尽量给和平留下空间，使者前往，道路相望。当和平解决争端的可能性彻底丧失之后，唐朝不得已动用军事力量解决问题。高昌国人口不足四万人，而唐朝贞观十三年（639）出兵不少于二十万。何以如此？唐朝讨伐高昌，但把西突厥的势力计算在内，所以才会如此兴师动众。既然采取最后手段，就不能去打无把握之战，不能怀抱侥幸希望西突厥不参战。

唐朝打击高昌的动作十分优雅，高昌王麹文泰战前去世，当唐朝大军压境之时，高昌举国发丧，唐朝指挥官侯君集决定暂时放弃攻打高昌首都的机会，让高昌安心发丧。何以如此从容？因为此时的西突厥主力在欲谷设的率领下已经西逃，高昌国被西突厥临阵放弃。

高昌国国王麹氏是金城（今甘肃兰州）人，高昌国的国民以来自中原的汉人为主。在唐朝与西突厥之间，高昌王国内部也存在意见分歧，高昌王麹文泰采取实用主义路线，与西突厥相配合，终于遭到了唐朝的毁灭性打击。而高昌内部的人心所向，因为文化亲缘的关系，不希望与唐朝开战，所以战前就有童谣流传：“高昌兵马如霜雪，汉家兵马如日月。日月照霜雪，回首自消灭。”高昌平定，唐朝经营西域的战略得以贯彻，丝绸之路东段再次回到中国的控制之中。武力是最后手段，不得已才能动用，不能经常性使用武力，但更不能没有武力。经常性的外交手段是贸易、是经济，而最受欢迎的交流方式还是文化。

古代中国，相对于世界其他地区，和平的时间更长久，因此积累了更多的物质财富和制度经验，在文化软实力方面更加突出。如此，在外交活动中，常常处于从容不迫、有理有利的良好状态中。外交是国际多重关系的综合展现，经济利益、军事实力和文化状态，任何方面都不能在外交活动中缺席，任何一方缺席都会损害外交国的整体利益。中国信奉物极必反的原理，所以不片面追求本国利益最大化，因为暂时的利益最大化，最有可能损坏长期与整体的利益。实力是捍卫利益基点的保障，但过分诉诸实力则会留下仗势欺人的印象，长远地看则会损坏自身的更大利益。利益是国家不能放弃的追求，而见利思义才是中国人的根本信条，道德诉求给文化软实力的展现保留了最大空间。说到底，国家之间的分歧，最根本的解决之道还是文化，按照中国的传统，叫作“以文化之”。

原刊《人民论坛》2014年2月总433期

唐代官员的退休之制

人群构成社会，所以社会从来脱离不了人生的诸多特征。孔子认为，大同社会的特征是“老有所终，壮有所用，幼有所长，鳏寡孤独废疾者皆有所养”，即人生的每一个阶段都有保障。前几年，美国电影《老无所依》，讲的就是老年人面临的“无所养”危机。近年，有一种讨论是中国人“未富先老”，而在社会没有健全的保障制度的背景下，必然会遭遇老而无养的惨境。

中国如今的养老制度，因城乡二元体制而有很大差别，而唐朝的基本差别不是城乡而是官民。政府的官员，通常都有退休（致仕）的保障，而百姓主要指农民，完全需要自己努力。当然，国家的相关法规与制度，对养老这类事也有规定，这对于一般百姓而言，实质上就是养老制度的一部分。

一、百姓居家养老

让我们从一个小说谈起。这则小说，讲的是佛教的因果报应故事。故事题目为《洛阳人》，记录在唐临的《冥报记》一书中。故事梗概如下：

男性主人公没有留下姓名，只知道他是洛阳人。他早年丧父，寡母领他和妹妹过活。十年前，妹妹出嫁，母亲去世。今年寒食节的时候，妹妹回家探亲，按照洛阳的风俗，寒食节要上坟。家里有头驴，已经有好几年了。他骑着驴，带着酒食，去祭墓。路上，要通过伊水这条河，不知为什么，那头驴就是不想过河，他自然生气，用鞭子抽打驴脸，以至于驴受伤血流。最后到达墓所，在他祭祀的时候，那头驴忽然跑了，不过后来又回来了。

驴跑到哪里去了？原来是回家了。在家的妹妹，忽然看见自己的母亲走进家来，脸上流着血，形容憔悴。母亲一边哭，一边跟女儿讲述了自己的经历。原来，女儿出嫁以后，生活不太富裕，有一次母亲偷偷把五斗米送给了女儿。正因为如此，母亲犯下罪过，死后受到报应，化身为驴，来到儿子家被驱使，用以偿还她儿子的那五斗米。现在，她还债已经完成，没有想到儿子还这般殴打自己，她让自己女儿告诉儿子，不可再如此了。原来，男子骑打的那头驴，是他母亲的变形。

女儿记住了母亲的话，也记住了受伤的部位。后来哥哥回来，妹妹立刻迎上去，果然发现与母亲的说法完全一致，驴的伤还没有好，依然在流血，她忍不住抱着驴哭起来。哥哥见状忙问，妹妹一一回答，哥哥才知道刚才驴跑走，原来是去找妹妹。兄妹两人相拥恸哭，驴也在一边涕泪交流。此后，驴便不再进食，兄妹商量，依照当时人的做法，找到一位虔诚的佛教信仰者，给了他足够的费用，请他代养驴。后来驴去世，兄妹两人收葬了她。

这个故事，跟本文谈的养老有什么关系呢？原来唐朝的家庭制度，家长与户主往往是同一的，正常的家庭，男性家长往往就是户主。户主有责任，包括司法责任，户主与成员共同犯法，户主的处罚一定更重。但是，户主也有权力，包括财产权，从法律的意义讲，家里的财产只有家长（户主）才能处理，虽然习惯势力也存在，如分家的时候往往诸子平分。家长的这种财产权，从养老制度的角度看，便是家庭养老的物质保证。只有在家长去世以后，才会有分家问题。唐朝法律是保护“同籍共活”的，而这便含有百姓的养老内容。故事中，母亲的错误在于私下给女儿五斗米，但没有跟户主即自己的儿子打招呼，于是受到了变形惩罚。故事外形是荒诞的，但这个核心内容却是真实的。

唐朝强调“以孝治天下”，核心的内容其实还是养老。对于高龄老人，中央政府会有一系列办法尊老养老。如皇帝的“赐杖”，是包括物质待遇的，或者给老人板授官职，就是一定的官职，仅仅享受待遇，并不真的履行责任。一般百姓，从20岁到60岁，要为国家服役。有的皇帝，会发布改革命令，缩短百姓的服役时间，这是很大的福利。唐朝的赋役制度中规定，有年龄80岁的老人，国家给“侍丁”一人，90岁，则给侍丁二人，百岁则给侍丁三人。侍丁是一种身份，拥有这种身份，则不用再为国家服役，而在唐朝，服役对于百姓而言是一种比较沉重的负担。唐朝的这个制度安排，以国家放弃重要利益为前提，为的是更好地推行孝道，让养老更有保证。有的人家为了规避赋税，虽然父母健在，也分家单过，这显然与孝道相违背。唐朝的法律对此严厉禁止。同时，比如唐玄宗天宝元年（742），政府发布命令，如果一家之内有十丁，其中两丁放免“征行赋役”，如果有五丁，则放免一丁，这样，百姓为了其中的利益就会“同籍共居”，社会风气也会改善。所谓“征行赋役”，就是百姓对于国家所承的各种负担。唐朝没有下令让百姓必须与父母同居，而是利用政策进行引导。制度是保证更多民众养老的根本。

二、官员致仕

与百姓不同，官员是社会精英，是朝廷赖以统治社会的主要力量。官员为官，享受制度赋予的各项待遇，而一旦致仕，待遇自然受到影响。唐朝的官员致仕，根据等级不同，规定也有所不同。比如，大体上，所有官员的俸禄，致仕之后享受半额，这是一个基本恒量。但是，六品以下官员的致仕，到年龄便退，没有回旋的余地。吏部相当于组织部，专门负责官员的管理，每年吏部都会向皇帝报告，今年有多少官员致仕，依照规定，完好执行等等。报告后面，附有一个长长的名单。皇帝不会太注意这些基层官员的具体情况，通常就是照章办事即可。以制度应对多数，这是基本方略。

皇帝身边的五品官，地方上的四品官，到了退休年龄即七十岁，所谓“悬车”之年，要自己打报告给皇帝，获得皇帝批准才能办理致仕手续。年龄到了，有的人身体也有问题，更会积极申请致仕，但是批准权力在皇帝。比如唐高宗时的张行成，是尚书右仆射，加授太子少傅。因为天旱，他认为自己有责任，于是上表请求致仕，高宗亲手书写诏书，不允许，反而赏赐宫女、黄金、器物等等。张行成继续努力，最后皇帝说了心里话：“公，我之故旧腹心，奈何舍我而去。”还当面流下了眼泪。张行成还能继续申请吗？只好放弃，继续工作。实际上，他确实身体衰老了，不久便去世。

有的大臣致仕，会获得皇帝的支持。李靖是唐太宗时期的战神，首屈一指的军事家。贞观八年十一月，尚书右仆射李靖以足疾为由上表请退休，唐太宗表示支持，特意派中书侍郎岑文本到李靖府上表达皇帝的关怀，说现在官场风气不好“不问愚智，不能自知，才虽不堪，强欲居职。

纵有疾病，犹自勉强。公能识达大体，深足可嘉。朕今非直成公雅志，亦欲以公为一代楷模”。唐太宗把李靖树立成一个知所进退的楷模，所有待遇不变，还有赏赐千段，皇帝的御马两匹。还要求李靖两三日到门下省签署文件。这其实只是待遇的一部分，李靖应该不会去签署文件。

看来，致仕制度在唐朝，对于中下级官员，多按照制度执行，而对于高官并不采取一刀切。于伯亿在唐朝是朝散大夫，精力充沛，干劲十足。到了七十岁，进入致仕年龄，他上表给皇上，不是要求退休，而是要求继续工作，他说：“臣虽年合致仕，而筋力尚强，犹堪驱策。”唐太宗很高兴，认为他很直率，听复旧位，继续工作。可见，七十岁对所有官员都是一个具体考验，是否真心申请是一回事，首先是需要表态的。

对于退休官员的优待，突破制度的限制，由皇帝给予特别恩赏，如李靖这样是一种类型。还有一种优待的办法是退休前提职，以更高级别的官职致仕，这样相应的待遇也得到了提高。张仁愿从武则天到睿宗时期，为国家立有多方功劳，尤其是防守北方边境，功劳显赫。睿宗景云初年，作为朔方总管的张仁愿到了致仕之年。睿宗的做法是，特给全禄俸，又拜兵部尚书，加光禄大夫，依旧致仕。这样，张仁愿的退休后待遇比退休之前，不降反升。

但是，对于多数官员而言，致仕意味着人生高潮已过，转入下坡道，不仅仅是待遇降低，人际关系等等都会遭遇重大影响。李日知是睿宗时期的宰相，玄宗先天元年转刑部尚书，不再是宰相。于是，他明白自己的去向如何，便多次请求致仕。唐玄宗最后批准了他的请求。李日知的申请，没有告知妻子，当批准下来之后，他妻子十分惊奇，说道："家产屡空，子弟名官未正，何为遽解也？"没有什么家产，子弟们的前途也没有安排好，怎么突然就退休呢？李日知回答说："读书人能够如此，已经过分，人心是永远不能满足的。"显然，李日知看明白了，但他的妻子还没有做好思想准备。

致仕，有时也是朝廷处理大臣的一个手段。开元十五年，御史大夫崔隐甫、中丞宇文融与尚书左丞相张说矛盾不休，各自组织朋党展开斗争。唐玄宗很反感，双方都受到处理，崔隐甫免官回家侍养母亲，宇文融贬官为魏州刺史，而张说致仕。有的官员虽然已经致仕，但是还可能受到追究。从武则天到中宗时代，李峤都是朝廷大手笔，在政治立场上不属于睿宗、玄宗一派。先天二年，李峤早就以特进的身份致仕，但还是受到了新的处分。他的儿子李畅贬官虔州刺史，本来李峤是不必跟随前往虔州的，但是朝廷下令必须跟去，属于被"放斥"。

因为朝廷政治或斗争，致仕官更有起复的现象，所以并非所有的人只要致仕就永远退休。苗晋卿在天宝末年已经官刑部尚书，与杨国忠不协，致仕还乡。至德二年，肃宗亲手给他写信，即日拜为宰相，统领国务。在平定安史之乱逐渐取得胜利之后，苗晋卿就不断请求致仕，最后以太子太傅的高位致仕。但是，到了第二年，皇帝又想起他，重新任命他为侍中（门下省长官），又回来工作了。代宗时，他还是不断要求致仕，广德初以太保身份致仕，永泰元年去世。苗晋卿是个特例，一生竟然三次致仕。

三、退休待遇

唐朝官员的物质待遇有多重，主要是俸禄。俸是俸钱，禄是禄米。根据中央、地方和官品发放这些钱米。禄米，按年计算，每年春、秋各发一次。贞观时期，京官一品是禄米年七百石，从九品五十二石。俸钱结构稍复杂，由月俸、食料和杂用构成，比如京官一品月俸八千，食料一千八百，杂用一千二百。九品月俸一千五十，食料二百五十，杂用二百。升官的重要性由此可见，因为待遇随官品增长，长官拥有的不仅仅是权力，还有诸多的合法利益。

致仕官享受半禄，即一半禄米，同时给一定数量的赐物。致仕官如果住在地方，禄米等由中央出牒，所在地支付。到唐德宗时期，致仕官待遇有提高，即增加了料钱的半额。致仕官如果遇到举国同庆的时候，皇帝大赦往往普遍增加待遇，致仕官也在其列。唐玄宗、肃宗包括以后的皇帝，给予现任官提高待遇的一种途径是给现任官父祖授官，让他们享受致仕官待遇。到唐后期，代宗、德宗、宪宗等时代的大赦文，常常有这样的内容。

致仕官也会参加朝廷的一些仪式性活动，唐朝明文规定，致仕官要回到原曹司，位在现任官之前。也许，这是致仕官们更重视的规制。

致仕官就是现任官的未来，这是官场生态重要一环，健康与稳定的制度设计是重要的。老有所养是人们的合理期待，维护社会的稳定，相应的养老体系更是必备的。相对唐朝而言，家庭养老已经失去了根基，社会保障体系才代表未来。官员致仕之后的待遇，属于社会保障的一部分，但若给人以特权的印象，则走向了另一个极端。唐朝，致仕官享受半禄半料是制度，享受俸禄全额不是制度，仅仅是皇帝特许的个别政策。

吐鲁番出土文书

一、一千多年前的一次车祸

高昌故城，如今虽然残破，但大门我们依然可以看得分明。事故就发生在南门口。城市的大门向来都是人流密集的地方，所以也都是商家看重的地方。张游鹤的商店就在大门口的大道边。六月的高昌城，天气已经很热。现在是上午，屋外暂时还不那么热。史拂郍的儿子名叫金儿，曹没冒的女儿叫想子，两个孩子的年龄都是8岁。他们两人坐在店前路边高兴地聊天玩耍，没有想到大祸天降。康失芬今年三十岁，他是一名来自处蜜部落（伊犁河流域）的雇工，而雇主是靳嗔奴。康失芬受靳嗔奴雇佣，称作“年作”，就是雇佣一年的长工。今天他的工作是把城里的土坯搬到城外。当他从城外返回的时候，驾车的牛突然狂奔起来，在张游鹤的店前，悲剧终于发生了。金儿伤势严重，腰部以下的骨头全部破碎，性命难保。想子也有生命之忧，因为她的腰骨损折。这个案件的开始处理时间是六月十九日，案件发生时间应在此之前，也许就在两三天之内。接下去是报案和调查。最后，保人何伏昏等人写下状子，愿意担保靳嗔奴和康失芬（如果被担保的人逃跑，担保者愿意替罪同时受杖20）。政府同意保辜，靳嗔奴和康失芬放出，但不许离开高昌县。保辜，就是先为受伤者治疗，根据一段时间的治疗效果，再作量刑处理。一个案子的处理过程至此告一段落，时间是公元762年六月二十二日。

这是一个由多件文书汇成的基本完整的案卷，对于理解唐朝的法律和吐鲁番当时的社会与民族意义重大。在同一时期，整个中国，这样具体生动的资料都是绝无仅有的。而记录这个案件的纸文书出土于阿斯塔那509号墓。而出土于吐鲁番地区的这类文字资料，一般称作吐鲁番出土文书。

二、特殊葬俗

阿斯塔那509号墓，是1973年发掘的。该墓埋葬了三个主人，一男两女。男子叫张运感，葬于开元二十五年（737），他的第一个妻子葬于久视元年（700），第二个妻子埋葬时间不清，但因为从她的纸衾里拆出了宝应元年

（762）的文书，所以她埋葬的时间最早也是 762 年。这座古墓出土的文书最多，加上碎片，共 87 件之多。这么多文书都拆自死者的随葬用品，而最特殊的地方也就在这里。当时，这里实行着一种很特殊的葬俗，而正是这种特殊的葬俗，保存了这些纸文书。

就 509 号墓而言，文书拆自张运感和他第一位妻子的纸鞋以及他第二位妻子的纸衾。原来，这些死者是穿着这些用废纸糊成的衣物下葬的。所以，我们现在看到的吐鲁番出土文书，多是被剪裁成各种形状的纸张，比如纸鞋的各个部位等等。当然，不仅用废纸制作成服饰，也可以用作其他葬具，如纸棺等。考古工作者，要用特殊办法把这些纸糊的物品再次拆开，并尽量把同一张纸复原，这样我们才可以读到原有的纸上文字。就史料的价值而言，尽管纸糊的鞋子也有文物价值，但无疑学者更重视那些纸上的文字。正是通过这些文字，我们了解到了许多如上文所述康失芬行车伤人案件等具体历史事实，不仅对于当时的吐鲁番，即使对于整个唐朝，都有意义。

当然，首先有赖吐鲁番地区的干燥气候，使得这些纸文书可以保存下来，但是当时这种使用废纸的葬俗，也是吐鲁番出土文书得以保存的另一个重要因素。吐鲁番的考古发掘，不仅限于唐代，在比较早期的墓葬中，同样发现了这样的葬俗。比如 1979 年发掘的阿斯塔那 382 号墓，埋葬时间大约在 444 年左右，墓中出土的一双绢面纸里的鞋子，纸上就有墨书文字。可见，用废纸制作葬具，在吐鲁番地区源远流长。

对于吐鲁番地区的这个葬俗，认识也有一个过程。1913 年，日本吉川小一郎在吐鲁番地区进行过发掘，他发现了两种情况，“大部分木乃伊都横卧在中国特有的草席上，草席上贴着废纸。我们推测，置于棺内的死者好像都是高贵者或富有者”。（吉川小一郎《敦煌见闻》，载《丝路探险记》，新疆人民出版社，1998 年，298 页。）但后来发掘了更多数量的古墓，尤其是 1949 年以后，中国考古工作者进行过十三次大的发掘，这还不包括一些零星的发掘，有了 500 多座古墓发掘经验之后，结论则是“这种以纸为服饰乃至葬具（纸棺）的习俗，从伴出其他遗物所示死者身份看，绝非经济上的原因，虽然真正的原因目前我们还不太清楚。”（《吐鲁番出土文书》录文本第一册《前言》，文物出版社 1981 年，3 页。）

当然，除了这种作废的纸文书之外，当时还有一种文书叫“随葬衣物疏”的，是埋葬时专门书写并放入墓中的，内容除了表达某种冥世观念以外，主要是随葬品的清单。此外，与此相关的是墓表和墓志，记述死者生前事迹的文字，当然也是一种重要史料，但因为是刻写在砖石之上，所以不能归入文书之列。在唐朝统一吐鲁番以前的高昌国时代，有一种文书叫作“追赠令”，是国王在得知死者去世的消息以后，给予死者的最后一次职官晋升命令，通常也是写在纸上，埋入坟墓，应该属于正式的随葬文书。

三、说不尽的文书价值

吐鲁番与其他人类居住的地区一样，其自身的历史有赖于文字的记载。早期的吐鲁番历史可以用“车师”代表。西汉在吐鲁番盆地的东部开始屯田，这里的历史成了高昌与车师的历史。高昌，从一个屯田据点渐渐发展，到317年成了前凉的高昌郡。442年，沮渠氏的北凉残余势力进入高昌，继续保持大凉王国的称号，于是吐鲁番地区进入王国时期。450年，以交河城为首都的车师统治者被迫放弃交河投奔北魏，吐鲁番盆地实现政治统一。460年，柔然杀了沮渠安周，立阚伯周为高昌王，此后王国沿用该称不改。后来，又经历了张氏、马氏和麴氏，王国的历史一直到640年唐朝统一该地区。唐朝的吐鲁番称西州。唐代后期，回鹘人南下，一部分进入西州，史称西州回鹘。

以上所述吐鲁番早期历史，仅仅得其轮廓而已。详细的情况因为各朝正史所书高昌史，或者语焉不详，或者重复雷同。即使确有文字记录，有的也不能准确理解。吐鲁番出土文书，大大丰富了对吐鲁番早期历史的认识。文书的时间跨度，从西晋到唐朝，因此这一时段的吐鲁番历史的清晰度，超过了所有的传世记载。高昌郡时期的文书，成为当时中国郡一级地方机构独一无二的资料，其意义不仅在于认识高昌郡，也有利于认识河西地区以及全中国的同类问题。沮渠氏进入高昌，历史有记载，但是正是有赖于吐鲁番出土文书和其他考古资料，我们才比较准确地理解此事的重要性，比如佛教的西传，汉地佛教进入西域，河西文化扎根高昌等等。其他高昌王国的情况也一样，以麴氏高昌（502 – 640）而言，传世的记载十分模糊，究竟有过几个国王都不清楚，现在不仅能够排出高昌年表，而且知道了许多传世史籍并没有介绍的情况。麴氏高昌历史上曾经发生过一次政变，现在称作“义和政变”，可能当时的中原都不了解。高昌时期的实用官文书被保存下来，这也弥补了整个中国史这方面史料的不足。至于西州时期的文书价值，也一样意义重大。唐代的均田法令，历史的评价很高，但是很多情况并不清楚。吐鲁番出土了西州的退田授田文书，提供的资料几乎是唯一的。于是我们对均田法令有了崭新的认识，极大地改变了过去我们对均田制近乎完美的认识。府兵制度也一样，西州属于军府州，当地府兵的日常管理和战争动员等等具体资料，不仅对西州历史的认识有意义，对于唐朝的整体府兵制度的理解都有意义。在均田法令和府兵制的研究上，如果你没有利用相关的吐鲁番出土资料，仅此一点就可以判断你的研究不到位。

吐鲁番属于天山的山间盆地，同时也是天山南北的交通要道。作为丝绸之路的重要据点，吐鲁番出土文书充分地证明了这一点。往来这里的商人，他们经营的商品，丝绸贸易的大量存在，以及当地政府从中所得的贸易税收等等，都在吐鲁番出土文书中有表现。贞观六年（632），麴氏高昌国与焉耆发生过一次战争，根据唐朝记载，这场战争的原因是焉耆要开辟另外一条通往中原的道路，结果会导致往来人流物流绕开高昌，高昌既得利益受损。古代民族与宗教，本来就是丝绸之路上的常客，这些都在吐鲁番出土文书上有记录。祆教、摩尼教，更不用说佛教。而高昌国接待的来自各地的各族客人，因为都有文字记录，也给出了一个多民族往来的生动图像。至于唐朝西州要接受来自西方的粟特人入籍，很具体地反映了中国的对外开放等问题。通过吐鲁番出土文书，我们可以获取的历史信息实在太丰富，难以尽说。

吐鲁番出土文书，与敦煌文献的命运相似，流散于世界各地，因此形成的研究也呈世界性。汉文的吐鲁番出土文书，大宗的有文物出版社的《吐鲁番出土文书》（录文本 10 册，图录本 4 册），日本法藏馆的《大谷文书集成》（三册）。小宗的如柳洪亮《新出吐鲁番文书及其研究》，陈国灿、刘永增《日本宁乐美术馆藏吐鲁番文书》等。非汉文的也有许多，恕不一一。

原刊《文史知识》2004 年第 5 期

中国民间结社的悠久传统

一、源远流长

传统中国社会，民间组织的存在其实是很普遍的。最常见的形式，就是围绕社来组织的。根据学者的研究，社的祭祀与崇拜，源远流长，围绕社神的祭祀，形成中国早期的土地神崇拜传统。不仅如此，血缘与地域性的结合，同时形成了基层社会的诸多特征[①]。这种看起来属于原始崇拜的传统，在后来的社会中依然有着广阔的生长空间，社神的功能向多个方向发展，而基本的土地之神一直保存到后来。

作为基层社会的民间组织，社可以上溯到氏族社会中

① 参见守屋美都雄《社的研究》，《中国古代的家族与国家》，京都大学文学部东洋史研究会，1968 年，250—294 页。

的氏族公社。《礼记·祭法》中有：“王为群姓立社，曰大社；王自为立社，曰王社；诸侯为百姓立社，曰国社；诸侯自为立社，曰侯社；大夫以下成群立社，曰置社。”孙诒让在《周礼正义》中主张：“王侯乡、遂、都、鄙之社，并为公社；置社则为私社。”[①]这种意义上的社，因为与祭祀联系在一起，具有很强的宗教因素，引起了研究中国早期宗教史学者的重视。至于其组织，上层的社则演变成国家祭祀礼仪的一部分，下层的社，则在战国时代转变成了国家的基层行政组织，宁可先生称之为“里、社合一制度”[②]。这个转变可能是在相当长的历史时期内完成的，李亚农先生是从西周时期就开始计算这一过程的，他说：“从西周前期开始，里和社（或称书社）已变成二而一，一而二的组织”[③]。据《春秋繁露·止雨篇》说：在需要的时候“令县、乡、里皆扫社。下县邑若丞令吏啬夫三人以上，祝一人；乡啬夫若吏三人以上，祝一人；里正、父

① 国学基本丛书本，商务印书馆 1937 年，61 页。不过，他在这里理解的私社仍然属于官社范围，与本文理解的私社全然不同。对此，本文同意宁可先生的观点，参见《汉代的社》的注释 26，《文史》第九辑，7—13 页。
② 宁可《述“社邑”》，《北京师范学院学报》，1985 年第 1 期，12—24 页。
③《中国的封建领主制和地主制》第一章《中国古代的公社制度》，见《欣然斋史论集》，上海人民出版社，1962 年 9 月，875—923 页。

老三人以上，祝一人。皆斋三日，各衣时衣，具豚一，黍盐美酒，财足祭社”。这些人所祭扫的社就是里社，属于最基层的官社。

二、汉代

随着帝国体制的发展，血缘因素在社会中的因素逐步降低，作为土地神的社神，成为联络社会基层的纽带，祈祷丰收与庆祝丰收和社会情感沟通联系在一起，看起来的人神关系，更重要的是体现人与人的关系。对此，在五六十年代的中国历史分期大讨论中各家的看法虽然不尽相同，注意的焦点各有侧重，但否认社的基层社会意义的一直属于少数。

在春秋战国时期，社会变动表现在各个方面。社会组织也突破王官一统，开始活跃起来。私学以孔子为代表异军突起，并带动了一个崭新的教育体制的发展。而就私学的组建方式而言，当然可以认为是一种社会组织。也许众多学派都有一些集团色彩，因为当时的学派多与私学有关，一定程度上讲究内部的纪律，都可以看到集团的影子。孔子率领他的弟子周游列国推行自己的学说，浩浩荡荡的队伍，何尝不是集团呢。但是，无法否认的是，只有墨家的墨者集团拥有最突出的组织性。“墨者似为一组织极密、纪律极严之政治团体，对其领袖须绝对服从者。墨子当然为唯一之领袖。墨子死后，有巨子为其领袖。继任巨子之人，亦须由前任巨子指定之也”[①]。对于墨者的集团性的认定，研究者是没有异议的。我们甚至可以认为，在一定的意义上说，私学就是早期的士人结社的一种方式。不过，因为即使是私学也与政治组织存在着内部的逻辑联系，学而优则仕是多数学派的共同选择。私学组织的政府化，在这个意义上成为必然趋势。国家主办的学校取代私学成为教育的主流，私人讲学在社会上发挥补充作用，这样的教育格局成为秦汉以后教育制度的基本内容。

也是在秦汉时期，帝国体制膨胀发展，社会基层的社几乎成为乡里行政体系的一部分，当时多称之为“里社”。对此，帝国有纳入社会基层的社为帝国体制之内的企图，但是，因为国家并不对这个社会部分投入，也不干预其中的组织形式，所以在后世学者看来，依然是民间自治的意味很强。

在这一过程中，民间又出现了“私社”，一种不为政府承认、民间自发性的组织。《汉书·五行志》中之下的记载“建昭五年，兖州刺史浩赏禁民私所立社。山阳橐茅乡，社有大槐树，吏伐断之。其夜，树复立其故处”。张晏曰：“民间三月九月又社，号曰私社。”臣瓒曰：“旧制

① 蒋伯潜《墨子及“墨者”》，载其《诸子通考》，1948年5月初版，浙江古籍出版社1985年2月重印，201—224页。

二十五家为一社，而民或十家五家共为田社，是私社。”师古曰：“瓒说是。”看起来，张晏和臣瓒的说法有所不同，所以师古表示赞同臣瓒的意见。建昭，是西汉元帝的年号，五年是公元前 34 年。这是关于汉代存在民间结社的最重要文献记载。兖州刺史禁私社，说明至少此前已经存在民间的私社。臣赞把私社解释为田社，可能说明私社是属于生产互助组织性质。这种私社当然就是民间结社。最晚从此以后，关于社就存在两个系统：一是官方的各级社，以祭祀社稷为最高，然后按照行政等级逐级都进行祭祀的社，合法的并纳入国家礼典的社，这可以称作官社；一是民间的私社，存在于官方系统之外，自发自足自为的民间组织。

1980 年出土于河南偃师的《侍廷里僤约束石券》。为了充分利用这个难得资料，现全文过录于此。

建初二年正月十五日，侍廷里父老、僤祭尊
于季、主疏左巨等廿五人，共为约束石券。里治中
迺以永平十五年六月其造僤，敛钱共六万
一千五百，买田八十二亩。僤中其有訾次
当给里父老者，共以容田借与，得收田
上毛物谷实自给。即訾下不中，还田
转与当为父老者，传后子孙以为常。
其有物故，得传后代户者以人。即僤
中皆訾下不中父老，季、巨等共假赁

田也。如约束。单侯、单子阳、尹伯通、锜中都、周平、周兰、

□□、周伟、于中山、于中程、于季、于孝卿、于程、于伯先、于孝，

左巨、单力、于稚、锜初卿、左中文、于思、锜季卿、尹太孙、于伯和、尹明功。①

这是现在所见最早期的一个民间结社的社约，文中称之为“约束”，相当于后来敦煌资料中的社条。在敦煌，结社的第一个程序就是制定社条，从这个资料来看，这个传统来源久远。不仅如此，社约的基本内容也十分一致，时间、结社的目的与活动、参加者署名等无一不具。从约束的具体内容中，我们知道这个民间结社在永平十五年（72）就已经开始，五年之后的这个约束是重新建立的，或是更改原来的旧章，或是重申约定。有几个方面的问题是值得注意的。其一，参加者属于自愿，“共为约束石券”

①《文物》1982年12月，参考俞伟超先生录文，《中国古代公社组织的考察——论先秦两汉的单—僤—弹》，文物出版社，1988年10月，114–115页。对于这个单的性质，大多数学者认为是民间结社。参见宁可《关于〈汉侍廷里父老僤买田约束石券〉》，《文物》1982年12期，21–27页。邢义田《汉侍廷里父老僤买田约束石券再议——兼与俞伟超先生商榷》，《历史语言研究所集刊》61卷，3期，1990年，761–782页。

字样和后文的署名就是证明。约束中的内容是大家（署名的二十五人）共同制定并共同遵守的，刊石的外在形式也具有当然的约束力。这些成员属于同一地域，即侍廷里的居民，彼此应该是熟悉的人，相信也有一定的亲和性，不然的话，组成这样自愿的社团是不可想象的。但是，并不是所有侍廷里的居民都参加了这个结社[①]。

其二、结社的目的是经济互助。他们共同收买了八十二亩土地，用以支持充当里父老的成员，如果没有人充当里父老，那么这些土地归大家共有，即所谓“即僤中皆訾下不中父老，季、巨等共假赁田也”。资助成员中担任里父老的人，这是购田结社的目的，同时说明，担任里父老是一种对个人而言负担校重的差事。因为买地的钱是大家共同筹集的，平均每人 2460 钱，所以大家都应该有受惠的机会，也就是说大家都有充当里父老的机会。

汉代的政府实行郡县制，县下设乡里，里是汉代政权的最基层组织。充当里父老，实际上是政府差役的一种。从这个约束来看，承当里父老，并不是什么美差，所以才有组织起来共同协助的行动。在这里，我们更重视的是这个早期民间结社就已经存在公共积累，意义虽然不在于防灾，但应付公差也是一项重大负担，所以才有如此行为。

① 俞伟超先生不重视这个差别，甚至里、僤并用。见上书，122 页。

为了对付共同的问题，当个人的力量无法应对的时候，组织起来就成了很理性的行动。应付日常困难的这类经验，很容易发展出减灾救灾的组织功能。

有一份政治史资料有助于我们理解当时人对民间结社的看法。东汉灵帝建宁二年（169），在宦官发动的第二次党锢之祸中，中常侍侯览以士大夫张俭为敌，指使张俭同乡朱并上书告发张俭，罪名是“与同乡二十四人别相署号，共为部党，图危社稷”，具体行为就有“刻石立墠，共为部党”等罪状[①]。根据同书的记录，这个告发者朱并，是一个为同乡士林不齿之徒，因此他对同乡的士大夫怀恨在心。在跟宦官势力勾结上以后，就采用诬告的办法陷害同乡。我们在这里重视的是他捏造的罪名。因为后来政府的法律宣判与告发的目的一致，虽然宦官势力是决定性的因素，但采用这样的告发方式和罪名捏造，一定符合某些已经存在的观念。历史记载之所以认定张俭等人是被诬陷的，他们未必有“共为部党”的行为，但是张俭“与同乡二十四人别相署号”和“刻石立墠”的活动很难说一定不存在，因为这是东汉的社会风气。部党，其实就是一种结社，结社或许可以多方看待，但“图危社稷”的结社当然是法律禁止的。张俭等人一定有联系，甚至也可以有结社

①《后汉书》卷六十七《党锢列传》，中华书局标点本，2188页。

的行为，但不一定真有图危社稷的阴谋。他们之所以受到政治打击，当然是因为他们的言行有针对宦官集团的意味，被当权的宦官集团视为危害自己利益的存在。至于结社是否违法，在这个案例中并不能证明。由此我们可以看到，在当时的民间，士人其实存在着结社行为。虽然当时并不称作结社。

从《汉书·五行志》的记录来看，民间私社受到来自官方的压力，但因为有着深厚的社会基础，所以依然顽强生存。在社会动乱时期，政府维持的政治秩序紊乱，民间的各种组织都会成为社会秩序再造的力量。民间结社在东汉末年就曾起到过这样的作用[①]。

三、唐宋时代

在佛教进入中国并日渐发达之后，民间结社也经常与佛教信仰发生联系，生活互助之外更增加了一层信仰的色彩。东汉时期，中国的道教开始发达起来，道教组织在社会底层有着相当程度的发展。利用太平道实现政治愿望，这种民间组织成为颠覆东汉政权的重要力量。有的地方政

① 俞伟超《中国古代公社组织的考察——论先秦两汉的单－僤－弹》，文物出版社，1988 年 10 月。不过，俞先生不使用民间结社的概念。

权如张鲁的政权，就是建立在道教组织的基础之上[①]。北朝留下的许多石刻资料表明，民间围绕佛教信奉所组建的结社很发达。对此，学者的判读虽然重点各有不同，但都承认这个基本事实[②]。民间结社，就其内容而言，宗教结社也是一个重要种类。

隋唐时期，政治统一时代再次到来，恢复社会秩序的努力成为统治集团重视的问题。唐朝初期，在恢复官社系统的同时，对于私社保持着相当大的压力，唐高宗时期有正式取缔民间结社的政策。但是，这个政策严重违背社会意愿，民间结社始终存在于民间。最后，到玄宗天宝时期，

① 宁可《五斗米道、张鲁政权和“社”》,《中国文化与中国哲学 1987》，三联书店，1988 年，140–165 页。

② 参见山崎宏《关于隋唐时代的义邑和法社》,《史潮》3–2，1933 年。收入《支那中世佛教的研究》，东京，清水书店，1942 年，765 — 831 页。那波利贞《关于唐代的社邑》,《史林》二十三卷第二、三、四号，1938 年。收入作者《唐代社会文化史研究》，创文社，1974 年，459–574 页。那波利贞《关于基于佛教信仰组织起来的中晚唐五代的社邑》,《史林》第二十四卷第三、四号，1939 年。收入作者《唐代社会文化史研究》，创文社，1974 年，575–673 页。竺沙雅章《敦煌出土“社”文书研究》,《东方学报》三五，京都，1964 年，215–288 页。收入作者《中国佛教社会史研究》，同朋舍，1982 年。郝春文《东晋南北朝佛社首领考略》,《北京师院学报》1991 年 3 期，49–58 页。郝春文《东晋南北朝的佛教结社》,《历史研究》1992 年 1 期，90–105 页。

政府终于承认了民间结社的合法性。在政府与社会的互动过程中，这是我们看到社会方面取得最终胜利的一个案例，当时的情况是民间结社发达，而官方的官社系统衰落[①]。

存在民间结社的地区，在唐代并不限于西北敦煌。但是，因为民间社会问题不受传统史学家重视，这些民间资料都是因为很偶然的机会才被保留下来。敦煌的民间结社资料不必说，其他地区的也一样。房山石经的题记，保留了幽州（今北京）地区的民间结社资料，许多因行业关系而组建的结社同时也举行奉佛活动，他们刻写的石经保存下来，于是我们得以了解这些民间结社的存在[②]。根据李德裕在长庆三年（823）的一个报告，我们得知在浙江地区民间结社的存在。当时的李德裕身为浙西观察使，他对民间厚葬之风甚感忧虑。但是，他虽然努力压制厚葬风气，但是对于当地的结社并没有采取取缔措施[③]。宋代的结社

① 参见孟宪实《唐朝政府的民间结社政策研究》,《北京理工大学学报（文科版）》, 2001 年，第 1 期，25~30 页。再录：人民大学复印资料《中国古代史 · 魏晋南北朝隋唐》2001 年 5 期，28—33 页。

② 参见唐耕耦《房山石经中的唐代社邑》,《文献》1989 年 1 期，74—106 页。

③《唐会要》卷三八，上海古籍出版社，1991 年 1 月，815 页。《全唐文》卷七百一，李德裕《论丧葬逾制疏》。

更发达，留下来的资料也更多[①]。金元时期，政府再次把社纳入行政系统之中，使之成为最基层的组织[②]。

宋代兴起的书院讲学方式，某种意义上就是士人的结社。明代的结社是中国历史上最发达的一个时代，著名的东林党和复社等，都是士人结社的代表。而在形式上，书院正是士人结社的一个很重要方式。所谓东林党，准确的名称是东林书院。一些以科举考试为最初目标的士人结社，最后与政治发生纠葛，以至于成为左右朝政的有生力量。虽然清朝政府认为明朝的灭亡缘于党争，但是必须看到的是，同样名为党争，与唐朝的牛李党争对比，明朝的东林党是立足民间的，他们与阉党之争有着强烈的朝野之争特色。这是中国历史的新现象。

作为民间结社，不论基层民众的结社还是士人结社，或者宗教结社，作为古代中国的社会史的重要课题，确有其独立的系统与研究价值。本文无力讨论全部中国古代的结社问题，只以敦煌的民间结社为研究对象，希望从一个

① 参见宁可《述“社邑”》，《北京师院学报》，1985 年 1 期，12—24 页。金井德幸《宋代的村社与村神》，《东洋史研究》，38 卷第 2 期，61—87 页。赵葆寓《宋代乡兵中的“社”》，《北京师院学报》1985 年 4 期，16—21 页。

② 参见杨讷《元代农村社制研究》，《历史研究》，1965 年 4 期。收入《元史论集》，人民出版社，1984 年 11 月，226—254 页。

侧面对于古代的民间结社问题进行有益的探讨。

原刊《中国社会科学报》2013年1月8日第546期，有改动

书评

侯灿、吴美琳《吐鲁番出土砖志集注》

在吐鲁番出土的文物中，带有文字的资料主要有两种：一是吐鲁番出土文书，二是吐鲁番出土墓志。可以说，就历史研究的价值说，吐鲁番出土墓志与吐鲁番出土文书，既有特殊性，又有互补性，在历史研究中它们都是很珍贵的第一手资料。但是，不幸的是，吐鲁番考古一开始就与西方的中亚探险联系在一起，无论是出土文书还是出土墓志，都流散在世界许多地方，从而为学者的研究带来了不便。资料只有集中起来，才会增强它的利用率，这是众所周知的常识。但是，吐鲁番出土墓志资料的分散问题，却长期没有得到解决。现在，侯灿、吴美琳先生的《吐鲁番出土砖志集注》由巴蜀书社出版，把散布于各地的吐鲁番出土墓志资料汇总起来，进行校对整理并加以注释，这无论从什么角度说，都是吐鲁番研究史上的一件大事。

吐鲁番出土墓志的收集、著录和研究，大约从 1910

《吐鲁番出土砖志集注》，侯灿、吴美琳著，巴蜀书社，2003年

年开始，第一方被发现的墓志是武周长寿三年（694）的张怀寂墓志。这方墓志很快就收进第二年修撰的《新疆图志》之中。紧接着，1912年，日本的中亚探险队来到了吐鲁番，除了出土文书以外，他们获得了12方墓志。三年以后的1915年，英国人斯坦因到达吐鲁番，他在阿斯塔那古墓里挖掘出了17方墓志，但他只带走其中的5方，余下的12方他进行了编号，依然藏在古墓之中，预备下次带走，但他最后并没有完成这个愿望，后被中国考古工作者重新获得。

在考古领域，近代中国在外国探险家的一系列刺激下终于觉醒。1930年中国瑞典共同组建的中国西北科学考察团就是重要标志。作为该团的中方成员黄文弼先生在吐鲁番的考古活动中获得了124方墓志，这是吐鲁番考古的最重大收获，从而确立了中国在吐鲁番出土墓志的占有上的优势地位。1949年以后，吐鲁番考古取得了一系列成就，从1959年到1975年，新疆的考古工作者在吐鲁番一共进行了13次考古发掘，出土墓志135方，其中属于阿斯塔那古墓群的是135方，属于哈拉和卓古墓群的是20方。这并不包括1965年的一次发掘所获得的8方和吐鲁番文馆所征集的10方。其他，还有一些散见的零星墓志。最近的吐鲁番出土墓志，是1994至1996年，新疆文物考古所与日本早稻田大学合作发掘出的7方。

这些吐鲁番出土的墓志资料，黄文弼先生所发现的很快成书出版，这就是1931年作为西北科学考察团丛刊之一的《高昌砖集》(高昌第二分本)，后来到了1951年又出版了修订本，由中国科学院印行。黄先生的书有图版有录文，是很好的资料集。但因为有些墓志已经损毁，所以录文比图版要多。相比而言，这部分资料还是幸运的，因为其他发现更分散，而刊布与著录就更加分散。以1959年到1975年发现的135方墓志而言，相对集中的一次是侯灿先生的《解放后新出吐鲁番墓志录》，载北京大学中古史研究中心编《敦煌吐鲁番文献研究》第5辑（1990年）。此文一共公布了157方各种墓志资料，很齐全，但只有录文没有图版，颇显不足。而穆舜英、王炳华主编的《隋唐五代墓志汇编·新疆卷》(天津古籍出版社，1991年)，虽然增加了许多新中国出土的墓志图片，包含了部分此前发现的吐鲁番墓志，但总量一共是199方，距离一网打尽尚有许多距离。以前要利用这些资料，必须多方寻找，当然主要是以上三种资料。其他散见，简直是一言难尽。

这种状况既为学界所熟知，又令学界无奈，毕竟不是所有学者都有条件来完成这项重要的整合工作的。侯灿先生曾经在新疆文物考古所工作，当他见到新中国成立后发掘和采集的吐鲁番出土墓志堆放在仓库中并发生损坏的时候，开始了整理与研究。可以说，侯灿先生是系统利用吐鲁番墓志资料、特别是新中国成立后新出土的墓志进行相关学术研究的最早的学者，他的研究不仅推进学界对吐鲁番历史的认识，更为学界提供了一批新的研究资料。侯灿先生也进行了充分准备，希望结束吐鲁番出土墓志的分散状况。多年前，中华书局曾经与侯灿先生接洽，准备出版吐鲁番出土墓志的集注本，但后来因故没有完成。现在，《吐鲁番出土砖志集注》的出版，巴蜀书社为学界和侯灿先生完成了一个巨大夙愿。

《吐鲁番出土砖志集注》（以下简称《集注》），分上下两册，无疑是这方面资料的一个集大成之作。《前言》介绍了最基本的情况。在中原，一般都把这类资料称作墓志，但自从黄文弼先生称吐鲁番出土的这些墓志为墓砖以后，墓志家族就又多了一名新成员。吐鲁番地方适合制作墓志的石料缺乏，当地一般在砖质材料上书写关于死者的文字，先是称墓表，后来也称墓志。当然，只有很特殊的人物的墓表或墓志才是用石质材料的。有的人甚至用沙石充当书写墓志的载体，如延昌七年（567）张神穆墓表；有的用很粗糙的木板，如延昌八年张武隽妻翟氏墓表，而在本书中，一概称之为砖志。这是一个新的称谓，既表达了这类资料的共通性，又表达了吐鲁番出土这类资料的特性。《吐鲁番出土砖志及其研究综述》，放置在简短的前言之后，是作为全书的导言而设置的。在这篇文章中，读者可以了解吐鲁番出土砖志的来龙去脉，包括出土、刊布和研究等基本情况。侯灿先生从事这方面资料的研究整理已有多年，对于资料的状况十分清楚。

在全书的最后，有三个重要附录。一是《吐鲁番出土砖志检索表》，对于此前每一方砖志的刊布给予了比较详细的介绍，这是吐鲁番出土砖志资料的档案史料，深入研究者可以此为线索继续跟踪。二是《吐鲁番晋–唐古墓出土随葬衣物疏》，就是把吐鲁番出土地衣物疏资料的全部，附录于此。这个附录，表达着侯灿先生长期以来的一个重要观点。在吐鲁番的古墓葬中，埋葬着许多废弃不用的纸张，其中有文字者就是吐鲁番出土文书。在这些文书中，真正与丧葬有关的只有这种衣物疏，它与砖志既有联系又有区别。衣物疏是埋葬品清单，同时又是通往冥世的通行证。砖志也是同时埋入地下的，其文字记录的是死者生前的主要事迹。生死的关系，人间与冥世的联系，正可在随葬衣物疏和砖志中得到反映。而作为当地葬俗礼仪的一部分，这两类资料也有很强的对比性。《集注》一书的其他部分的设计，或许多可在此前的同类著作中找到根据，但是这个附录则绝对是侯灿先生的独具匠心。三是《吐鲁番出土砖志文献论著要目》，把此前比较重要的论著目录公布于此，也是为读者提供了一份研究清单，有意者可以利用这个目录，追踪研究与动向。一部资料性很强的学术著作，《集注》处处为读者考虑，确实是很周到的。

《集注》把吐鲁番出土的砖志按时间顺序为三个时期：一是大凉时期，二是高昌国时期，三是唐西州时期。

其中，大凉时期的只有四方，主要的砖志是在高昌和唐西州时期。每方砖志的介绍，首先是“序号和定名”。序号由埋葬时间决定，没有埋葬时间按照死亡时间排序，具体年代不清按照大致朝代时间排序。但是，在定名时只出现年代，不出现月日。吐鲁番出土砖志，因为《集注》的这次大排序，在一段时间内，如果没有新出资料，这个序号也许可能成为该砖志的代号。定名主要是依据砖志本身，比如墓表、墓志等，没有的则依据可比因素定名。其次是“图版”。吐鲁番出土的砖志，并不是所有图版都有保留，但是，这次《集注》是第一次如此多地公布了图版。在全部 328 方砖志中，有 56 方没有图版。有的图版十分清晰，但有的已经看不出字迹，但是《集注》还是把照片放入，这是一个很可取的办法。因为砖志的研究，不仅仅在文字，砖志的形制大小都有研究价值，即使没有文字的一件照片也能给出一些有益的信息。至于文字清晰的图版意义，就更不言而喻了。再次是“释文”。释文就是录文，此前已经多有录文，这次《集注》择善而从，有图版的重新校对，没有图版的要考察以往录文。标准繁体字，按原有格式，给人以清晰感受。这部分内容，相信是研究者利用最多的。然后是“正文注释”，集中解释正文中的典故和其他文字，包括常见俗体、异体、别体字等。其中职官名称的注释学术性很强，或者引证史书证明职官职掌，如果学界观点不同则引证研究成果，然后是“注明与说明”。

注明主要是该砖志的来源、收藏，物理形制，如高宽厚等尺寸以及书写方式等。说明有时会提示读者这方砖志的学术价值，比如在5号《高昌章和七年（537）张文智及夫人马氏、巩氏墓表》的说明中作者指出："本墓表涉及官制甚多，是研究麴氏高昌职官制度最重要的资料。"最后一项是"征引文献论著题录"，在每一方砖志之后，列出曾经研究过这方砖志的论著，其中经常出现的论著给出了缩略语。这一项目的意义很大，这大大方便了研究者去按图索骥。

在《吐鲁番出土砖志及其研究综述》这篇文章中，侯灿先生提及周绍良先生主编的《唐代墓志汇编》，指出关于吐鲁番出土的墓志收录有缺。2001年12月，上海古籍出版社又出版了《唐代墓志汇编续集》，对此《吐鲁番出土砖志集注》没有来得及引述，其中所有吐鲁番出土墓志，依然有缺，主要是因为《续编》对于这部分的资料采自侯灿先生发表在北京大学中古史中心编的《敦煌吐鲁番文献研究》第五辑的《解放后新出吐鲁番墓志录》，没有引证黄文弼先生的著作，所以对照更新的《集注》同样也显得收集不全。

这样大的一部资料书，要想做到毫无瑕疵是很难的。有的问题是检核不细，有的则是文字转换中常见的问题。比如，同志的志，与墓志的志在繁体字中是不同的，但是确有同志的志印成了墓志的志（696页）。释文是最受读者重视的部分，这方面引用率一定是很高的，所以发生错误影响也会很大。7号张归宗夫人墓表，在记录张归宗历官的时候，录事参军的“录”字应当是“録”，而不是“禄”（24页）。244号任相住墓志铭，在描述任相住外貌的时候，使用了“仪形外朗”，但朗字误印成“郎”字（486页）。

侯灿先生几年前从新疆师大退休，然后连续出版了具有总结意义的《楼兰出土汉文简牍》和这部《集注》。重视资料的整理和搜集，一直是侯灿先生做学问的特点，这两部大部头的资料集合著作，再次证明了侯灿先生的一贯学风。但是，侯灿先生也有很不如意的地方，那就是近年心血管连续出现问题，去年更是做了一个很大的手术。不管是前一部楼兰汉文简牍还是这部吐鲁番砖志，侯灿先生都是在与病魔抗争中努力完成的。这一方面充分体现了侯灿先生坚强的意志力，另一方面则相当大的程度上应该归功于风雨同舟的夫人，即吴美琳女士。侯夫人不仅在生活上照顾侯灿先生的起居，写作上同样帮忙多多。开始的时候，侯灿先生还可以书写，然后由夫人输入电脑，后来则是侯灿先生坐在电脑旁边口述，由夫人改入电脑。这样的日夜有多少，无人知晓。我只知道，这是人间一幅美好图景。现在，侯灿先生把夫人的劳动成果正式公布于众，这就是郑重地署上吴美琳女士的名字。

2003年，侯灿、吴美琳先生的《吐鲁番出土砖志集注》出版。这是吐鲁番学近百年历程中必须记入史册的一件大事。

原刊《敦煌吐鲁番研究》第七卷，中华书局，2004 年

荣新江《敦煌学十八讲》

人类的历史是一张被时间撕碎的老照片。因为其中储存了我们已经丧失的太多记忆，所以千方百计缝补老照片以恢复历史记忆就成了历史学家们永远不能实现的梦想。但是，还是有人怀抱着对历史的深情，倔强与执着。这似乎是人类的文化特征，不仅仅体现在对未来、对空间的探索。通往历史，并不存在时间隧道，如果的确有通道的话，除了史料，无可选择。

1900 年 6 月，中国的首都正面临着八国联军的隆隆炮火，而一段储藏已久的历史记忆在敦煌莫高窟悄悄打开。敦煌藏经洞的发现，与甲骨文、故宫档案和汉简并立，是中国近代四大新史料之一。随之而发生的敦煌学，很快成了世界各地学者探究历史的一个新学科。历史老照片的某些部分因此清晰起来，通往历史的道路又有了延长。

荣新江教授以治敦煌学闻名。在敦煌人人尽知的今天，荣新江的名声依然只是学名并限制在学界的范围之内。在 2000 年的东京国际东方学大会上，日本著名学者池田温先生称：荣新江先生虽然只有四十岁，但已经是国际敦煌学的领军者。如果你知道“敦煌在中国，敦煌不在中国”这样的语言和事实曾经是压在中国几代学者心中的一座大山的话，你就应该明白，这个荣誉是荣新江先生代表中国赢得的。

荣新江教授的《敦煌学十八讲》由北京大学出版社出版，这不仅标志着荣新江教授个人的敦煌学研究的最新总结，也是他对国际敦煌学各个领域世界研究的最新归纳与整合。

既名为十八讲，就是十八个篇章，而实际上正如作者概括的涵盖了敦煌的六个方面，这就是：一、敦煌简史；二、敦煌藏经洞的发现和文物流散、研究的历史；三、敦煌资料的史学研究；四、各种敦煌文献及其价值；五、敦煌石窟；六、敦煌写本外观与辨伪。总体上，《十八讲》可以分成两个部分，第八讲之前，属于敦煌学史的范围；第九讲之后，属于敦煌学研究现状的总结。敦煌学史怎样开始的，现在到了怎样的前沿；敦煌资料分布流散如何，现在有哪些资料可供使用；各个分支是怎样研究的，现在到了如何境界。此等问题都可以在《十八讲》中获得答案。敦煌学的基本资料、基本问题、重要成果和重要学者，《十八讲》娓娓道来，鲜有遗漏。

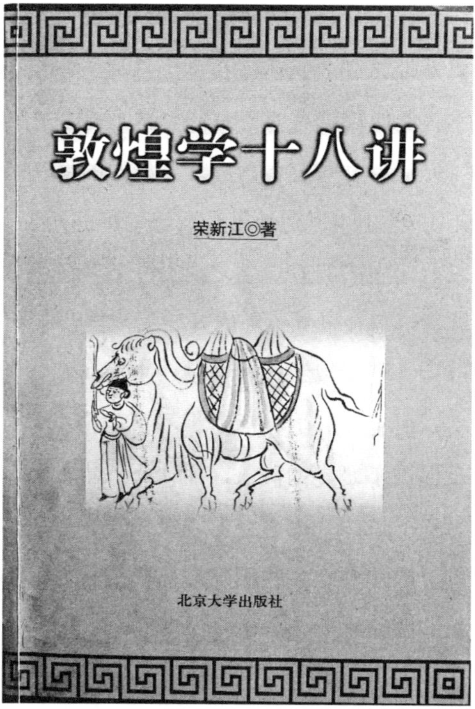

《敦煌学十八讲》，荣新江著，北京大学出版社，2001 年

敦煌学是一门年轻的学科，距离我们时间越近，其成熟性越高。其实，在《十八讲》以前，也有类似的著作，比如较早的姜亮夫先生的《敦煌—伟大的文化宝藏》（1956 年），中国台湾苏莹辉先生的《敦煌学概要》（1965 年），还不可避免地带着敦煌幼稚的面貌。“文化大革命”以后，中国的敦煌学之所以获得飞速发展，是因为正逢敦煌资料在世界范围内开始大规模公布。而进入 90 年代以后，随着俄藏敦煌文献由上海古籍出版社出版，敦煌文献再也没有藏在深宫识不得的情况了。研究资料的公布促进了研究的深入，而《十八讲》不仅反映了敦煌学历史的进程，更重要的是反映了最新的进展。在《十八讲》的注释中，我们发现竟然引用了今年 8 月份刚刚出版的研究成果。

刘进宝先生的《敦煌学述论》（甘肃教育出版社，1991 年）从性质上看是与《十八讲》最接近的一部著作，虽说述论，但毕竟述多论少。《十八讲》虽然有概论性质，但因为荣新江先生在很多领域如归义军史、于阗史、民族史、敦煌学术史、敦煌文献辨伪和中西交通史等多方面都有突出的研究成就，这就保证了《十八讲》的研究前沿性。许多敦煌学的问题，荣新江先生已经形成见解但还没有写成论文，现在都集中在《十八讲》中了。

敦煌学涉及的范围广泛，内容繁复，如何描述这样一个学科并不是简单思考就可以完成的。在此之前，荣新江先生有《话说敦煌》(山东教育出版社，1990年)一本小书出版，其中正好也是十八个篇目。《十八讲》与之比较，虽然今非昔比，但有一定的继承性。这说明荣新江先生考虑敦煌学系统问题已经有许多年头。与此同时，荣新江先生多年在北京大学历史学系开设敦煌学课程，这无疑是把敦煌学进行系统介绍的重要经历。《十八讲》中突出历史学内容，应该是荣新江先生长期进行敦煌学教学活动的反映。敦煌学的国际性，是因为敦煌资料的流散。不接触第一手资料，进行综合说明的难度是相当大的。荣新江先生在研究生时期就有机会游学欧洲，对西方各国收藏的敦煌文献进行逐一调查，从而成为国内掌握敦煌资料信息最详尽的学者。荣新江先生的《海外敦煌吐鲁番文献知见录》(江西人民出版社，1996年)一书更是直接的证明。这样的经验，对于以《十八讲》的方式综合目前世界范围的敦煌学而言，当然是十分重要的资本。

荣新江先生的研究领域很广，值得重视的是敦煌学观念，他主张从更广阔的范围和更开放的角度去理解。所以在《十八讲》中的第六讲，专门介绍新疆近代文物的流散，而在其他篇章中，常有对吐鲁番文书及其研究的介绍和研究。说明这一点是有必要的，因为学术界的理解并不相同。敦煌文物的发现及其流散，与新疆文物的流散是在同样的时代背景下以相似的情形发生的，以吐鲁番和敦煌两地的文物为例，互相夹杂是经常性的，彼此印证在研究中也是十分重要的。但是，有的学者被“敦煌学”三字的地名意义所限制，坚持在敦煌及其附近地域划定敦煌学的地理边界。敦煌学的特征之一就是开放性，不仅对各个学科开放，而且与其他地区甚至世界相联系，拒绝新疆近代发现的历史资料进入敦煌学的研究视野是与这个开放性不无妨碍的。

如敦煌学这样的人文学科应该是没有国界的，但学者的身份毕竟是有国界的。在敦煌学刚刚诞生不久，陈寅恪先生就曾撰文指出：“敦煌学者，今日世界学术之新潮流也。”同时他也感叹道：“吾国学者，其撰述得列于世界敦煌学著作之林者，仅二三人而已。”多灾多难的近代中国，使得敦煌学在她的故乡一直步履蹒跚。在敦煌学的百年历史中，中国学者只有在最初和三十年代以及五十年代（包括七十年代的港台学者）有过一些成绩之外，敦煌学的研究主力都分布在欧洲和日本。中国敦煌学研究的全面启动实际上是在“文革”以后才开始的，而1978年，北大历史系中国史专业第一次恢复招生，刚刚进得校门的荣新江先生正赶上敦煌学再生。二十年后，他终于与中国的敦煌学一起，闯出了一片自己的天地。阅读一下《敦煌学十八讲》你就会明白，中国有一批学者受到世界同行的尊重，陈寅恪时代的感叹被收入历史，而一个学科的进步竟然与一个国家的命运有如此紧密的联系。

《敦煌学十八讲》，荣新江著，北京大学出版社，2001年8月第一版。

原刊《中国图书商报》2001年9月20日，第14版，原题《敦煌学也在中国》

王素《吐鲁番出土高昌文献编年》

1997年1月，中国台湾新文丰出版公司出版了王素先生的大作《吐鲁番出土高昌文献编年》(以下简称《编年》)，这是吐鲁番出土文献整理与研究史上的一件大事。1998年，侯灿先生在《西域研究》第一期以"吐鲁番学中集检索与研究之大成的重要学术成果"为题，著文盛赞，称："国内每年刊发的有关吐鲁番学研究的著作和论文，不下数十篇，但是关于吐鲁番学的基础文献编年研究整理却是空白。王素著的《吐鲁番出土高昌文献编年》就弥补了这方面的空白。"这诚是不移之论。侯先生还对王素先生的学术经历，该书的缘起特别是该书进行了全面的介绍，并对有关纪年的一些问题提出了自己的意见。王素先生是从1995年7月开始着手《编年》的编辑工作的，至同年10月底完成，相关的文献和研究因王素先生的这项整理工作而成了一种历史的定格。翻阅《编年》，感想良多。

王素《吐鲁番出土高昌文献编年》

在此，想在侯灿先生评介的基础上再谈些个人的看法。

吐鲁番出土文献的整理与公布，似乎一直是分类进行的。早年黄文弼先生的《高昌砖集》（增订本）（中国科学院，1951 年）是他亲手所得墓砖的合集。侯灿先生的《解放后新出吐鲁番墓志录》（北京大学中国中古史研究中心《敦煌吐鲁番文献研究论集》第五集，北京大学出版社，1990 年）也如题所示不包括墓志、墓表以外的文献。穆舜英和王炳华先生主编的《隋唐五代墓志汇编 · 新疆卷》（天津古籍出版社，1991 年）也是一样。与此相同，唐长孺先生主编、文物出版社出版的《吐鲁番出土文书》也以书写材料为限制，纸以外的文字概不收入，最多只在每一个墓葬的说明文中提及是否有墓表或墓志。这种资料的分类公布方式也对目录的整理产生巨大的影响。关尾史郎的《吐鲁番出土汉文墓志索引稿》（《吐鲁番出土文物研究会会报》第 86、87、88 号），侯灿、孟宪实的《吐鲁番出土墓砖题录》（《新疆文物》1994 年 2 期）皆以墓砖（含墓表、墓志）为对象，町田隆吉的《吐鲁番文书索引稿》（只有释文本的前两册，《东京学艺大学附属高等学校大泉校舍研究纪要》第 11 集，1987 年；第 14 集，1989 年），李方、王素合编的《吐鲁番出土文书人名地名索引》则以文物出版社出版的《吐鲁番出土文书》释文本为对象。

吐鲁番出土文献众所周知是个世界性的研究课题，这是因为有许多资料一开始就流落到了国外，俄国、英国、德国、日本都有吐鲁番出土文献资料。这种背景又决定了吐鲁番出土文献在国外也有很大的分散性。对此可参见荣新江先生的《海外敦煌吐鲁番文献知见录》(江西人民出版社、1996年)。德国的吐鲁番出土文献至今未全部公布。日本方面，以大谷文书为代表的吐鲁番出土文献虽然公布研究较早，但由于存在再分散的问题，所以小田义久先生的《大谷文书集成》壹、贰主要以龙谷大学所藏的为主。中田笃郎编的《〈大谷文书集成〉索引》，也只以前书为对象。从《编年》的图、文征引论著略称部分即可知，许多目录不过是一次展览或一家所藏而已。

基础文献与研究文献的分离，也是《编年》以前的一个问题。在国内，研究文献以研究目录的方式单独出现，《中国敦煌吐鲁番学会研究通讯》每次公布目录，敦煌与吐鲁番是混在一起的。侯灿、彭琪1985年编过的《吐鲁番研究文献目录》，柳洪亮、邱陵等编过的《吐鲁番学著作论文资料目录》(新疆美术摄影出版社，1993年)，都与基础文献无关。日本唐代史研究会编的东洋文库出版的《吐鲁番・敦煌出土汉文文书研究文献目录》在具体的基础文献之下附有研究文献的编排方式出现，特别有利于研究者使用，但1990年出版的这部目录著作，当时全十册的《吐鲁番出土文书》释文本尚未出版完毕，图录释文本更是一册未出，并且依然是吐鲁番与敦煌同在，又不对基础文献进行任何说明，所以其成熟性还是不能与《编年》

相比。

吐鲁番出土的高昌时代的汉文文献，首先由《编年》完成了整合；新中国成立前出土的文献与新中国成立后出土的文献的整合；各种质料文献的整合，包括文书、墓志、简策、铭文等；中国所获和世界各国各地所藏文献的整合等等。这意义的重大是不言而喻的，以后的任何研究者，无论是对新文献的调查，还是对老文献的研究，都可以《编年》为出发点，寻求新意，避免重复。

既然叫作《编年》，即是以时间为编，把全部吐鲁番出土的高昌文献贯通起来。这种做法，在以往的分类目录中也曾被采用，但把所有质料的文献进行统编还是第一次。这一方法，自然克服了以往一些资料书的问题。如《吐鲁番出土文书》虽总体上也以时间为序排列，但毕竟以墓葬为单位，没有具体到每一件文献，所以各墓文献便不可避免地有时间倒错问题。而且以墓葬为单位，每一墓的文书虽有前后之序，但比起现在这样彻底打破墓葬单位，把每一件文献按时间排序的做法毕竟要简单得多。由于有时间标志的文献属于少数，而这项工作又必须给每一件文献以具体时间定位，大量的考证比定工作于是不可避免。许多文献，王素先生在“注”中说明了定位的具体理由，这实际上成为后人研究的一个基点和参照。914 号高昌残历书，柳洪亮发表时认为是延寿十一年历，后来邓文宽著文认为是延寿七年。柳洪亮最近出版的《新出吐鲁番文书及其研究》(新疆人民出版社，1997年)一书中，把此文书定名为“高昌延寿七年历日残卷”，注一说：“本件没有纪年，据邓文宽同志考证为高昌延寿七年历日。”(40页)放弃十一年说改从邓文宽七年说。《编年》再置此文书于高昌延寿十一年下，表明了王素先生自己的观点。再如462号，注为：“原缺时间。整理者据内记‘起六月八日’，以及前后各件纪年，定为延寿廿七年六月。笔者据高昌兵部买马每半月一结账，以为可进一步确定为该月‘十五日’。”在该件文书的时间“六月十五日”后王素先生加了一个问号以示谨慎，但理由既已说明，后来的研究者可以由此出发了。作为一种历史文献，具体的时间定位是至关重要的，王素的新时间定位在很多地方超过《吐鲁番出土文书》。《编年》标志着吐鲁番出土高昌汉文文献的时间定位达到了目前最新高度。

文献的性质，是研究中另一个重要问题，而这一问题往往在文书的命名上表现出来。正确的命名赖以存在的基础是对文书的准确认识，无疑，这只能随着研究的进步而进步，短时间内不会所有文书都会得到完全准确命名的。但是，命名即使仅仅表明目前的认识水平，那么有命名总胜过无命名，因为即使不准确的命名也能提供一种思考，为后来的研究提供一种帮助。以《吐鲁番出土文书》释文本为例，有许多文书残片没有收入。图版释文本收入大量文书残片，这比释文本有很大进步，但既未释文也未命名，不能不说是个遗憾。王素先生曾撰文对图版释文本第壹册的文书残片进行考释，并且多予命名（《出土文献研究》第三集，中华书局，1996 年）。这部分内容现在收入《编年》中，从而使《编年》又胜《吐鲁番出土文书》一筹。当然，对文书残片的考释，《编年》并不限于图版释文本的第壹册，说明在那一篇考释论文之后，王素先生对其他文书残片又作了大量工作。

1986 年，吐鲁番地区文管所发掘了阿斯塔那 384—391 号古墓，发掘简报（《考古》1992 年 2 期）中凡属于高昌部分的文献，《编年》一概收入，但文书命名《编年》没有完全照用简报。如 201 号，柳洪亮名为“北凉高昌郡功曹白请溉两部葡萄派任行水官牒”，《编年》改为“高昌功曹条任行水官文书”，这种改变更符合吐鲁番出土文书整理组的一贯命名方式。《大谷文书集成》（法藏馆，1984、1990 年）中凡属高昌时期的文书，《编年》也全部收入，命名同样也未完全依旧，如 591 号“高昌王残文书”，《大谷文书集成》名为“高昌国时代文书”，而该文确实只有一个“高昌王”及其突厥名号几字而已。可见《编年》的命名更具体。新命名体现了王素先生的新研究。

当然，这样一部著作，没有一个长期积累的过程是很难完成的。虽然如此，要想尽善尽美也是不容易的。以所收的研究文献为例，其下限似乎是 1995 年 6 月，但作者有三篇论文、关尾史郎有一篇论文发表于此后也被收入。

关尾论文发表在《出土文献研究》第三辑上，作者可能是提前知道而收入。作者的论文大约也是如此。这虽表明作者力求多收研究文献的努力，但也造成时限的不统一，因为同年尚有其他同类论文。属于 1995 年以前的研究文献也有未收入的,《编年》收入张铭心《高昌砖书法浅析》一文，但 1993 年 10 月广西师范大学出版社出版的同作者《高昌砖书法》(属于书法教学丛书的一种),《编年》却没有收入。《高昌砖书法》与作者前文多有重合之处，但关于黄文弼的那批墓砖的现今藏处作者很肯定地说:“这一批高昌墓砖现存北京故宫博物院。”(第 2 页)书最后附有部分墓砖照片，也很有价值。

邓文宽先生论文《吐鲁番新出〈高昌延寿七年历日〉考》，发表于 1996 年《文物》第二期。若按 1995 年为界，此文难以收入，所以引征论著略称中并没有邓文宽的名字。但是，邓文研究的高昌历日是份难得的高昌历法原始资料，可能是《编年》作者看到此文时《编年》已接近完成，所以只好把邓文置于 914 号文献之下，造成了既引用该文献又没有该研究文献的索引目录的情况。

有的论文该引用而未引用，也有的征引必要性不大反而征引的。长泽和俊的《关于唐对高昌的远征》一文，只使用了一次墓砖资料即《延昌元年任氏墓表》，证明的不过是高昌国存在交河郡这样一个众所周知的事，不论对该墓表还是对该论文，这一墓表的引用都不重要，但是《编年》还是赫然列出了长泽的大名，虽然长泽只此一篇与高昌研究有这样一点关系。若依此例，许多关于西州的论文而引用了高昌出土文献的都该入选《编年》了。

有的文献的时间定位，也有讨论余地。299号高昌取牛羊供祀账，《编年》的时间定位是“章和五年正月一日前”，而视该文书图版，“章和五年乙卯岁正月”字样极为清晰，为什么会定作“前”呢？注中说明：“本件记载章和五年正月一日至七月十四日供祀安排。背面为同年正月一日令狐孝忠妻随葬衣物疏，本件似应较衣物疏为早。”两件文书同写一纸，一面为官文书，一面为私文书，依照高昌的习惯，只能是官文书废弃后被私人再利用，特别是随葬衣物疏这样的私文书肯定是最后一次的使用，绝不可能在同一张纸上先写随葬衣物疏再写官文书。但是，这同写一纸的两件文书，官文书的时间是同年的正月到七月，而随葬衣物疏的时间是正月一日，按理官文书应早，可官文书的时间标志却又晚于私文书的随葬衣物疏，这该如何理解呢？一种办法是认为官文书仅仅是份计划书，并没有执行，但该官文书的第一个时间上又有红笔勾勒，而这一般往往被认为是已执行了的标志。这第一个时间是“正月日”，空字是“一”的可能性大约只有三十分之一，但是即使是“一”，也很难理解这份计划书立刻作废去写随葬衣物疏，从而把七月以前的计划都作废。《编年》无奈，只好强推以上结论。其实，关键不在299号文书而在300

号文书。所谓“正一日”（漏一个月字），应是“九二日”（也漏一个月字，实应为九月二日）。

在文献的定名问题上，《编年》也有值得讨论的地方。793 号至 800 号是一组大谷文书，《编年》采用的定名是“高昌剂远行马价钱敕符”。这组文书池田温先生定名为“高昌延昌元年六月勾远行马价钱敕符”，而与小田义久先生编辑的《大谷文书集成》的定名相同。但是，这个定名是有问题的。据关尾史郎先生《围绕〈高昌延寿元年六月勾远行马价钱敕符〉的诸问题（上）》（《东洋史苑》第 42、43 合并号，1994 年）一文的研究，大谷的这组文书与中国挖掘的同时期高昌官文书的“符”的式样完全一样，关尾先生并且对这组大谷文书成功地进行了复原，填补了残缺的部分。关尾先生的这个研究各个方面都已完成，只可惜没有在命名上稍加说明。依《吐鲁番出土文书》整理组的一贯命名方式，这组大谷文书应名为“高昌延寿元年六月兵部下某郡（县）司马主者符为剂远行马价钱事”。若依《编年》的定名方式，应名为“高昌兵部剂远行马价钱符延寿元年（624）六月”。现在的《编年》未注意于此，遂造成了同类文书的不同命名。

吐鲁番出土的高昌时代纸文书，经王素先生的此一整理而告一段落。然而并不是终结。且不说今后还会出土，只就已经出土的而言，由于尚未尽数公布，王素先生的这一工作相信还会有许多“待续”的部分。这方面仅以《编年》出版以后又公布的高昌汉文新文书即可说明。吐鲁番文管所《1986年新疆吐鲁番阿斯塔那古墓群发掘简报》(《考古》1992年2期)只公布了一小部分新资料，同时出土的大部分资料在柳洪亮的《新出吐鲁番文书及其研究》一书中发表。日本学者西胁常记的《柏林珍藏的吐鲁番汉语文书研究》(1997年5月，京都大学综合人间学部国际文化学科编辑、发行)记录了他在柏林的收获。其中第三篇《来自莱比锡的文书——关于非佛典部分》就有属于德国第二次中亚探险队从吐鲁番土峪沟所获的文书。同是德国收藏品，荣新江先生也有介绍。在《柏林印度艺术博物馆藏吐鲁番汉文佛典札记》(《华学》第二期，1996年12月)一文中，有一件隋朝仁寿二年(602)抄写的带有题记的《金刚般若论》卷中文书。正如荣先生指出的那样，这一文书对于理解高昌与隋朝的关系是有很高价值的。当然,《编年》也不能收入这件文书。

以后这类情况一定会不断增加，如果《编年》一书要修订的话，现在的编号就不得不修改，因为现有的编号是以时间为序每一件文献一个编号，如果中间加一件文献和一个编号，那么后面的文献和编号就都得重新调整。初读《编年》曾一度兴奋，以为《编年》给每个文书的编号可能会像斯坦因、伯希和的敦煌文献编号那样可以具体指代文献，现在看来暂时是不可能了。

但是我们仍然不能不感谢王素先生，高昌研究者在今后的研究中谁也不可能回避王素先生的这一工作，这就如同谁也不能回避社会进步一样。

原刊《敦煌吐鲁番研究》第四卷，北京大学出版社，1999 年

王素《高昌史稿·统治编》

得读王素先生的大作，看到王素先生的宏大计划的隆重展开，惊喜和兴奋立刻笼罩全身。这不仅是因为王素先生的巨大创造力，也是因为高昌。在沮渠氏统一吐鲁番盆地（约公元 450 年左右）以后，高昌实现了东西三百里、南北五百里的面积，而以此方圆的“塞外”之地，现在要接受王素先生二百万字的研究巨著，没有理由不让人为之激动。

王素先生的二百万字的高昌史研究是分五步进行的，现在看到的是第一步：统治编。今后还将有《交通编》《政制编》《经济编》和《文化编》接踵而至。据《统治编》的前言，知道这个庞大的计划的最初设想在 1982 年就已经成熟，1986 年秋开始收集资料，1989 年春开笔、1995 年完成第一部，就是我们现在看到的《统治编》。这个研究计划是得到唐长孺先生支持的，作为唐先生的高足，王

王素《高昌史稿·统治编》

素先生现在交出的答卷应该是令唐先生满意的，因为捧在面前的《统治编》无疑正是唐先生当初提出的“利用新出资料，综合前代成果，全面探索的著作”。

王素先生有充足的理由圆满完成《高昌史稿》的写作。王素先生在武汉大学一毕业就前往国家文物局古文献研究室参加整理《吐鲁番出土文书》的工作，直到1995年冬四卷图文本《吐鲁番出土文书》编辑工作完成，这一过程与《统治编》的完成基本一致，新出资料的整理对新出资料的利用无疑会有巨大帮助的。众所周知，西北史地的研究一开始就与西北新出史料密切相关。吐鲁番的历史研究也一样，正是吐鲁番的出土物吸引了研究者的热情并且提供了研究的资料可能性。在传统文献记载极其缺乏的情况下，对新出资料的掌握成了研究的先决条件。在吐鲁番的几综出土资料中，新中国成立前的黄文弼发掘的资料早已公布；日本的大谷文书也陆续公布；德国、俄国的至今多未公布；真正最新的出土资料就是解放后发掘的部分，其中汉文文书就集中在唐长孺先生主编王素先生参加编辑的《吐鲁番出土文书》之中。有机会参加这一编辑工作，就意味着有机会直面出土文书，这对于利用这些文书写作《高昌史稿》的王素先生而言，无异于天机在握。

参加编写《吐鲁番出土文书》的机会是难得的，但这并不说明一切。在占有资料方面，王素先生与李方女士合编的《吐鲁番出土文书人名地名索引》（文物出版社，

1996 年）是部重要工具书，同时也标志着编者对吐鲁番出土文书资料的一次彻底翻检。据此书的后记，王素先生完成了录文本《吐鲁番出土文书》前五册的人名、地名卡片抄写，后五册的卡片和其他工作由李方女士完成。这一分工虽然是在不得已的情况下做出的，但这也正好符合伉俪的学术研究的各自趣向，因为前五册的文书以高昌为主，后五册的以西州为主。当然，王素的学术准备远不止这些。在“综合前代成果”方面，王素先生的《吐鲁番出土高昌文献编年》（新文丰，1997 年 1 月）是个重要证明。虽名为出土文献编年，但由于把出土文献的研究也纳入进来，实际上是高昌出土文献及其研究的清理性著作，不仅为同行的研究提供了便利，很明显也为《高昌史稿》的写作备好了充足材料。此外，王素先生与李方女士合作的另一部大作《魏晋南北朝敦煌文献编年》（新文丰，1997 年 12 月），与前书体例相同，且有珍贵资料的录文，虽不以高昌为名，但以高昌与敦煌在文化、历史方面的亲缘关系，相信一定也是为全面思考高昌历史而作的一项资源储备。

《高昌史稿》是研究著作，仅有资料和研究情报的储备自然是不够的。“全面探索”即是多方面的深入研究，对此，王素先生需要做的大概主要是把自己已往的几十篇研究论文纳入《高昌史稿》的系统之中而已。王素先生对高昌史的研究早已经成绩斐然，而这无疑是专业著述最重要的条件。总之，王素先生对高昌史的大规模著述已具备了充分的条件，有理由对其报以高标准期待。

《高昌史稿》第一部《统治编》，共分六章：姑师与车师前国、高昌壁垒、高昌郡（上）、高昌郡（下）、高昌国（上）、高昌国（下）。唐朝统一高昌以前，冯承钧在《高昌事辑》中分高昌壁、高昌郡、高昌国三阶段，《统治编》在此又细分。姑师分裂以后，车师前国治交河诚，一直存在到被沮渠氏攻灭，至晚与高昌郡同时。高昌的历史是以吐鲁番盆地的东部为重心发展起来的，西部以交河诚为中心的车师前国虽然存在，但终于被东部吞并，也证明了这一大势。所以《统治编》的第一章可以看作是高昌的历史背景。《统治编》在第二章中分出三节，西汉时期的是高昌壁，东汉时期的是高昌垒。这一区分明显的比已往明细了。第三节主要是分析高昌立郡的根据，名为“建郡前的高昌”，很有启发。从高昌郡到高昌国的时间标志，即高昌国的开始时间，《统治编》与冯承钧的标准不同，冯承钧把沮渠无讳据其地而立国作为高昌国的开始，《统治编》则把此事置于高昌郡一章内。高昌国以麴氏高昌为重点，从建立到灭亡共分四节。最后附有高昌统治年表。

读《统治编》最深的感受有三。其一，学术史脉络十分清晰。即使从未关心此题，一读《统治编》便立即明白其中的来龙去脉。从这个意义上说，《统治编》不仅是今人高昌史的第一部专著，而且是一部研究高昌史的极好入门书。其二，材料交代完整。这不仅给出了问题讨论的基础，而且有利于研究者从此出发注意新材料。其三，态度诚实。虽然新出土资料促进了高昌史研究的兴旺，但绝不是所有资料一应俱全，所以在高昌史的研究中一直避免不了推测的存在。《统治编》虽然并不是在一切问题上都能一锤定音，在自己的观点上也竭尽全力，但没有卷入所有推测之争，该住手时就住手，宁愿静待未来。这种态度无疑是值得推重的。当然，由于资料的不足，全书的各章分量并不均衡，有些章节不得不用很大篇幅介绍研究状况，这是作者无能为力的。

笔者学力有限，不能判断的地方很多，但还是认为以下诸条都是富有新意的。两汉时期的高昌，以高昌壁与高昌垒相区别，反映了两汉在高昌状态的不同，也把从高昌壁到高昌郡的历史认识进行了重要修订。用“建郡前的高昌”概括魏晋时期的高昌，证明高昌郡时代到来的必然性，有说服力。沮渠无讳兄弟占据高昌，以承平十三年（455）为界，以前称凉王，以后称大凉王，资料似可解通，原因尚不清楚。关于麴氏高昌的“义和政变”，以“麴郎”为证，主张政变的领导人属于麴氏，言之成理，持之有故。其他排列各说，或申论有加，或择善而从，精彩翔实，不胜枚举。就是叙述他人观点，不仅忠实学术史实，而且起伏跌宕，引人入胜。

当然，值得讨论的问题也不是没有。高昌史的重大转折点之一是高昌立国，那么这应该从何时起开始计算就不是一个简单的问题了。《统治编》不同意冯承钧、侯灿的以沮渠无讳入据高昌为高昌建国始点的看法，遵从《魏书》《北史》《周书》《元和郡县图志》《通典》以及《通鉴》的“高昌称王自此始”的说法，强调公元460年是高昌国开始时间。虽然《统治编》也认为沮渠氏北凉流亡政权对高昌的统治具有十分重要的历史意义，但还是把这一意义归结到“在政治上为高昌由郡向国演变起到促进作用”（263页）。这似乎是说在沮渠氏统治高昌的时期，高昌之地的建制仍然是郡而不是国。但是，《统治编》又承认此时的高昌之地已经由过去的一郡五县变成三郡八县了（262页）。在另外的地方，《统治编》也说沮渠氏除了第一次统一了吐鲁番地区外，“第一次在吐鲁番地区建立了一个独立王国”（254页）。除了“北凉流亡政权”这种表述以外，《统治编》还使用“安周的高昌政权”概念，这似乎也不是高昌郡有资格享用的词汇。

《统治编》在这个问题上似乎是陷入了名实之间的矛盾。就名称而言，“高昌国”之称确实始于460年，所谓“高昌称王自此始”的传统说法也应是这个意思，因而不能说是错误的。就实际情况而言，高昌之地的政治建制确实已经不是郡而是王国了，虽然没有称“高昌王”而称“大凉王”。名实之间有了矛盾，理应去名就实。但这对于《统治编》而言也不容易，因为《统治编》在“高昌郡”一章之下安排的是“高昌国”章，如沮渠氏这种名为

"大凉"实治高昌的情况确实无法安置。《统治编》对冯承钧的高昌史阶段划分细节有突破但整体没放弃，而冯承钧把沮渠氏对高昌的统治归为高昌国时期就有些名实问题了（因是在《高昌事辑》的简短序言中提出的，并没有解说）。《统治编》可能是为了避免冯承钧的一种矛盾才陷入现在这种矛盾的。也许，如荣新江先生在《吐鲁番的历史与文化》（《吐鲁番》，三秦出版社，1987年）和最近的《〈且渠安周碑〉与高昌大凉政权》（《燕京学报》新五期）那样只强调沮渠氏高昌建国的意义而不去纠缠"高昌国"的概念是个解决矛盾的办法。

另外，如果描述沮渠无讳兄弟与车师前王国的战争，是否有比"内战"这个词汇更确切的概念。

总之，《统治编》作为《高昌史稿》的第一部现在出版了，这是高昌史的第一部史学专著，是吐鲁番历史研究的一件大事，是一件值得纪念和庆祝的大事。王素先生为此付出了十几年的艰苦劳动，以下还有四部姊妹篇，相信仍不轻松。为了已经出版和尚未出版的《高昌史稿》，我们都应该向王素先生表示感谢。

《敦煌吐鲁番研究》第四卷，北京大学出版社，1999年

王素《高昌史稿·交通编》

继《统治编》之后，王素先生的《高昌史稿》系列著作的第二部《交通编》又由文物出版社在 2000 年 3 月正式出版发行。第一章高昌的地理，第二章高昌的道路，交代了全书讨论高昌交通的基础问题。第三章到第五章，讨论从车师到麴氏高昌与周边国家与民族的交通情况。最后一章主要以吐鲁番出土的麴氏高昌资料为主讨论高昌的交通工具与客馆设施。第三章到第五章的题目是一样的，把“高昌与周边国家与民族的交通”分成上中下三部分，其中，从车师到北凉为一章，从西凉到马氏高昌国为一章，最后以麴氏高昌国为一章。书后附有一个《高昌交通年表》，检索起来很是方便。两张彩色地图都是很有用处的，一张是《麴氏高昌三府五郡二十二县图》，一张是《高昌通中国（中原）道路图》。全书共用了 18 个印张，比上一部《统治编》多出 4 个印张，分量有了明显的加重。

王素《高昌史稿·交通编》

高昌所在的吐鲁番盆地，位于天山腹地，南与塔里木众绿洲国度相接，北与草原地带相连，西可达中亚，东通往中原。高昌由于正处在交通要道之上，许多民族和国家出入高昌，给这个地域带来了众多问题，其中既有机遇又有挑战。研究高昌的历史，交通问题就不仅仅是交通，它实际上是高昌历史的环境和基础。用王素先生的表述就是："探讨高昌文明的由来，也正是研究高昌交通历史的重要意义所在。"（第2页）也许正因为如此，王素先生才给了高昌交通以如此大的篇幅。所谓交通，在这里基本上是个古典含义的，既包含了现在的道路交通的含义，又包括高昌与其他政治实体交往的含义。第二章的交通道路和第五章的交通工具与客馆制度属于前者，而其他三章的内容则属于后者。

全书布满了具体问题的讨论，精彩之处不胜枚举。高昌交通历史的研究，从清末到目前，研究成果甚多，但有许多问题实际上并没有彻底清理和解决。比如，高昌的疆域，历史典籍的记载前后多有出入，人们引用时，也较少辨别，于是形成了不应有的混乱。王素先生通过仔细考证，弄清了不同疆域的记载实际上反映的是不同时期的情况，结论是南北长度基本没有变化，变化的是东西长度，二百里的长度是指高昌郡时期，三百里的长度是指高昌国时期，而八百里的说法是麴氏高昌国的特殊时期（第一章第一节）。

高昌的城镇问题，也是治高昌史经常遇到的一个重要但又棘手的问题。说重要，是因为这涉及高昌的历史发展演进的关键资料，说棘手是因为历史记载混乱，说法众多，歧见叠出。王素先生耐心细致地进行了考证，充分利用考古资料说明阐释，终于理出了一个历史发展的头绪。高昌郡时期是一郡五县，马氏高昌国以前是三郡八县，麴氏高昌国前期先是十六城，然后是十八城，到麴氏高昌国灭亡的时候是三府五郡二十二县（第一章第二节《高昌的行政地理》）。

把考古资料、历史记载与现今地望对应起来是一项重要的工作，这至少有利于我们在了解历史的时候增强现实感受，由现实的地理空间回溯历史问题，也能进一步加深对历史的理解。在吐鲁番的历史地名考释中，许多学者已经进行了这项工作，而王素先生的大作是再度进行加工整理，纠正了一些学者的错误，补充了一些资料，有的还提供了该地方历史各个时期的不同名称的排列，为读者提供了一个值得信赖的参考数据（《高昌县城今地考》，57-84 页）。

高昌通中原的道路，同样是研究者十分重视的问题，不管是中原与西域的关系史讨论还是双方交通的历史，道路问题都是基础性问题。以往的西域历史研究者的工作也较少涉及这个问题。王素先生把传世史料、考古资料和前人的研究成果结合起来，重新进行评估，或者遵从前贤，或者纠正以往，或者阐述一家之言，即使是讨论的结果还是遵从了前贤，但由于交代了学术史的来龙去脉，比照考证了各种资料，结论总是在比较之后做出，所以仍然令人有实在厚重之感。（第二章）

高昌在吐鲁番盆地建立王国，幅员十分有限，在南北朝那个动荡的时代，维持一个弹丸小国的存在是很难的。为此，与周边政治实体的关系，就成了高昌王国的重要国事活动。小国无外交，为了避免大国的震怒，高昌几乎在所有的外交场合都是附属国的低姿态。与此同时，高昌王国基本上维持一种多向称臣的外交关系，任何强大的政治势力，高昌都是恭敬有加。这个外交政策，对于维持高昌王国的政治存在，是发挥了积极作用的。王素先生用很大篇幅考察高昌与周边政权的往来，是现在所有高昌历史研究中最详尽的，不管是对传世史料、考古资料还是学术史，王素先生的这种研究可以称得上是地毯式轰炸，无一漏网，也无一"幸免"。因为这是迄今为止最详细彻底的学术清理，相信今后的有关研究，都不能脱离对王素先生此大作的参考了。

高昌作为一个学术问题被重视，除了与晚清以来的西北史地学的兴盛有关系以外，与考古发现、出土文物的关系也是很密切的。考古新资料不仅为许多老问题提供了新资料，更重要的是为研究新问题拓展了空间和可能。第六章《高昌的交通工具与客馆设施》，就属于这种新问题。

处在丝绸之路交通大动脉上的高昌，它与周边的交通的重要性是显而易见的，但他内部究竟实行着怎样的制度以保证交通的畅通无阻呢？传世史料没有留下这方面能说明问题的记载。是吐鲁番出土文物提供了这种研究的可能性。王素先生在中日学者研究的基础上，再做新的讨论，为这个论题的充分展开做出了最新的贡献。

贯穿全书的讨论原则是十分值得称赞的，即彻底的实事求是。有根据的赞同，没有根据的推测只能表示怀疑，比如遥遥郡问题。延昌四年（564）三月十七日《张氏墓表》中，有“明威将军遥遥郡徐宁周妻金城张氏之墓表”字样，遥遥郡的定位于是成了问题。日本学者嶋崎昌先生已经指出这不属于高昌国的郡名，但后来钱伯泉先生在他的大作《车师语言与车师种族初探》（《新疆大学学报》1997年3期）认为，北方人读“交”字作YAO音，所以认定遥遥郡就是交河郡。王素先生认为钱氏之说“更不能成立”（50页）。对此，我可以提供佐证证明王素先生的判断是正确的。我曾经对吐鲁番出土的墓志（含墓表）中的故乡观念进行过统计，唐朝统一以前的高昌人墓表中，在记述自己故乡的时候，墓表中无一例外都是高昌之外的中原某地（《唐统一后西州人故乡观念的转变》，《新疆师大学报》1994年2期）。张氏墓表中的遥遥郡现在虽然不能确指，但不属于高昌是可以确定的。

当然，也有些地方是读不太明白的。比如第一章的

第三节《高昌的经济地理》，主要介绍的是高昌的农作物、畜牧业和手工业，更接近经济而与高昌内部的经济地理分布等涉及并不多，也不知道以后的《经济编》中将如何处理相似的内容。另外，高昌养马也养牛，但高昌是否有“高昌马”、“高昌牛”这样的特产呢？王素先生指出：“现在新疆的名马，有焉耆马、巴里坤马，最好的是伊犁马，却没有吐鲁番马。‘高昌马’为何绝种，似乎也值得研究”。（104页）我以为这个问题的提出应该比较谨慎才对。吐鲁番属于山间盆地，高昌经济以绿洲经济为主要特征，因为没有可以控制的较大规模的草原，所以很难出产名马，如果从来就没有高昌马，就更不会有其绝种问题了。再有就是高昌郡时期由于不具备对外交通的政治资格，五凉政权与周边民族和国家的交通，多与高昌没有太大关系，但篇幅却将近一百页，似乎有点过长。

这是高昌交通历史研究的第一部专著。王素先生对高昌历史的研究积累多年，早在《高昌史稿》系列著作写作之前已经就做了多方面的准备，对此我在对王素先生的《统治编》的评论时已经说明，在此不再复述。王素先生的写作依然保持了既有的风格，在相关的传世史料、出土资料和研究动态的把握上精到细腻，个人的学术判断上也是依然求实和真诚的。读罢《交通编》，高昌交通问题的研究史的整体面貌和具体主张立刻清晰起来。王素先生的大作，是完全可以当作研究工具书看待和使用的。与《统治编》一样,《交通编》也会成为高昌交通研究的新的里程碑。

原刊《敦煌吐鲁番研究》第五卷，2001 年

孙继民《敦煌吐鲁番所出唐代军事文书初探》

利用新出土的敦煌、吐鲁番资料对相关课题进行研究，多年以来就是唐史研究的重要推进方式。唐代军事问题的研究，也不例外。早在上世纪三十年代，那波利贞先生就以新发现的敦煌文书为主要资料发表过一系列唐代军事的论文，而菊池英夫先生取得对唐代军制研究的公认成绩，也多有对敦煌、吐鲁番文书的利用。但是，专门以敦煌、吐鲁番出土文书为唐代军事问题的研究对象的著作，孙继民先生的《敦煌吐鲁番所出唐代军事文书初探》（北京，中国社会科学出版社，2000 年 11 月，334 页。以下简称《初探》）还是第一部。

孙继民师从唐长孺先生，而唐先生不论是对唐代的军事制度还是对敦煌、吐鲁番出土文书都有公认的杰出研究，所以当孙继民以唐代的行军制度为硕士论文的研究对象并最终发展成一部专著（《唐代行军制度研究》，文津出版

孙继民《敦煌吐鲁番所出唐代军事文书初探》

社，1995 年）的时候，对于唐代军事问题和敦煌、吐鲁番文书已经有了很深入的研究。现在的《初探》，是孙继民在唐代行军制度研究的基础上，对唐代军事问题的继续研究的学术新成果。

《初探》由五编构成，共有十五个专题，因内容相近分属在五编之下。第一编为《与府兵有关的文书》，第二编为《与兵募、健儿、子弟有关的文书》，第三编为《与行军有关的文书》，第四编为《与军镇有关的文书》，第五编为《其他军事文书》。从这些题目上看，或许会认为这是资料方面的系统介绍，实际上都是专题研究。部分章节已经用论文的形式发表过，从研究的内容上看，唐朝军事制度的许多重要方面都已经涉及了，如府兵、军镇、行军和兵员等，确实地说，这是一部唐代军事论文合集（最后一篇关于 P.4648 号文书的研究除外）。

《初探》的部分章节，是对《唐代行军制度研究》的补充。孙继民先生在《学坛求索自述》一文（《唐研究纵横谈》，中国社会科学出版社，1996 年 11 月）中曾经谈到《唐代行军制度研究》一书有不足部分，他举例说“有些必要的内容没有包括在内，例如行军的武器装备之类”。现在，《初探》第一编的第一章就是《吐鲁番文书所见唐代府兵装备》，而第三编题目就是《与行军有关的文书》，既讨论了几次西域行军的事例，又讨论了行军的编制和兵种，很明显是唐代行军制度研究的继续。在《唐代行军制度研究》一书中，孙继民先生在兵员构成一章中，专门讨论了健儿的起源问题，认为健儿起源于猛士招募，但在起源的时间上没有进行专门的讨论，也没有利用出土文书，而《初探》一书中则在第二编中专设一节讨论早期的健儿问题，证明健儿的最早资料是比传世史籍的神龙年间要早，对此，虽然学界已经有所推论，但毕竟在这里落实到了确实而具体的资料。

与此同时，《初探》也有对原来研究进行纠正的地方。关于行军的编成，孙继民先生在 1991 年曾经著文（《关于唐代前期行军中押官一职的探讨》,《河北学刊》1991 年 6 期），认为不存在队一级的押官，虽然《李靖兵法》中已经提及押队官，但孙继民先生相信那属于衍文，认为只有 500 人左右级别的押官。这个结论，在《唐代行军制度研究》一书中继续。现在，根据日本有邻馆 46 号文书，即一件"俱六守捉状"，其中多处提到"押队官"，于是进行了观点修改，认为存在队一级的押官，但坚持：一、唐初没有队一级的押官，继续认为《李靖兵法》中"押官一人"属于衍文，因为另外一处讲到队的战斗次序的时候没有提到押官。二、举证吐鲁番出土文书，认为武则天时期和先天年间仍然没有出现队级押官。那么什么时候出现的队级押官呢？作者认为是开元前期。但是，这个押队官不过是向队级押官的过渡称谓，队级押官的出现要到"开元后期至肃宗、代宗时期"才出现的（第四编，202 页）。

这样坚持是可喜的，但也有过分细致的可能，以后的解释空间所剩有限。

《初探》一书在资料上有很大的贡献，首次把一组唐代重要军事文书标点公布，特别是关于瀚海军的资料，十分珍贵。笔者曾经去对照《英藏敦煌文献》，辨认极多困难，所以这样的资料公布是应当受到感谢的。不仅如此，孙继民先生对这组文书进行了相当深入的研究，对文书中出现的阴副使、和副使和孔目官进行了考证，并且对军制问题进行了分别研究，如行营、如瀚海军的战斗序列和番号等。到目前为止，军镇的资料，应该说这是最集中的一次公布，再联系吐鲁番出土的其他瀚海军资料，可以认为瀚海军是我们了解最多的一个军镇。不仅如此，根据这样的资料，了解节度使僚佐的构成与演变也是十分重要的一个课题。此前，严耕望先生考证藩镇僚佐，就是因为缺少这样的资料，所以考证唐后期的内容多于前期，流变多于溯源。笔者曾经为此利用过这部分资料，深切感到意义之重要。

不过，《初探》也有对文书理解不确的地方。第三编《与行军有关的文书》第一章“吐鲁番文书所见唐代三次行军”的第二部分“西域道行军”，引证了一件重要的借贷文书，这就是《麟德二年（665）赵丑胡贷练契》：

麟德二年八月十五日西域道征人赵丑

胡于同行人左憧憙边贷取帛练
三匹。其练回还到西州拾日内，还
练使了。其到月不还，月别依
乡法酬生利。延引不还，听拽家财
杂物，平为本练值。若身东西不在
一仰妻儿还偿本练。其练到安西
得赐物，只还练两匹，若不得赐，始
还练三匹。两和立契，获指为验
［后略］

联系传世史书关于西州都督崔智辩救于阗的记载，孙继民先生指出："《资治通鉴》称崔智辩闰三月发兵，《贷练契》成于八月十五日，赵丑胡、左憧憙等只能是八月份才参加西域道征行，二者在时间上稍差。前者应是崔智辩奉命发兵的时间，后者可能是崔发兵后新组成的后续部队，二者应是西域道行军系统连续活动的两个阶段。崔智辩何时结束了西域道军事活动，无明文，但包括赵丑胡、左憧憙等人组成的部队至迟于同年十一月便已经回到了西州。同墓所出《唐麟德二年（665）张海欢白怀洛贷银契》中的钱主仍是左憧憙，契尾的年代落款是麟德二年十一月二十四日，证明此时左已回到高昌县。从八月十五日到十一月二十四日，不足四个月，这支部队活动的时间最多也不超过三个月。"（127 页）

关于赵丑胡等回到西州的时间等问题且不论，因为孙先生在这里把录文的这个《贷练契》订立的场所理解成了西州，所以导致一系列的判断出错。仔细分析这个《贷练契》，其中有两个设定：一是如果在安西获得赐物，赵丑胡以赐物偿还是两匹，如果没有赐物，回到西州十日内如数偿还，超过这个期限，则需计利偿还。这是一个在西州外订立的借贷契约。在什么地方呢？我们也不能确指，但一定在安西以远，因为契约中的文字说明，在他们返回西州以前要经过安西，虽然他们对于在安西是否能够获得赐物并没有把握。实际上，同墓出土了另外两件文书《唐支用钱练账一》和《唐支用钱练账二》（怀疑是行营支出账）与这次行军有很密切的关系，那正好是一件返回西州之前并且是在安西之前的支出流水账，其中顺序提到了胡乍城、据史德城和拨换城。于是我们可以很清楚地意识到，赵丑胡、左憧熹等参加的征行正是崔智辩救于阗的那支军队，并没有什么后续部队，活动的时间更不是只有三个月。其实，这也不是笔者的发现，因为荣新江先生的论文《新出吐鲁番文书所见西域史二题》之一就是《麟德二年西域道行军救援于阗史事钩沉》（北京大学中古史中心编《敦煌吐鲁番文献研究论集》第 5 集，北京大学出版社，1990 年），其中有十分明白的辨析。

当然，智者千虑，或有一失，对于整部书而言，依然是瑕不掩瑜的。想知道目前学术界对唐代军事制度的研究深度，在你的书目中，都不可能缺少孙继民先生的这部大著《敦煌吐鲁番所出唐代军事文书初探》。

《敦煌吐鲁番研究》第六卷，中华书局，2002年

孙继民《唐代瀚海军文书研究》

作者孙继民先生研究唐代军事制度史，此前已有专著《唐代行军制度研究》（文津出版社，1995 年）、《敦煌吐鲁番所出唐代军事文书初探》（中国社会科学出版社，2000 年）出版。另外，孙继民先生在胡戟等先生主编的《二十世纪唐研究》（中国社会科学出版社，2002 年）一书中，主笔兵制部分。由此可以判断，新著《唐代瀚海军文书研究》（甘肃文化出版社，2002 年 8 月）在论题、资料和动态上，都拥有了充分的准备，而作者个人的学术精进，无疑又是一个新境界。

本书的主体是作者的博士论文，全书分为三部分：上篇是“瀚海军文书考释”，可以看作是资料篇。下篇是“瀚海军本体研究”，是论文的主要部分。另有附录共四篇文章，多与军制有关，但与瀚海军无涉。

唐代的军事制度演变，从唐朝后期开始就十分重视

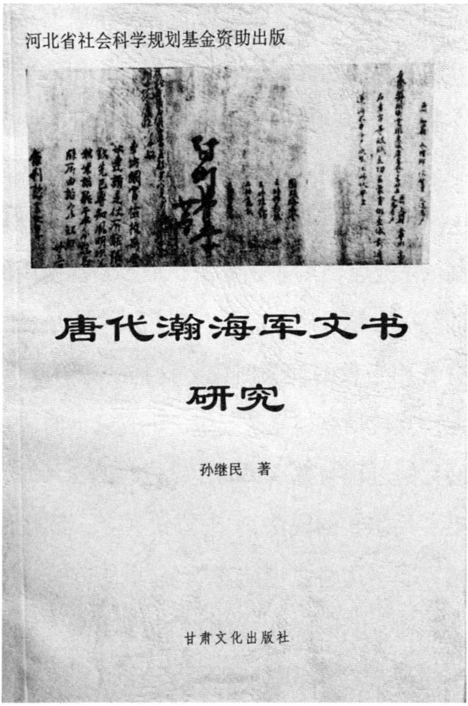

孙继民《唐代瀚海军文书研究》

前期的府兵制度，这一观点在《新唐书·兵志》中有很充分的表达，从此以后，府兵、方镇和禁军就成了研究唐代军制最重要的内容。现在学者的研究表明，唐代前期的兵制，府兵的绝对地位是有夸大的，比如兵募在实际的运用中，其实很重要。但是，用府兵制这个概念概括唐前期兵制依然是常见的表述方法，最多是在使用的时候增加限定词汇。方镇兵制的起源，现在看来很早，与府兵制的完结有着相当长的交叉时间。这样一来，唐代兵制的演变问题，就变得更加复杂起来。最复杂的时段，就在于府兵制的瓦解过程与方镇兵的建设过程的交叉时期。按照《新唐书·兵志》的说法，“夫方镇兵者，节度使之兵也。原其始，起于边将之屯防者”。这里的方镇与后来的藩镇，含义相通，欧阳修也是如此看待。安史之乱导致“方镇相望于内地”，当藩镇拥有军队、土地和民赋之后，唐朝于是也只有等待灭亡。安史之乱以前的节度使制度，确实与后来的安史之乱有密切关系，但边境屯兵以防卫，更有其不得已的理由，所以关于唐代的兵制演变，也有另外一种划分方法，称安史之乱以前为军镇，之后始称方镇。军镇概念，不仅可以指实如某军某镇，更可以避免方镇等同藩镇的联想。节度使与朝廷发生摩擦，开始于安史之乱后，此前的节度使还是听命于朝廷的，所以与整个王朝政治，也有不同评价。相对于方镇，使用节度使制度也是当时军事制度的一部分，也比方镇兵制更多中性即客观性。节度使与军镇进行比较，可以把两者看作是不同侧面的表达，无可无不可。如果不反对把军事制度看作是政治制度的一部分，把军事力量看作是政治力量的一部分的话，那么军镇作为概括唐朝军事历史的一阶段还是可行的。

滨口重国先生的《从府兵制到新兵制》(《史学杂志》第 41 编 11、12 号，1930 年）是唐代军制史研究具有划时代意义的著作，从府兵制到新兵制，滨口认为是一分为三的过程，即府兵制变成禁军（中央宿卫）、军镇（边境守卫）和团结兵（地方警备）。他没有使用方镇兵这个概念，而是使用军镇一词。罗香林先生著《藩镇制度沿革考》(《社会科学丛刊》第 1 卷第 2 册，1934 年)，显然是继续使用欧阳修的概念。而杜洽先生《唐初镇兵考》(《史学年报》第 3 卷第 2 期，1940 年）一文，开篇考证的就是“军镇建置之始”，他使用的是军镇概念。菊池英夫先生研究唐代兵制，在他的名篇《节度使制度确立以前“军”的制度的展开》(《东洋学报》第 44 卷第 2 号，1961 年)，实际上讨论的是“军镇制度如何形成的”问题。从军镇到节度使，他把唐朝的军制再进行了细分，而这无疑是富有启发意义的。军镇包括国家的兵力部署、军队的组织结构和训练方式等，不仅涉及战略，更显示军制的多方面内容。不过，军镇的指挥系统最后由节度使的方式完成，而与节度使相关的概念比如军使等，共同表达的是这个军事制度的指挥官系统。节度使通常以道为单位来表述，其下存在若干军或镇，节度使与军镇的对应，相当于道与州的对应。但是，正如道一级的行政体系建立晚于州一样，在军事体制上，就整体而言，唐代的军镇也早于节度使。虽然军镇体系由节度使这个指挥系统的完善而宣告完成，但用军镇表达这个军事制度，应该比使用节度使制度更合适一些。

以往唐代军事制度的研究，军镇的研究是相当薄弱的，对此尤其是比较府兵制和藩镇的研究之后显得格外突出。之所以如此，资料的限制是一个重要的客观因素。敦煌吐鲁番文书的出现，为军镇制度的研究提供了众多的信息，研究的突破于是有了可能。就今日状况而言，瀚海军资料是最集中的军镇资料，而孙继民先生的最新研究，不仅本身就是军镇制度的研究，推进甚多，对于理解唐代军制的演变，也有着多方面的积极意义。

孙继民先生对唐代军事历史的研究，从行军制度开始，逐步前进，在《唐代行军制度研究》之后，他的《敦煌吐鲁番所出唐代军事文书初探》对于前书既有补充又有推进，同时也有研究重心的转移。其中，对一组瀚海军文书研究，可以说是对军镇研究的开拓。在《敦煌吐鲁番所出唐代军事文书初探》一书中，作者对一组新资料进行了研究，而这组出土文书都是瀚海军的文书。在此以前，关于某军某镇的具体问题，学界涉及不少，但多集中考证建置时间这样的问题上，深入讨论内部结构等问题，资料根本不允许。现在，孙继民先生不满足于单篇的讨论，干脆把瀚海军作为一个完整目标来研究，突出主题，完成了一个漂亮的歼灭战。

这个课题的研究，意义是很明显的。唐朝的军镇，从高宗时期开始陆续增设，到玄宗的天宝元年，根据《资治通鉴》的说法，全国在边境地带共部署了 49 万军队，这些军队都属于军镇。唐朝政府为此负担着巨大的财政压力。每一节度使统帅多个军镇，其中一个最重要的军镇由节度使亲领。但是，对于这些军镇的具体资料，我们获得很少，因而了解很少。现在有瀚海军资料集中表现瀚海军的状况，一叶知秋，通过瀚海军而了解全国军镇，即使存在个体差异，也有助于一般状况的了解。这看起来是军事制度问题，其实牵涉到唐朝许多重要而关键的问题。

在上篇的“瀚海军文书考释”中，孙继民先生集中了关于瀚海军的资料。这些资料既有最近才公布的文书，如《中国国家图书馆藏敦煌遗书精品选》（2000 年），也有以前罗振玉旧藏文书，还有现藏于日本有邻馆的相关文书，当然也有吐鲁番出土的有关文书。其中，英藏的一组文书最重要，是如今研究瀚海军最关键的资料。这就是 S.11453 和 S.11459 号文书，共 11 件。经过仔细分析辨认，孙继民先生把这些文书重新缀合并命名，这就是《唐开元十五年十二月瀚海军兵曹司印历》《唐开元十五年九月瀚海军堪印历（甲）》《唐开元十五年九月瀚海军堪印历（乙）》

《唐开元某年某月瀚海军请印历》。这些文书因为有瀚海军印，所以确定为瀚海军文书。这是以孔目官为中心的瀚海军办公机构的收发文书目录，从题目中可以看出这些文书的大概内容，但不能了解详情。即使如此，从文书往来也可以观察彼此关系。于是，关于瀚海军的诸问题就成了可以论证的目标。对于这组重要文书，因为在前一部书中解释得很详细，所以在新书中只是把考证的结论和次序交待出来。

在下篇的“瀚海军本体研究”中，共讨论了七个问题，首先是瀚海军的始置问题。瀚海军的设置时间，历史记录并不清楚，在多种相互矛盾的记录中，作者进行了详细考证，特别是利用出土文献的有力证据，得出结论是瀚海军“至少可以说在武周早期已经存在，最保守地估计也应在久视元年（700）之前即已设置”（86页）。

关于瀚海军的兵员构成问题，主要依据出土资料，证实瀚海军的兵员，既有府兵，又有兵募，还有健儿。有关府兵兵员的资料，虽然主要是反映庭州镇时期的情况，但因为庭州镇是瀚海军的前身，庭州镇的兵员也一定被瀚海军所继承。其实，从其他地区的情况看，军镇的兵员吸纳府兵确实是常见的。置于兵募，《开元四年李慈艺授上护军勋告》是最典型的证据，485名白丁身份的兵募同时立功授勋，而他们来自许多地区。兵募作为兵员占据的比例增高，最后发展成为健儿，这是唐代军制史人所共知的，过去的表达方法就是从征兵制到募兵制的变化。

关于瀚海军的兵种问题，作者曾经研究过行军制度中的兵种，现在，依照瀚海军的资料，对照从前的兵种考证瀚海军的兵种，发现军镇的兵种分布与行军的编成不同，如马军有军司直属马军和守捉所属马军。步军也是如此。更重要的是，瀚海军资料提供了过去行军所没有或不知的兵种，这就是扶车兵、磨甲兵、陌刀手等。扶车兵即驭手，属于后勤兵种。磨甲兵的职责是制造和维护铠甲，属于后勤保障的兵种。至于陌刀手，则是新出现的一个兵种，在后来的战争中发挥了重要作用。作者特别指出，陌刀早就存在，后来之所以功效显著，是与唐代的战术战法的重大革新联系在一起的。原来的陌刀与强弓劲弩组合，属于辅助性兵器。开元时，陌刀手则成为与弩手、弓手、跳荡和奇兵一样的单独兵种。

关于瀚海军的组织制度，前书《敦煌吐鲁番所出唐代军事文书初探》已经有所接触，这里进行了更充分地展开。瀚海军也有七军系列，这与行军的结构一致，可以证明军镇与行军的渊源关系。所谓七军就是中军、前、后、左、右军和左、右虞候军，这是唐代行军的基本编制。在瀚海军中，这七军因为受到资料的限制，表达方式可能是简化方式，所以成了中军、左一、左二、左三军和右一、右二、右三军。在瀚海军文书中用语的简化，还有中军的另一种表达，那就是南营。七军之外是驻防各地的守捉，有俱六守捉、东道守捉、轮台守捉、神山守捉、耶勒守捉、沙钵守捉和西北道守捉等。关于这些守捉，作者在前书有考证，所以此书从略，但对守捉之下的两种编制队和烽戍进行了讨论。

关于瀚海军兵源的地区构成问题，主要是利用《开元四年李慈艺授上护军勋告》提供的资料，考察在瀚海军服役的兵募都来自什么地区，485 人分别来自关内道、河东道、陇右道与河南道，总共涉及 17 州，包括北庭府和西州。这与敦煌出土的《唐景云二年（711）张君义勋告》的情形很相似，在西域的兵募来自全国各地，而瀚海军比安西的兵募有所集中。这一节，作者曾经以《关于唐代瀚海军兵源的地区构成》为题，发表在《敦煌吐鲁番研究》第六卷上。

关于瀚海军军人承担的杂役，作者考证出一系列内容，有作坊服役、长行坊服役、车坊服役、屯田服役、解默服役，此外还有仓子等许多役务。这些都是士兵服役，其中解默服役作者推测为与放牧有关的机构。不仅士兵，军官也有军外任职，作者指出瀚海军军官在北庭府所属部分任职的情况并不鲜见。关于两位瀚海军副使的考证，已经在上书中有所进行，此次又有加强。“和副使”就是和守阳，他的墓志可以作为佐证。“阴副使”就是阴嗣环，名义上是副使，其实是主要负责人，因为他检校北庭都护府。这个考证可以补《唐刺史考》。

孙继民先生大作，考证细密，多发前人所未发，读后启发甚多。也许正因为如此，引发的阅读兴趣不可遏止，于是联想到一些相关问题。本书考证瀚海军的始置，但对瀚海军后来的历史并没有涉及。比如，瀚海军的设置比之于北庭镇，一定有一些变化，这涉及瀚海军的设置意义。关于瀚海军与北庭都护府的关系，只是在其他题目下偶一涉及，也没有专门讨论。当然，面对资料问题，实事求是是最重要的，但因为有一些关联，作为读者就不免奢望起来。

《唐代瀚海军文书研究》作为一部专门著作，虽然与此前作者的《敦煌吐鲁番所出唐代军事文书初探》有一小部分重合，但毕竟新作属于独立并且是内在统一的专著，不应该受到前一部著作太大的影响。作者太重视学术上的某些规范，以前讨论的此次尽可能避免，至少要简化，结果实际上对这部新作的完整性构成一定的伤害。比如孔目官问题，现在瀚海军的孔目官资料无疑是最集中最丰富的，但是，因为前部著作已经谈及，新作就免谈了。这使得关于瀚海军的幕府问题，竟然没有涉及。此前，这方面的问题，因为严耕望先生先行考证，曾经引起了一系列的研究，最近还有石云涛先生《唐代幕府制度研究》（中国社会科学出版社，《唐研究丛书》之一）出版。但是，从严耕望到石云涛，研究的重点都是节度使的幕府，对于军一级的并不考虑，而瀚海军的资料可以证明，这一级的幕府不仅存在，而且同样作用重大。

有的细节小问题，可能不是作者的问题。比如，145页的注释，引证朱雷先生《跋敦煌所出〈唐景云二年（711）张君义勋告〉——兼论“勋告”制度渊源》一文，在注明出处的时候，说明是“首先刊登于福建人民出版社第三辑”，夺“《中国古代史论丛》，1982年”等字。

瀚海军在唐朝的诸军镇中，一定有其特殊性，比如它的战略意义重大，而当地的人口有限，这应该是它兵源多外来的重要原因。但瀚海军的组织制度等，一定与其他军镇相一致。所以，对于瀚海军的解剖，有利于我们了解其他军镇。对此，孙继民先生用他的新作为我们开拓了新的研究方向，以后我们若研究其他军镇，是不能不用瀚海军来做对比的。这也是孙继民先生为唐史研究做出的新贡献。

原刊《敦煌吐鲁番研究》第七卷，中华书局，2004年

戏剧人生：闲读《牡丹亭》《长生殿》和《桃花扇》

一、汤显祖与《牡丹亭》

中国古代戏剧的最高级形态是昆曲。昆曲，也被称作传奇。汤显祖与《牡丹亭》，本身就富有传奇性。

汤显祖出生于江西临川，今江西抚州。祖上几代都是文运兴盛，是当地久负盛名的书香世家。汤显祖5岁作对，21岁到南昌参加江西秋试，以第八名的身份中举。家族与世人的进一步厚望理所当然。1577年，在家乡已经颇有名气的汤显祖前往京城参见会试，踌躇满志的汤显祖是如何豪情万丈，完全可以想象。

当时的首辅大学士正是张居正，而汤显祖的名声连张居正也十分看重。大学士托人带信给汤显祖，希望汤显祖能够与大学士的儿子结交朋友。这是一条康庄大道，一扇金光闪闪的大门主动向汤显祖打开。能够结交首辅大学士——这个时代炙手可热的实权人物，这应该是多少人梦寐以求的机会。或许，当时的张居正在民间已经大有负面传闻，或许在汤显祖的心目中结交权贵如同弄虚作假，反正令张居正十分不快的是，对于大学士的示好，汤显祖根本没有反应或者叫作反应冷淡。大学士没有为自己的儿子找到一位才华横溢的同学，不仅在儿子面前，就是在自己的内心世界也一定大为光火。结果，张居正的儿子考中进士，而汤显祖名落孙山。

汤显祖一定大不服气，接着连考三次，每次都是一样的结果。有人说这是科考误人，其实是权臣弄人。直到34岁那年，汤显祖再次赴考，终于圆了进士之梦。那时，张居正已经病死，并且在死后遭到弹劾，一批张居正的门生故吏受到牵连，正迎来他们官场厄运。那么，汤显祖的科考厄运，对于他的戏剧创作产生了怎样的作用呢？一个人的厄运或许成就了所有读者的幸运。汤显祖的《牡丹亭》已经在他头脑中成熟，用杜丽娘代表他的思想，用一个“情”字超越所有，汤显祖的梦想正在演变成《牡丹亭》。

万历十七年，江南连续三年水旱交加，瘟疫流行，民众遭灾，痛苦万分。汤显祖在南京担任的官职，是无所轻重的闲职，他不忍民间惨状，于万历十九年上书《论辅臣科臣疏》，揭露赈灾官员的贪婪行径。不仅如此，汤显祖把他的矛头直接指向朝廷，认为万历朝政败坏，前十年坏在张居正，后十年坏于申时行。汤显祖言辞激烈，朝野震动。结果是可想而知的，他被贬官海南到县里去做小官。可能有人认为这样封杀言路太严苛，最后发他去浙江遂昌做小官。朝廷可能觉得已经够宽大了，没有想到汤显祖早就有不伺候的准备，他给朝廷写了辞呈，也不必等待批复，他主动卷起铺盖卷，走了。那一年是 1598 年，春日的阳光照在汤显祖 49 岁的脸上，在经历了十六年的宦海生涯之后，他回到老家临川。他一定会想起陶渊明，想起陶渊明的诗，“久在樊笼里，复得返自然”。

挣脱了锁链，汤显祖的创作激情迸发出来。这一年的秋天，享誉世界的戏剧名著《牡丹亭》诞生了。后世的人们一边享受《牡丹亭》的艺术，一边高度评价汤显祖的才华与思想。一定是思想家，才会用一个“情”字，突破这人间的诸多牢笼。一定是文学家，才能够构思出这样超越生死的人间故事。一定是音乐家，才能够熟练地运用那么多的音乐素材。一定是……。

《牡丹亭》引起了当时文化上层的震动。文人们人手一册，人人奉读不厌，被誉为天下第一本好戏。特别是沈璟对《牡丹亭》的喜爱，直接导致了他的修改本，就曲律而言，显然他比汤显祖更专业。扬州痴情女子冯小青，饱受爱情折磨，在人间她得不到同情，只有《牡丹亭》是她唯一的慰藉。她写到“冷雨幽窗不可听，挑灯闲看牡丹亭。人间亦有痴于我，岂独伤心是小青。”冯小青还是以悲剧结束人生，18 岁就早早地离开了人世。或许，《牡丹亭》的故事依然给她以希望，那种能够超越生死的爱情也会在她的身上降临？

《牡丹亭》是从宋代的话本《杜丽娘慕色还魂》改编而来，最初就叫《还魂记》。研究者认为，《牡丹亭》上承《西厢记》下启《红楼梦》，开创唯美主义的艺术典范。2000年，联合国教科文组织把汤显祖列为世界百位文化名人，与同时期的莎士比亚、塞万提斯比肩而立。1616年，汤显祖去世了。后来西方人告诉我们，莎士比亚也是同一年去世了。东西方两位比肩的大戏剧家同时离开了这个世界，如此巧合，又是如此美妙。

如今，谁还记得汤显祖的那些官场上司们，包括那些尚书和大学士们。还有不可一世的张居正，他对汤显祖暗中挖下的坑，不过为汤显祖的光荣增添一个小小的不光彩的注脚而已。

二、洪昇与《长生殿》

昆曲，也被称作传奇，很多昆曲故事，即使用今天的眼光去看，也具有极强的传奇性。洪昇与《长生殿》，是传奇家族中不可多得的一方奇葩。

清军入关，一幅兵荒马乱的人间图景，处处折射出人间的狭隘和命运的无奈。如果不是历史创造的灵光一现，人类岂不要陷入永远的苦难深渊。1645年的八月，中国到处都是逃难的人群，身后在战斗，敌兵正蜂拥而至。前方是一丝希望所在，即使没有希望，也一定要当做希望来盼望。

钱塘洪家是当地大族，但是战争所伤不分贫富。逃难中的洪家在路上生得一男婴，逃难因此变得更加艰难。然而，大难之后，男婴却得以顺利生长，他就是后来大名鼎鼎的洪昇。洪昇接受良好的家庭教育，对于文学似乎更有天赋。十五岁的时候，他的诗词创作在当地已经小有名声，大概正因为如此，他对仕途并不用功，进展缓慢也是可想而知的。他把主要精力放在创作上，43 岁那年（1688 年），终于完成了《长生殿》，而当时他的身份不过是国子监的太学生而已。洪昇的代表作已经诞生，但尚未获得一官半职，作为一个戏剧家，他已然获得成功，但是作为一名学生，他的年龄实在太大了。

洪昇在《长生殿自序》中说："余览白乐天《长恨歌》及元人《秋雨梧桐》剧，辄作数日恶。"洪昇的《长生殿》改编自白居易的《长恨歌》和《秋雨梧桐》，他有感古今事迹，又不满前人所作，所以三易其稿，完成《长生殿》的创作。唐玄宗与杨贵妃的故事已经传唱了千年，一则帝王的爱情故事，一首著名的长诗，如今转变为一出经典戏剧。盛世唐朝，忽然遭逢安史之乱，江山社稷，民族情感，还有缠绵悱恻的爱情，戏剧的表现力远比诗歌更丰富更深刻。此时，正是康熙时代，中原人尚没有从明清朝代更替的历史变局中挣脱出来，适应清朝的统治当时依旧是个问题，而反思明朝的灭亡还是很多人心中的课题。《长生殿》不正是唐玄宗用儿女私情来反省安史之乱吗？唐玄宗“弛了朝纲，占了情场”，情感当时是感动人心的核心部分，但是家国情仇的巨大背景，让《长生殿》的戏剧结构变得丰满、阳刚，一部戏剧，就这样扣准了时代的情感脉搏。

洪昇创作《长生殿》，用了整整十年的时光，然而《长生殿》带给洪昇的却不是鲜花和掌声，更不是单纯的荣誉。剧本写完了，洪昇迫不及待地组织排练，地点就是他自己的寓所。终于排练好了，他又迫不及待地召集朋友们来观赏。一生的学识，十年的辛劳，艺术的果实，一定要朋友们共同分享。但是，大家还没有从戏剧的氛围中清醒过来，掌声还来不及拍响，朝廷就来抓人了。佟皇后不久前刚刚去世，朝廷下达了命令，国殇期间停止一切娱乐活动。给事中黄六鸿以大不敬的罪名提出弹劾。洪昇等五十人观赏戏剧，是典型的娱乐活动，所有在场的人，一律受到严肃处罚。有职务的被革职，洪昇的太学生身份被取缔。这年是 1689 年，即康熙二十八年。《长生殿》刚刚诞生，她带来好像是一股戾气，“可怜一出长生殿，断送功名到白头”。洪昇本来就与官场无缘，如今更引发祸端，不仅自己受苦，最要命的是连累的朋友。洪昇的内心苦闷可想而知。

大牢出来之后，洪昇在京城已经难以存活。康熙三十年，洪昇返回故乡杭州，等待他的依然不是掌声。此后洪昇贫困潦倒，衣食无着成为他的生活常态，有机会买得一醉，当是他极大的奢求。《长生殿》在康熙三十四年开始有人安排演出，十分成功，但是洪昇获得了名声却无法改变境遇。康熙四十三年（1704），南京的江宁织造府上演了全本《长生殿》，主人特别邀请洪昇上座观赏。整整三天的演出时间，南京头面人物，一时汇聚，盛况空前。江南织造府，专门供应宫中所需，当时的负责人就是曹雪芹的祖父曹寅。或许是这次演出的成功让洪昇太过激动，他在返乡的途中，一路纵情高酒，醉后落水而死。李白醉里揽月的最后一个动作，其实也可以用来描绘洪昇。

这一年洪昇五十岁，他好像只是为了《长生殿》而生。

三、孔尚任和《桃花扇》

洪昇在苦闷中度过了自己的一生，苦闷是那时中国的普遍心境。就在《长生殿》诞生的十年之后，1699 年（康熙三十八年），孔尚任（1648—1718 年）的《桃花扇》也应时出世。至此，中国昆曲的三大经典（《牡丹亭》《长生殿》和《桃花扇》）全部完成。

孔尚任，字聘之，又字季重，号东塘，别号岸堂，自称云亭山人。他出生于中国的“圣家族”，是孔子六十四代孙。众所周知，曲阜圣家族是传统中国历朝历代的统战对象，在清朝自然也不例外。康熙二十四年，皇帝御驾南巡，途径曲阜，特邀孔尚任御前讲解《论语》，受到皇帝的十分称赞，立刻特命孔尚任为国子监博士。这份荣誉的获得，究竟是孔尚任的学问受到赏识，还是他特有的圣家族身份，恐怕一时还难以明解。

此时的孔尚任，对于南明故事仅仅限于耳闻，但李香君血溅诗扇，杨龙友点成桃花的传说已经让孔尚任醉心已久，把这个故事写成传奇（昆曲），已经是孔尚任的内心梦想。当时的京城北京，正是昆曲独盛的时代，达官文人尽享昆曲，孔尚任到达北京，很快就融入这种浓浓的氛围之中。对于桃花扇的传奇，他因为“见闻本广，有乖信史”，仍然停留在构思阶段。康熙二十五年（1681），孔尚任奉命前往淮扬修浚黄河入海口的工程。在泰州，他一住三年，不仅有机会踏查南明的很多历史遗迹，更与一批南明人物有了往来。他记载故事，搜集传说，南明的历史在他的心中渐渐生动起来。在泰州，桃花扇的创作已经开始，回到京城之后，孔尚任三易其稿，1699 年（康熙三十八年），《桃花扇》终于完成。

这一年，孔尚任五十二岁。《桃花扇》诞生，京城一时洛阳纸贵，共成盛事。昆曲剧班，争相排演，“岁无虚日”。不仅如此，《桃花扇》立刻向全国流传，连边远之地也在演出。此事自然惊动最高层，康熙皇帝亲自调看剧本，据说因为上方催索甚急，文本是深夜入宫。康熙如何反应，不得而知。转年三月，孔尚任受到其他案件牵连，被朝廷革去职务。这距离剧本正式诞生，还不足九个月。孔尚任的诗文有表："命薄忍遭文字憎，缄口金人受诽谤。"看来革职还是与《桃花扇》有关。

此后的孔尚任一直赋闲在家，写诗作文，还是他的日常活动。他一生的激情都在《桃花扇》中燃尽了，再也没有类似的作品传世。孔尚任离开朝廷后，一直过着平淡的生活，直到康熙五十七年（1718）去世，享年七十岁。清朝的戏剧，有"南洪北孔"之说，孔尚任的一生就这样与《桃花扇》永远地连结在一起。

《桃花扇》讲的是明末江南才子侯方域与秦淮名妓李香君的爱情故事，背景正是清军南下与南明小朝廷的内部争斗。满怀私心的权臣阮大铖，不以国事的急迫为意，在大厦将倾之际，考虑的仍然是如何营私舞弊，如何贪婪享受。将军史可法虽然有一身正气，但遭受排挤，报国无门。全戏的核心人物是李香君，一位江湖女子，爱国热情，正义操守，处处都高于朝中群臣。正是在她的映照之下，朝中群小的卑微与低贱变得无处可逃。《桃花扇》形象地证明明朝灭亡的不可避免，但是也透露出作者的感情立场，哀叹明朝的一座大好河山如此沦亡，痛恨朝中群小误国误民，歌颂一个弱女子在历史剧变瞬间的正义、真情与豪迈。

清朝的军队在《桃花扇》中不过是个背景而已，但是清朝的皇帝看了这样的戏，该有何等感想？康熙的作法是王顾左右而言他，处理孔尚任利用的是其他借口。他没有直接指责《桃花扇》的立场，没有简单粗暴地禁演《桃花扇》，更没有给《桃花扇》安上一株大毒草的罪名进行批倒批臭。如果《桃花扇》的立场确实是同情明朝的，那么今天的人们也没有必要为孔尚任抱不平。如果《桃花扇》没有政治立场，那么康熙的作法也无可厚非，他并没有提及《桃花扇》的什么不是。最多，康熙在孔尚任身上能够感觉到，圣家族的统战工作不甚成功。但，他什么也没说。

如果康熙确实愚蠢，他就应该禁演《桃花扇》，他甚至可以公开批判《桃花扇》。

事实证明，康熙还不是一个愚蠢的皇帝，因为他不想树敌过多。清朝在康熙之后，还有二百年的国祚可用，子孙如果能够领会半点康熙的政治智慧，历史也许会是另外一番景象。

讲座

今天我们怎样看国学

国学在今天的社会，到底应该怎么看？我来自中国人民大学的国学院，国学院成立于 2005 年。在这十几年中，正是中国“国学热”发展的一个时期。当年，中国人民大学成立国学院时也曾推动了中国的“国学热”，国学作为一门学问重新回到大学课堂，再回到系统的教育科研之中，这件事当时引起了很大的反响。当初那么热烈地讨论国学，十几年过去了，国学的问题是不是已经得到了解决呢？现在我们的研究还在进行，但是大家心中的问题是否已经得到解决，这还难说。

一、国学是什么

第一个问题，国学是什么？既然是“国学热”，就应该有一个热的基点。其实国学很简单，国学就是中国文化，进一步说，国学主要指中国传统文化。传统文化包含的内容很多，四书五经、《诗经》、屈原都是国学的研究范畴。既然是中国文化，为什么会用国学这个概念去概括呢？“国学”的概念是怎么得来的？现在学术界的研究基本看法是明确的，国学这个词不是中国固有的词汇，就像近代很多学科是经由日本翻译过来的，比如物理、化学、哲学。在日本，国学是指日本的传统文化。日本是在什么背景下使用这个概念的呢？在西方文化进入之后，应对西方的文化，讨论自己的传统，有了国学的概念。日本在现代化过程中比中国先行一步，日本与中国文化渊源很深，所以中国希望通过对日本的学习发展自己的现代化事业。日本比中国先行一步接触到西方，日本有一个很有名的思想家叫福泽谕吉，就是现在日元万元大票上的头像。福泽谕吉提出一个很重要的口号，叫“脱亚入欧”，就是引导日本或者希望日本能脱离亚洲传统，全面向欧洲学习，这是日本全盘西化派的主张。福泽谕吉的思想后来受到明治维新政府和日本社会的大面积赞同，所以福泽谕吉就成了日本“现代化之父”。

但是，日本并不是只有福泽谕吉一派，在福泽谕吉甚至比他更早的时候，日本有一个思想文化研究的学派，叫国学派。国学派那时主要应对一个问题，就是怎么面对西方的强势文化。国学派主张，要充分发扬日本自身的传统，日本发展起来了，问题就解决了。这样在日本就有两个思想派别：一个是全盘西化派，一个是国学派。中国学习日本，了解的比较多的是全盘西化派，对国学派了解很少，甚至国学这个概念，我们都所知不多。事实上在日本的现代化发展中，这两个思想流派都发挥了作用。日本一方面在学习西方这个问题上，是全世界最好的学生，学得最好，另一方面，日本并没有变成西方。日本的文化在现代化过程中得到了很好的保留。日本向西方学习成果明显，国学派主张的保留传统也得到了发扬。日本的现代化从总体的成果上看，就文化方面而言，是比较综合性的。

中国在近代一直主张学习日本，在学习日本的过程中，国学这个概念也被输入。在辛亥革命之前，这个概念已经在使用。西方国家崛起并在全世界大面积地搞殖民主义，它的文化也随着殖民主义普及并推广到全世界。凡是非西方的国家在近代都面临同样一个问题，就是如何应对西方文化？如何处置自己的传统文化？自身的传统文化和西方文化，未来到底应该怎么办？这不是中国特有的，是近代非西方世界所有国家都面临的问题，答案许多国家都有，这个问题到今天依然没有解决，各国仍然在处理同样一个问题。国学是在近代背景下，应对西方文化的强势进入，中国学者思考中国未来的时候出现的一个概念，希望通过传统文化和西方文化的讨论，解决好未来的发展蓝图问题。其实，国学就是中国传统文化。只不过这个概念是在近代特殊的条件下出现的。

二、中国人如何看待国学

中国人怎么看待中国文化？中国文化基本内容的形成，大约是在春秋战国时期，它的文化指向、核心内容、社会面貌的基本特色都在这个时候确定下来，国际上称这个时期为轴心时代。不仅是中国，世界几大文明古国的文化基本特色都是在这个时期形成的。古人怎么看待中国文化呢？从春秋战国时期到鸦片战争之前，中国人都充分肯定中国文化，对中国文化充满自信。

为什么中国人会对中国文化充满自信？这是历史长期发展造成的。在中国历史上，政治、军事不是没有发生过挫折，但文化上很少失败。军事上、政治上是有失败的，有改朝换代的，有外族入侵，北方草原形成的军事力量，是可以推翻中原政权的，甚至可以在中原重建政权。中国历史上，有很多少数民族主导的政权。但是发生了政治、军事上的失败，完全不影响中国人的文化自信，这是一个历史事实，所以中国人的认识是有充分的历史依据的。

与此同时，古代世界几大文明，唯一没有中断的是中国。比如，现在的埃及和古埃及文明毫无关系。中国文化的特殊性，在这个时候就呈现了出来。中国两千多年以来，在文化基本面貌形成以后，就没有发生断裂。北方民族进入中原也没能形成中国文化的断裂带，没有打断中国文化的进程，这就表明中国文化的韧劲很足。所谓的古代文明古国，中国在地理空间上最特殊。中国在亚洲的东部，而那几个主要的文明都在地中海周边，在欧亚大陆的西部。

中国的文明为什么没有中断？其实就是历史环境造成的。中国文化未曾中断，中国和西方其他文明古国的联系比较少，这是一个客观事实。中国文化可以独自积累、独自发展，看起来比较独立的地方，相对比较偏远的地方，形成了中国的文化独特性。这种偏远，导致交流起来不方便，也有弊端。但是比较好地保证自己的传统独自发展，这是优势。其实到了今天，仍然能看到这种优势的存在，相对而言减少了外来的冲击。

这种情况在近代表现更明显。近代影响世界的两大国家，第一个国家是英国，英国有一个地理上的优势，它与欧洲既相连又不相连，英国这种独立性到今天仍然表现得很顽强。第二个国家是美国，美国在美洲，对欧亚大陆的问题还有一个空间可以缓冲，想进入可以来，不想进入，也影响不到它。中国古代文明这种状态有点类似近代的英美，独自成长在亚洲的东方，周边没有强大的文明体系足以构成对中国的影响。从这个意义上讲，中国发展成独特的文化，是有客观依据和客观原因的。

三、中国文明与西方文明的区别

西方近代发生了工业革命和资产阶级革命，资产阶级革命的目标是从封建主手里夺得政权。当时西方的封建主主要是两个阶层：一个是贵族，另一个就是教士阶层。新兴阶级通过革命全力把这两大势力打倒，这就是资产阶级革命。资产阶级革命的一个重要任务是摧毁古老的贵族，无论是宗教贵族还是土地贵族。而中国，秦汉以后就没有贵族了。现在我基本看法是，中国社会的核心是一个由士大夫阶层构成的，中国的传统政治也可以叫作士大夫政治。士大夫不属于贵族，贵族一定因血缘成立，否则就不叫贵族。士大夫是因为文化，掌握文化的那个阶层，叫士大夫。西方贵族因血缘而成立，士大夫因文化成立，而拥有文化的人是不论财富多少的。这个西方认识得很清楚，他们来到中国以后发现，中国人最崇尚的是文化。

在中国，大家最关心教育，因为文化是直接来自教育的。中国社会的各个政权是靠选拔官员来管理国家，而西方，当然就是贵族了。汉朝确立了察举制，由地方长官在辖区内考察、选取人才并推荐给中央，经过试用考核再任命官职。在这个过程中，中国历史上就出现了很多平民出身、没有家族背景的人获得了人生的成功。

汉武帝推行察举制时，值得一提的是一个叫公孙弘的山东人。公孙弘年轻时曾在家乡薛县做狱吏，后因触犯法律而被免职。失去职务的公孙弘没有了经济来源，于是到海边去牧猪。牧猪就是村里面每家每户把猪集合起来交给他，赶到田野里面去放，晚上再赶回来，年底的时候，每家每户给他点钱，这是村里面地位最低的雇农。公孙弘牧猪到了 40 岁，他觉醒了。公孙弘认为生活不能一直这样下去，他要改变！古代中国人改变命运的重要方式，就是读书。他变卖了家里一切值钱的物品，找到了专门研究《春秋公羊传》的博士胡毋生，公孙弘跟随他读书。因为起步太晚，所以他特别用功。二十年过去了，汉武帝建元元年（公元前 140）冬十月，武帝下诏要求朝堂及郡国二千石以上官员举荐“贤良方正”“直言极谏”之士。在这次举荐之中，时年六十岁的公孙弘以“贤良”之名被菑川国推介给长安朝堂。后来，汉武帝派遣公孙弘出使匈奴，因复命之言不合汉武帝的心意，汉武帝认为公孙弘没有才能。公孙弘因此称病，被免官后回到家乡，以教书为业。此时，汉武帝推行的一系列新政因失败。其后，武帝又多次下诏要求郡国举荐贤良文学之士。在元光五年（公元前 130）八月的举贤诏下发之后，菑川国再一次推荐公孙弘赴京，公孙弘推辞说：“我曾经西入函谷关应天子之命，因为无才能而被罢官回家。希望大家推选别人吧！”因为公孙弘学习《春秋公羊传》在郡国已小有名声，又曾恭谦谨慎地孝顺后母，在后母去世后更为之守孝三年。故而菑川国国人一意推举公孙弘，公孙弘只好再次入京。

公孙弘来到长安后，在太常寺所待命。汉武帝向众贤良发下制书策问天人之道。公孙弘在对策中强调天子须身正，为百姓树立信义，并提出“凭才干任官职，不听无用的意见，不制造无用的器物，不夺民时妨碍民力，有德者进无德者退，有功者上无功者下，犯罪者受到相应惩罚，贤良者得到相应奖赏”这八条治理百姓的根本方法。又以“和”解释上古治世，言“仁”“义”“礼”“智”为治国之道不可废弛。最后以应“顺应天道”才是天文、地理、人事的法则作为对策结尾。太常遍阅一百余位贤良的对策之后，认为公孙弘的对策平平，无甚新意，便在向汉武帝上奏众贤良对策成绩时将公孙弘列为下等。疏文呈上，汉武帝看过之后却将公孙弘之文提升为第一，并诏公孙弘入见。汉武帝见公孙弘虽年迈却一表人才，便再一次拜公孙弘为博士，令其在金马门待诏。

奋斗什么时候都不嫌晚，公孙弘就是一个很好的例子。这回他吸取经验教训，做得很好。那正是汉武帝大规模地变革制度之时，需要儒家理论给予支撑，而公孙弘最擅长运用儒家理论进行政治分析。元朔五年（公元前124），丞相薛泽被免职，汉武帝任用公孙弘为丞相。公孙弘是一个老有所为的人，社会最底层之人最后成了国家的宰相。古代靠个人奋斗，最后成名成家，成就一番事业的大有人在。到今天，这种精神仍然没有丢。

中国古代是一个非贵族的社会，社会的流动性大，开放度大。在近代化过程中，近代是中国向西方学习，但在社会结构问题上，中国拥有一个没有贵族阶层、平民化的社会，这是传统西方所不具备的，所以在这方面是西方向中国靠近。中国古代的传统，包括制度传统、科举考试、官员的选拔方式，西方国家和日本后来都学习中国。中国社会独自发展，形成了中国独特的文化，这种文化包括社会结构。

四、中国完成自我文化认识的几个阶段

中国人的文化观在鸦片战争时期，发生了第一次重大转变。两次鸦片战争，中国都失败了。分析失败的原因，当时得出的结论是“船坚炮利不如人”，也就是科技不如人，战争技术不如人。要想改变这种状态，就只能向西方学习，承认自己的不足，这叫“师夷长技以制夷”。鸦片战争让国人认识到，中国在科技上不如西方。这就出现了洋务运动，中国近代城市的出现和发展，都跟洋务运动有关。洋务运动就是全面地向西方的科技学习，近代科技、近代企业、民族工业，中国都是零起步。经过三十年的发展，成绩相当不错。

1894年爆发的甲午战争，让中国自我文化认识发生了第二次改变。戊戌变法运动，就是对甲午战争的失败总结经验教训，维新派认为中国必须继续改革，改革政治制度，要“虚君立宪”，向日本和英国学习。戊戌变法，也叫“百日维新”，三个多月失败了，并没有实现设计的目标。接下来是辛亥革命，孙中山一派认为，改革不行，通

过统治者的改革做不到，只能用革命的方式推翻统治，实现近代化，而且不能搞君主立宪这一套，直接实现民主共和。戊戌变法之后，梁启超、康有为等到了日本的东京，那时候革命派孙中山也在东京，双方在东京展开了大辩论，讨论中国何去何从。康有为、梁启超写文章，认为中国不能民主共和，不能直接进入共和体制。当时提出一个很重要的观点，“民智未开”。人民的思想还没有解放，在这种思想愚昧的情况下，不能搞民主共和。

孙中山后来就提出三个阶段的建国理论、学说和设计。第一阶段，军政时期，通过军事力量推翻清朝的统治；第二阶段，训政时期，展开对人民的民主自由教育；第三阶段，宪政时期，还政于民。孙中山认为，民智未开，以革命开之，要毕其功于一役，革命和教育一次完成。但实际上还是分了三步走。总之，他们这些关于未来的讨论，都是很重要的。

辛亥革命后，西方启蒙思想进一步传播，民主共和的思想深入人心。经过辛亥革命，先进的知识分子认识到，革命失败的根源在于国民脑中缺乏民主共和意识，必须从文化思想上冲击封建思想和封建意识，通过普及共和思想来实现真正的共和政体。这个讨论形成了一次思想文化运动，叫“新文化运动”。从新文化运动到五四运动，中国完成了第三次自我文化的认识，其变化是根本性的。

五四运动两大旗帜——民主和科学，都是来自西方的。与此相反，中国文化和西方文化几乎处于对立状态，西方是民主的，中国就是专制的，西方是科学的，中国就是迷信的，西方文化代表未来，中国文化代表过去。所以五四时期的基本判断，形成了后来的中国现代化之路。从新文化运动到“五四”运动，为什么会有这样的认识呢？简单说来，有这么几个方面的理由。

第一，中国近代的连续失败，包括辛亥革命的不彻底性，让中国人追究原因，发现文化层面的原因，中国的文化竞争失败。第二，五四运动时期，全世界从西方开始流行一个重要理论，叫进化论。进化论是没有任何感情色彩，铁的规律。面对生命死亡，面对弱小的牺牲，进化论都认为理所应当。进化论认为优胜劣汰，适者生存。

现在回过头来研究这个时期的问题，倒是逐渐发现了一些特点。比如，“五四”运动领袖们的很多理论，都是来自西方的，只不过是用自己的语言讲解出来。现在所谓的进化论理论，当然也是西方传过来的，那个时候有一个更大的背景，就是欧洲中心论。所有这些理论其实都是围绕欧洲中心论展开的。欧洲在扩张世界的过程中，也在理论上进行自我建设，需要为自己的殖民主义提供理论支持。对于欧洲而言，所有非欧洲地区的人类，仅仅是活化石，一个活着的史料而已。

在这种背景下，弱肉强食也是他们推出来的理论。从当时的情形来看，陈独秀说，我宁可看到所谓国粹的消亡，也不愿意看到中国亡国、亡种。在《新青年》上，有读者给陈独秀写信，既然你认为中国文化都不好，中国人主张温良恭俭让，那温良恭俭让有什么不好？你不希望做这样的人吗？你不希望结交这样的人吗？你喜欢相反的人吗？陈独秀回答说，“温良恭俭让”确实是美德，但它不是中国特有的美德，全世界的伦理家都主张温良恭俭让，所以这是人类所具有的，这是共性的东西，不是中国文化特有的。“五四”时期的判断决定了中国人关于中国文化一个基本观念的转变，出现了一个绝对的历史性大转弯，这是中国人对中国文化的否定性认识。

第二次世界大战以后，发生了很多变化，最大的一个变化就是人类要反思第二次世界大战，为什么会发生这么严重的人类自相残杀的事件？在理论上大家发现了一个罪魁祸首，那就是进化论。进化论的极端政治代表，就是希特勒。希特勒认为，日耳曼人是最优秀的民族，但日耳曼人占有的土地却很少，这不公平，只有把那些劣等民族消灭掉，让高级的民族使用这些土地，那才合理。所以二战以后就形成了一个反思进化论的新理论，叫作“文化相对论”。进化是存在的，进步没问题，但是谁来判断哪种文化是有价值还是没价值呢？由强者来判断吗？不行。相对论认为，文化的价值是相对存在的，不能绝对地看，尤其不能由他者来判断和决定。文化相对论承认文化的独特价值，任何一种文化都是人类与自然长期斗争的文化结晶，是人类共有的财富。二战以后，兴起了一个思潮叫作环境保护主义，它也是反对进化论的。进化论弱肉强食的结果，最后就吃掉了全世界。现在看来，所谓弱肉强食的理论，是站不住脚的，生物链的某一个环节是弱肉强食，但是整个生物链是互相依存的，这就是环保主义最重要的观点。不仅是生物界互相依存，人和地球的关系也是一个互相依存的关系。所以必须保护所有的生物，保护地球，才能保护人类自身。

从中国文化的平民主义倾向来讲，中国已有两千多年的传统，而西方却从近代刚刚开始。“五四”运动的领袖们，决定从文字入手解决中国文化问题。文字改革分三步走：第一，为汉字加拼音。民国时期，造了拼音字母，就是新华字典中看不懂的字母。中华人民共和国成立以后就用了拉丁字母，拼音确实有助于汉字的学习。第二，简化汉字。1956 年，百废待兴，第一次公布了汉字简化方案，就是如今所学的汉字。本来还有第三步，汉字拼音化或者拉丁化。那就是取消汉字。当然，今天已经决定不走这条路了。因为这条路，事实上已经造成了很大问题，至少让中国人与古籍已经形成了隔阂。现在大陆的中国人，读古书是有困难的，一个重要的问题就是繁体字已经是个问题。

五、长期否定中国传统文化所造成的问题

第二次世界大战以后，全世界的形势改变了。珍惜文

化是今天的、世界的、全人类的主旋律。中国曾经一度还在否定自身的传统。批判否定中国的传统，造成了一系列的问题。

第一，造成了中国人普遍而严重的文化自卑感。现在国家提倡文化自信，可是我们曾经对自己的文化很自卑。身怀文化自卑，就无法进行文化传承，无法让文化在现代化建设中发挥积极作用；想让中国人的精神面貌好起来，文化要有自信心。自信心，不通过教育，不通过文化行动，是无法树立的。现在社会经济遇到的问题，很多可以从文化上找到原因。中国传统文化很厚重，留下的资产很丰富，以前的文化批评教育，让我们看不到文化的珍贵之处，所以也没法利用它。

第二，如果长期以来不肯定传统文化，道德建设如何进行？每个民族都会有文化教育和道德教育，道德教育主要依据就是传统文化。道德教育应该分三类：家庭伦理、社会伦理和政治伦理。家庭伦理和社会伦理是最重要的，因为它们与我们的日常生活紧密联系在一起，作为一个普通的百姓，我们很少遇到政治问题，日常伦理是每日每时都要叩问的。可是我们接受过伦理教育吗？没有。这样的教育其实要依托传统文化来进行，这个传统被否定了，我们的道德教育就没法健全。其实这也跟国学等传统文化联系在一起的。传统文化早就教导过我们怎么对待这些问题，如不要见利忘义，经济发展，利益获得要有一个道德底线。

如今中国正在发生新的改变，对传统文化开始了新的认识历程，从“五四”以来的全面否定，现在开始承认和肯定，所以努力学习国学，了解传统文化的人越来越多，社会正在向着积极健康的方向转变，这是好事。近十几年来的“国学热”，完全是社会自发的。我觉得有两类人成为重要的国学推动者：第一，就是成功人士，感觉文化缺乏，积极地补国学这一课，所以全国到处都有国学班；第二，就是母亲，为了孩子的教育，为了孩子能获得更完整的文化和道德教育，开始追国学，开始了解国学，不是为了自身，而是为了孩子更健康地发展。他们成为全国范围内推动国学的重要力量。

随着中国经济的崛起，中国文化这个短板必须补上。对于自身来讲，我们要认可自身的生活，传统文化是不能缺席的。对世界来讲，文化是可以共享的，把中国文化产品提供出去，让全世界来共享，这才是中国人的贡献，也是中国人贡献世界的主要方向。

《长江讲坛》2016年上卷，中国和平出版社，2017年

伊朗：历史与现实之间

首先对大家表示感谢。今天是周末，大家牺牲休息时间来这里听一场讲座，这是一个看不见摸不着，而且跟我们的生活距离十分遥远的一个话题：伊朗的古代历史。今年冬天最后一场雪被我们赶上了，窗外的北海公园，银装素裹，希望我们的讲座风景独好，不输给外面美景。

一、引言

2013年之初，我们一行十人前往德黑兰，参加了一个学术会议，然后参访了伊朗的许多地方。当时的伊朗正在进行第二次波斯湾军事演习，人所共知，伊朗与美国的对峙由来已久，如今看上去更加具有危险性。正因为如此，伊朗所在的波斯湾以及叙利亚，正在成为世界瞩目的焦点地区。

波斯波利斯遗址

伊朗跟西方国家，尤其是世界头号强国美国的对峙已经持续多年，最近因为谈判失败，对峙升温，有人认为战争是迟早的事。双方争执的核心是所谓核武器问题，伊朗方面认为他们有权利开发核能源，但是美国和西方认为它开发核能源的目标是核武器，双方各执一词，互不相让。双方对立严重，而中东又恰恰是一个敏感地区。大家知道，波斯湾是全世界的能源中心，如果霍尔木兹海峡真的出问题，那全世界，包括中国在内，所有经济都要受到牵连。世界各国都关注这件事，因为跟大家各自的利益都息息相关。如何看待这个问题？这其实仁者见仁，智者见智。

我们去伊朗考察，当然不是为当今世界的这个焦点去的，我们考察的是历史。这个时候你会发现，历史与现实很复杂地纠缠在一起。到古代世界去旅行，你总会看到现实世界的影子，难以摆脱。看看今天的林林总总，似乎又是历史的再现。就我个人的感觉来说，从古代波斯帝国一直到伊朗的今天，似乎有一条红线隐约存在，它能够把许多事情串联起来，让你感觉到现实背后的历史和历史基因。不知道是伊朗的命运还是伊朗的国家性格，从古到今，伊朗一直是西方的抗击者。从这点去观察，伊朗和中国也有几分相似。在伊朗的情景中，我们似乎能够体会到某些中国的情感。

我们知道，航海大发现以后，用马克思的话说，资本主义的生产方式，重新改造了世界。这个资本主义，不仅把整个世界收入自己的大市场囊中，他们也按照自己的喜好，重新塑造了这个世界。所以大航海以后，全世界都受到了来自西方文化的强烈影响，西方列强也很努力，有的时候，不惜动用战争的方式去改变一个地区。对此，中国不乏经验。近代以来我们饱受西方列强的欺凌，一直到今天，我们还在为第一流的国家努力奋战。所以，看看伊朗，从某个角度来说，对我们中国人看待自己在世界上的位置、未来如何走向，都会有帮助。

理解当今的国际形势，我们最晚要从 1991 年开始。在此之前，世界上有两大阵营的对垒，这就是以苏联为代表的社会主义阵营和美国为首的资本主义阵营，那个时期被叫作冷战时期。在冷战时期，世界上壁垒森严，战略竞争、意识形态的斗争从来没有停止过，但是武装冲突却比较少，朝鲜战争、越南战争，都有冷战的背景，两大集团都参与其中。本来中东地区的冲突有特殊性，但是因为英美支持以色列，那么社会主义阵营的基调则是支持阿拉伯人民的解放事业。此外，冲突很少，因为两大阵营有负责人在管着各自的事，彼此要努力避免真的发生第三次世界大战。

到了 1991 年，苏联解体，一个阵营瓦解了，华沙条约组织解散了。西方是一片欢腾，认为他们取得了全面的胜利。在冷战时期，有两个超级大国，但是苏联解体了，一个超级大国已经不在了，现在只剩下了美国一家，它是唯一的超级大国。作为世界上头号强国，美国在很多的方面都具有垄断地位。对于当今的世界，美国是统治者，对此美国并不隐瞒，他们公开的说法就是美国领导世界，绝不放弃对世界的领导权。这个领导权，我们过去常说的就是霸权。全世界，包括中国在内，都能理解美国的地位和心理，所以都不会公开的挑战美国，都会以合作的名义尽量保持与美国的正常关系。

对于真不听话，敢于坚持自己意志的国家，美国代表西方，确实也敢于下手整治。美国所代表的西方，比冷战时候更敢于动用武力，力量有限又公开对抗的国家，接受美国的教训日益变得正常。萨达姆的伊拉克，很难说要挑战美国，更贴切的说法应该是想投机，以为美国不会真的动手，所以吞并科威特。没有想到，美国动手了，萨达姆搞得很难看。海湾战争是老布什打的，解放科威特就停止了军事行动。第二次攻打伊拉克是“9・11事件”之后，是小布什主导的。海湾战争美国占尽了正义的便宜，但第二次伊拉克真是太冤了，所谓大规模杀伤性武器，根本子虚乌有，美国、英国的情报部门为什么会出这么大的漏洞？其实根本就不是漏洞，就是欲加之罪何患无辞。真正的动因还是“9・11”。此前，美国什么时候吃过这么大的亏，纽约糊里糊涂地被袭击了，死了好几千人。美国人真的生气了，先是打下了阿富汗，没有想到塔利班太不经打，美国还没有解恨，塔利班就垮台了。那愤恨的心理如何发泄，这就找上了伊拉克。

伊拉克战争让全世界看到了美国的厉害。其实，伊拉克并没有核武，甚至也没有发展核武，但是伊拉克却因为核武遭受了美国的武装攻击，萨达姆被活捉并最终被吊死。萨达姆跟美国一直玩猫捉老鼠游戏，当然伊拉克一方是老鼠。现在想来会有些不解，为什么萨达姆不让美国或者西方到伊拉克检查核武，如果核查的结果是没有，那么战争就不会发生了。萨达姆应该有尊严考虑，一个国家是否有核武，自己的说法没有人信，非得敌人说了算，国家的尊严真是扫地以尽。让人家来核查，国家尊严丧失，不让核查，可能会遭到毁灭性打击。萨达姆是阿拉伯世界的著名强人，应该是为着未来的统治，他最终还是不同意西方来核查，而结果就是美国真的发动了战争。

战争一旦打响，后果一望而知，这一点全世界任何人都明白。伊拉克的状况吓坏了另一位阿拉伯强人，他就是利比里亚的卡扎菲。伊拉克战争是敲山震虎，卡扎菲不想得到伊拉克的下场，决定主动交出核武。卡扎菲确实有核武计划，现在他才知道，这核武没有造成，反而可能提前报销自己的统治。虽然中间还是经过了一些小曲折，但最后西方全面胜利，卡扎菲乖乖地交出所有核武资料，一条大船把这些资料全部载往西方。卡扎菲面子自己大大地丢失了，但是自己的统治却可以继续下去，他依然可以玩他的独特风格。但是，2011 年到来的时候，国内的问题激起民间抗议，接下去转变成内战，西方理所当然地站在卡扎菲的对立面，随着北约轰炸的开始，卡扎菲的命运在全世界的众目睽睽之下走向完结。这一年的10月20日，卡扎菲惨死在自己的家乡。卡扎菲临死之前受到种种侮辱，各种传说都有，公布的照片至少能说明他死得很惨。

卡扎菲之死，又唤起了人们的核武记忆。卡扎菲放弃了核武，并没有阻止自己的灭亡，如果卡扎菲拥有核武，他还会是同一个下场吗？这是一个无法证实的假设问题，争论一定会永远持续下去。但是，有一个国家是如此确信的，没有核武这个战略武器，国家走不出任人宰割的命运。这个国家就是朝鲜。朝鲜一贯奉行先军政策，即优先发展军事。他们的第三代领导人金正恩上台之后，目标变得更明确，叫作经济与核武并重发展，军事之中尤其突出了核武。争取成为核武国家，看来是朝鲜的重大国家目标，但是美国是否会同意呢？美国如今已经给出了斩钉截铁的答案：绝不。这场游戏还在进行中，整个东北亚都被卷入，结果如何且待未来分解。

与此相似，那就是伊朗的核问题。一方面，伊朗坚称自己不研发核武，自己所做的是和平利用核能，这是伊朗人的权利，是任何一个国家的权利。美国和西方认为，核电与核武在利用核能的技术上有共通之处，能够开发核能发电就与开发核武不远了。因为双方在意识形态上长期对立，伊朗所言，美国不信。美国要公开检查，但伊朗不准。双方陷于困境，很像伊拉克萨达姆的最初时光。美国最后会不会动武，再上演一次伊拉克战争，舆论纷纷猜测，结果也只能交给未来。值得注意的是，伊朗的强硬态度似乎比当初的伊拉克更胜一筹。美国祭出经济制裁的手段，希望依靠经济压力激化伊朗内部矛盾，最后屈服西方压力。但是伊朗至少态度强硬，还多次在波斯湾大搞军事演习，以硬碰硬。

美国和西方依然主宰着这个世界，从任何角度看，伊朗都不是西方的对手。但是伊朗就是如此强硬，一副天不怕地不怕的样子，似乎做好了同归于尽的打算。这场对峙，完全不对称，美国和西方的强硬完全能够理解，他们优势确实太明显。但伊朗的强硬有什么依据呢？这很让人疑惑，局外人如同看不懂剧情。这里，我们试着从历史与宗教两个方面进行探索，希望对这个问题有所了解，至少探索一下伊朗人的精神底蕴。对于这个具有悠久历史的国家和民族文化，是因为接触太少还是因为不如西方那么引人注意，反正需要我们有所了解。在这里，我们可以把伊朗人的精神世界归结为两个方面：一个是历史的荣誉，一个是宗教精神。我认为这两个方面，深刻地影响了伊朗人民，或者是这两个因素共同铸造了伊朗人的民族性格。

二、历史荣誉

伊朗这个国名是1935年才正式诞生的，这是伊朗正式确定的国家名称。1935 年之前，伊朗都叫波斯。为什么把好好的一个波斯，这么一个传统悠久的名称改称伊朗呢？这个情形也是很清楚的。第一是要有利于伊朗境内的民族团结。第二，重新点燃伊朗人的民族自豪感。伊朗这个国家名字，意思就是雅利安人的土地。现在已经很少有国家在强调种族了，特别是强调血缘的高贵性，如果有的话，在民间和社会上还是存在的，而在国家层面，伊朗是比较典型的。

伊朗人特别愿意告诉别人，它们是真正的雅利安人。此外呢，还有德国和印度，这三个国家是目前在世界上都愿意以雅利安人自居的国家，而最突出的是伊朗。雅利安人的土地，也有纯正的雅利安之意。其实，雅利安人是一个含义不太清楚的种族概念。在公元前的两、三千年，大概在中亚和南俄罗斯这块地方，有一个游牧民族，或者说有一些游牧民，它们后来四处征服，南边打到了印度，推翻了印度的当地的政权，建立了后来的雅利安人政权。向西，他们到达了伊朗。日耳曼人也号称是雅利安人的后裔。其实呢，因为在民族发展过程中，血缘的混同是基本规律，纯正血统并不存在。但是，这种强调血统纯正的认识和重视却是有意义的，它对于唤醒民族内部的自豪感，具有很实在的意义。伊朗呢，现在也是伊斯兰教国家，也是穆斯林的社会，这在它的国旗上有清楚地表征。如文字部分是赞美真主伟大的。绿色代表农业，象征生命与希望。白色象征圣洁和纯洁。红色表示伊朗的矿产丰富。伊朗真是一个富有矿产的国家，石油、天然气储藏量都很大，输出量也很大。伊朗的石油太多了，在伊朗，石油比水还便宜，一瓶矿泉水如果是一元的话，那么一瓶矿泉水那么多石油就是五毛钱，水比油还贵。强调雅利安的血统性，也突出了伊朗在伊斯兰世界的特殊性。为什么？因为伊斯兰教最初是从阿拉伯人开始的，阿拉伯帝国曾经统治欧亚大陆很久，目前众多的阿拉伯人信仰的是逊尼派，伊朗人不仅在人种上与阿拉伯不同，在伊斯兰宗教信仰上，他们属于少数派，即什叶派。

说到伊朗人的历史荣誉，这要从哪里说起呢？我们要从古代波斯帝国说起。

1. 波斯帝国之前的诸帝国

在伊朗的邻国伊拉克，有两条历史名气特别大的河流，一个叫底格里斯河，一个叫幼发拉底河，这就是早期人类历史必须大书特书的两河流域。从两河流域到地中海沿岸，从叙利亚、腓尼基，到希伯来人居住的地方，被称作新月地带，历史学家管它叫作新月的沃地。这个地方特别富饶，地中海东岸一直到两河流域。从这里再往下走就可以进入埃及，进入到非洲北部。在苏伊士运河挖掘之前，这个地方从阿拉伯半岛，到非洲北部是畅通无阻的。所以古代在西亚兴起的帝国，很容易就打到北非去，与古埃及去争霸，原因就是这两个地方在地理关系上属于近邻，或者说是毗邻区。近代有了苏伊士运河以后，西亚和北非才被人为的隔开。古代西亚，因为地域辽阔，交通便利，吸引周边各种势力的密切关注，于是这个地区就出现了一个特产，那就是帝国。在波斯帝国兴起之前，这个地区已经存在过好几个古代帝国，那第一最有名的、对人类影响很大的就是古巴比伦王国。

古巴比伦王国出现在公元前 2200 年左右。古巴比伦王国有一些遗址保存至今，就在伊拉克，而文物主要保存在英法博物馆。在伊拉克国家博物馆，原来珍藏着人类历史上最珍贵的一批文物，其中不少与古巴比伦王国有关。但是在这次美军入侵的时候，伊拉克博物馆被抢劫一空，所以这批文物也都不知去向。有新加坡人写文章，说二战的时候，日本占领新加坡，先用宪兵把文物馆保护起来，然后又利用地方警察维护当地治安。可是美国这个号称最先进最文明的现代帝国，它攻打伊拉克的时候竟然没有去保护博物馆，结果呢，所有的文物被哄抢一空。古巴比伦王国水利和对外贸易发达，手工业分工明细，但最有名气的是他们的“汉谟拉比法典”，这要归功于王国的第六代国王汉谟拉比，而这个法典是古巴比伦王国鼎盛时期的重要标志。汉谟拉比把他的法典刻写在一个玄武石石柱上，这个石柱现藏在大英博物馆，在伊朗国家博物馆可以看到它的复制品。汉谟拉比法典对于这个人类法律文明有很大的影响。

古巴比伦后来被赫梯人灭亡，赫梯人所建立的帝国就称作赫梯帝国。赫梯人的帝国影响也很大，时间是公元前十二世纪到公元前八世纪。在此期间，赫梯人花费了很大的功夫跟古埃及争夺地区霸权，那差不多就是人类顶端的霸权。因为此时此刻，整个地区的人类都处于悄无声息的状态。赫梯帝国对人类也有很大的贡献，现在大家认为呢，赫梯帝国的铁制工具很发达，人类超越青铜时代进入铁器时代，这是在赫梯人的带领下完成的。

赫梯之后是亚述帝国，他们在公元前八世纪崛起，迅速成为两河流域最大的帝国。亚述帝国依靠军事征服占据辽阔的土地，所征服的地区派遣帝国官僚进行统治。不过，这个亚述帝国的强盛期不超过一百年，军事征服不能保证永久的胜利，而一旦失败，帝国的基础就丧失了。公元前七世纪末，亚述帝国遭到多方攻击，帝国很快土崩瓦解。取而代之的是新巴比伦王国。新巴比伦王国在亚述帝国的基础上，版图又有扩张，他们最著名的事件是攻陷耶路撒冷。希伯来人进入巴勒斯坦地区是在公元前 2000 年代后期，他们由两大部落联盟组成，北方的联盟叫以色列，南方的叫犹太，而犹太以耶路撒冷为中心。公元前八世纪末，亚述帝国灭亡了以色列，以色列的民众成为俘虏。犹太则动用了大笔金钱，保证自己的残存状态。但是，到了新巴比伦王国的时候，犹太再也没有幸运的机会了，大约公元前 597 年，耶路撒冷陷落，所有的犹太人被带走，成为历史上有名的“巴比伦之囚”。新巴比伦王国的存在时间也不长，如果从公元前 630 年算起，那么到公元前 539 年巴比伦被波斯王居鲁士攻陷，也不过一百年的历程。

2. 波斯帝国

波斯帝国之前的帝国，都有属于自己的历史贡献，但是相对于波斯帝国而言，他们都有点像序曲，如同都是为了迎接一个更加伟大帝国到来一样。当然，我们在这里对这些帝国的叙述实在过于简略。波斯帝国的历史之所以与众不同，大约有两个方面的问题：第一，波斯帝国的历史不是靠地下考古才得以认识的，所以波斯帝国的很多故事早就成为经典，流传甚广。此前的帝国的知识，皆有赖于近代的考古发现，包括发现的古代文字，如楔形文字和泥板等等，对于近代以前的人类而言，这些古老的帝国如同没有存在过一样。所以，波斯帝国的故事更富有传奇性，在人类尤其是西方的历史知识体系中，波斯帝国的存在和形象是经久不衰的，因为西方第一部历史著作即希罗多德的《历史》，就给予波斯帝国以巨大的篇幅，《历史》一书给波斯帝国所做的定性分析，是西方历史教育的常识。第二，波斯与此前的帝国有所不同，在于此前帝国都没有明确的历史继承人，而波斯帝国的后人就是伊朗。有没有继承人，这似乎对于历史研究而言并不是一个问题，但事实是，历史一旦与现实有了实际联系，那么历史认识和历史研究就无法避免感情的存在。随手翻翻《伊朗旅游指南》（法劳马勒齐著，叶奕良翻译，世界知识出版社，2000年），到处都可以看到"2500年以来"这样的句式。公元前550年，居鲁士建立了波斯帝国，这就是伊朗历史的开始。美国人丹尼尔著《伊朗史》（李铁匠译，东方出版中心，2010年），前言第一句话"伊朗有近3000年的历史"。伊朗是波斯的继承者，不管是伊朗还是西方，都是没有异议的。

波斯人终于来到了历史的前台。西亚和希腊，包括北非，这个环地中海的区域，在早期的历史文明中，就经常互动，彼此很密切地联系在一起。

讲到伊朗的历史，需要从埃兰人讲起，因为他们建立于公元前2700年的埃兰王国，是现有伊朗境内最早显露头角的王国。他们一度十分强盛，甚至在公元前1175年洗劫了巴比伦城，把汉谟拉比法典石柱抢回自己的地盘苏萨。但是，伊朗人的历史叙述，似乎更重视波斯人的到来，以及在此之后发生的历史。埃兰在人种上似乎很模糊，至少与波斯人不是一回事。

相对于埃兰，米底人与波斯人都属于操印欧语的人。米底人建立了自己的国家，并且在亚述灭亡之后一度很强盛。波斯人最初居住在伊朗高原的西南部，由多个部落构成，有农业定居的，也有游牧的，农业部落地位比较高。

有个贵族氏族叫作阿黑门尼德，正是在这个氏族中，诞生了波斯帝国的最高统治者。居鲁士大帝来自这个氏族，是他创造了波斯帝国的阿黑门尼德王朝。波斯人的崛起是从反抗米底人的统治开始的，而居鲁士是反抗者的领袖。公元前 550 年，这是孔子诞生的第二年，居鲁士领导的反抗斗争取得决定性胜利，伴随着米底王朝的灭亡，新的波斯国家正式诞生。

波斯帝国刚刚诞生，就立刻踏上征服的道路。军事征服似乎是古代帝国的影子一样，总是与这些帝国相伴始终。公元前 539 年，居鲁士征服巴比伦，释放了巴比伦之囚，新巴比伦王国灭亡了。这一年很重要，对于犹太人尤其重要。居鲁士大帝把巴比伦之囚释放了，并且把他们送回到了耶路撒冷，他还下发了一道命令，就说耶路撒冷及其周边的人有义务帮助犹太人，重新建立犹太人的圣殿，波斯帝国也要出钱帮助犹太人恢复他们的宗教建筑。此事，如今伊朗人特别愿意提起，在他们的出版物中，绝不会忘记重申居鲁士大帝对犹太人的宽宏和仁慈。提醒当今以色列的意味不可谓不明显。不过，就是今天的研究者也认为，居鲁士希望利用占领地区的一切资源，包括信仰，因此获得支持，说这是一种宽容精神并非夸大之词。比如占领巴比伦城，居鲁士就强调他是受到欢迎并且和平进入城市的。

居鲁士时代，波斯帝国已经初具规模，尤其在征服巴比伦城之后，通向世界各地的道路都向居鲁士敞开怀抱。不过，在西部相对稳定之后，居鲁士最终把征服的目光还是投向了东方。公元前530年，居鲁士统帅军队远征中亚，但是在第二年却死在当地，他向东扩张的希望遭遇重大挫折。继承帝位的冈比西斯没有继续父亲居鲁士的征服方向，他转向埃及，并且在公元前525年获得成功。但是，他进一步征服地中海沿岸的计划却没有成功，内部发生的政变让他不得不做出改变。高墨达政变让冈比西斯后院失火，他急着赶回波斯灭火，结果自己却死在路上。高墨达的政变被同是阿黑门尼德族人大流士镇压，而这个过程用了两年多的时间。这是大流士最伟大的功绩之一，所以他把整个过程都认真地刻写在高耸的崖壁上，这就是著名的“贝希斯顿铭文”。大流士是更有成就的征服者，他使帝国的版图从北非到中亚，从印度河流域到色雷斯，有学者估计，他控制的人口当时应该有五千万之多。波斯帝国的强盛达到鼎盛，后来的历史证明，此后它就开始走上了下坡路。

3. 波希战争

在波斯帝国扩张的过程中，虽然经常遇到反抗，但是几乎在他们认知的世界范围内，总体上他们依然属于无坚不摧的。帝国的统治者做梦也没有想到，帝国庞大的战车最后是在一个不起眼的地方翻了车，车轮被卡住的地方就是希腊城邦。

雅典城邦依靠海外贸易获得发展，在小亚细亚半岛等地，多有希腊人的移民据点，这就是历史上经典的殖民行动。这些移居外地的希腊人，与本土当然存在千丝万缕的联系，这些城邦就是爱奥尼亚。波斯帝国的扩张，从小亚细亚半岛到对岸的色雷斯，爱奥尼亚人正在这个范围之内。他们从最初的屈服到后来的反抗，而背后的支持力量就是本土的希腊。从大流士开始，波斯统治者就明白了麻烦的来源，而为了彻底解决，战争与征服自然是他们的首选方案。爱奥尼亚的反抗最初取得一些胜利，但终因实力有限，遭到波斯的残酷镇压，其中米利都人的结局最惨，而米利都人的遭遇，因为雅典诗人普律尼科斯的戏剧《米利都的陷落》震撼了全体希腊人，调动了他们同仇敌忾的决心。

公元前 490 年，大流士的波斯军队出发了，最初他们取得了一些胜利，希腊城市陷落之后，波斯人毫不客气地把希腊居民变卖为奴。这情形再次动员了希腊的抵抗意志。9 月，著名的马拉松战役发生，希腊积极主动，最后以少胜多，取得胜利。这次战役十分重要，波斯不可战胜的神话破产，希腊人明白坚持战斗的价值。

从大流士方面说，这次失败还是有些意外，他是不甘于失败的。于是，大流士回头重整旗鼓，进行了真正的战争动员，几乎凡是波斯统治的地区都出兵参战。这样的战争动员也激起反抗，埃及就在这个时候发生起义。结果大流士还没有完成战争准备就在公元前 486 年死去。薛西斯再接再厉，决心完成大流士的未竟事业。公元前 480 年春天，薛西斯御驾亲征，波斯大军十年后再次黑云压城。历史的记载说法很不同，比如说陆军 170 万，海军战舰 1207 艘，算起来波斯要有 500 万人参与这次战争。而希腊人在温泉关留下的铭文也说他们四千名勇士抵抗波斯 300 万大军。现在的史学家比较心平气和，估计波斯人约有 50 万人参与战争，这在那个时代，完全算得上是个数量奇迹了。

第一个阶段的战斗波斯取得了胜利。陆地战斗主要是温泉关战役，斯巴达王李奥尼达奋勇战斗，与 300 名斯巴达勇士壮烈牺牲。波斯付出了很大代价，薛西斯的两个儿子死在这里。同时进行的海上战斗则互有胜负。战争进入第二阶段，希腊人主动放弃雅典，而波斯人进入雅典的时候，这是一座空城。波斯人还是对城市进行泄愤性的破坏，而我们今天都能看到破坏的样子，因为后来雅典人有意地保存了现场，让波斯人的凶恶有了永久地纪念。而海上的萨拉米决战，波斯大败而归，薛西斯也撤回。之后，波斯帝国到处发生反抗暴动，希腊尤其是雅典乘胜出击，在多个地方取得胜利。波斯陷于被动挨打的局面。这个局面持续下去，但希腊并没有力量消灭波斯，最多是消耗波斯而已，何况在希腊取得优势的状态下，雅典与斯巴达的矛盾渐渐上升。公元前 449 年，雅典与波斯签订卡里阿斯和约，波希战争正式结束。雅典要集中力量对付斯巴达，之后就是希腊的内战上演，这就是伯罗奔尼撒战争。

希波战争在希腊的历史上是十分重要的。我们知道现在的西方，它们不仅塑造了现在的世界，其实它也重新塑造了历史。西方人有一套书写人类历史的方式，就是以西方为主线，来描写整个人类的情况。西方为主线最早要讲什么呢，其实就讲古希腊，从古希腊，讲到古罗马，这么往下讲。西方世界都把古希腊当作西方文明的最早起源，当作西方文明制度的最早起源，所以从精神家园这个角度讲，对于西方而言，古希腊就是它们的精神家园。所以，现在的西方人在讲到希波战争的时候，在描写公元前 480 年前的那场战争的时候，立场都是非常清楚的。他们为希腊的胜利他们欢声雷动，几千年了过去了，我们现在还能听见欢呼声。希罗多德是西方的历史学之父，他写的一部历史著作叫作《历史》。这个历史并不是人类所有的历史，实际上在它这本书里面讲的就是希腊和波斯人的战争。从希罗多德开始，西方人在讲希腊和波斯的战争的时候，都把希腊战胜波斯当作英雄打败了大魔头，从叙事风格，到精神升华，大同小异。

西方在讲述希波战争故事的时候，往往会强调三点，第一呢，强调波斯人有多么多么的强大，兵力了得，人数众多。比如说，公元前 480 年那次战役，薛西斯是御驾亲征，带着多少人呢？希罗多德的《历史》这本书里面，它说有一百多万人。这是夸大之说，此后也一直有人喜欢这个思路。强大的波斯还是被希腊打败了，那不是希腊更伟大了吗？这是文学的一贯手法，一定要把敌人描写得很凶恶，很强大，然后才能自己证明自己更伟大。

第二呢，从希罗多德开始，就把这场战争定义为民主与专制的斗争，希腊代表民主，波斯代表专制，所以希波战争是民主对专制的胜利，是欧洲对亚洲的胜利，是西方对东方的胜利。最新的说法我们能看到的，比如说这本《欧洲史》（海南出版社，2002 年），是欧洲十四国学者共同撰写的一本欧洲史，中国 2002 年有翻译。现在，他们的说辞变得比较谨慎，它说，希罗多德把这场战争看作是专制与民主，暴政与自由之间的斗争，它认为东方与西方的对立是希腊人发展的动力，同时也加强了希腊人之间的团结。转述希罗多德的观点，用一个他者说话的方式，讲述这个战争的性质。那么，现在的学者是否不再坚持说这个战争到底是不是民主与专制的斗争了呢？它只是转述的方式，看起来似乎更客观了，实际上还是同样的倾向。现在的西方人仍然把发生在公元前五百年的这次战争，当作是西方战胜东方，民主战胜专制的一场斗争。最新看到的一本书，英国人写的《波斯战火》（新星出版社，2009 年），在这本书的前言中，它还在讲这样的故事，它说毫无疑问，波希战争的故事成为欧洲文明的神话基石，是自由战胜奴役和淳朴的市民美德战胜衰弱的专制制度的完美典范。

希波战争是我们最应该记住的一件往事，这个事情跟波斯有关，其实就是伊朗祖先的故事。那我们就应该知道，在伊朗的祖先那里，公元前五百年的时候，他们就是西方正统——古希腊的实际威胁者。这场战争是波斯要吞并希腊，是帝国征服历程的一部分。波斯帝国在所有的战场，在东边打到了印度，在东北方向达到了阿富汗一代，南方已经征服了埃及。所以它在那个时代能够继续征服的地区就剩希腊一块了。当时的欧洲，只有希腊有一点文明的曙光。波斯帝国在征服世界的进程中，把希腊设计成最后的目标。波斯帝国要控制全世界，但在希腊吃了败仗。这个失败呢，是波斯的失败，从战役的双方来讲，确实是希腊胜利了，但应该记住，希腊的胜利是保卫战的胜利，它避免了被消灭，但并没有消灭波斯。对于波斯帝国来讲，它从此以后决定不再去以武力的办法吞并希腊，如此而已。整个波斯帝国还在那里，它依然很强大，幅员辽阔，人口众多，希腊只不过是保卫战的成功，没有因此去消灭了波斯。波希战争这个问题上，大家一定要把这个性质搞清楚，是希腊保卫战的胜利，而不是希腊消灭了波斯。所以呢，伊朗现在的历史学家就比较强调这一点，但是它的声音一定太小了，全世界都听不见。伊朗的历史学家认为希波战争确实是以波斯失败而告结束，但是这场战争的结果只对希腊有意义，对波斯其实没有太大的意义，因为它就是一场战役失败而已，帝国依然屹立在那里。这个事实一定要有所认识。

另外，西方的历史学家从希罗多德开始，就努力的夸大希波战争的后果，强调西方民主战胜了东方的专制。其实波斯一直还是一个帝国，还是个中央集权的帝国。民主没有战胜专制，因为专制还在那里，要战胜专制的话应该把它消灭才叫战胜了专制。接下去，事情又是怎么发展的呢？波斯帝国用战争的手段并没有导致希腊灭亡，但是后来波斯帝国利用其他的手段还是把希腊这个城邦搞垮了。后来变得很简单，波斯改变了方略，不再用武力的办法去对付希腊，它开始用金钱的办法对付希腊。希腊那个时候是各个岛国的政治联合体，波斯人不去打希腊，希腊人就开始自己打起来。希腊人内部的战争就从来没有停止过，只有在波斯企图吞并它的时候，它们内部一度团结起来，当波斯人的威胁解除了以后，希腊人就开始内部战争，最著名的战争就是伯罗奔尼撒战争。希腊这个世界，两个最大的城邦，即斯巴达和雅典。两个大城邦，各自团结一些小城邦，然后展开战争。最后的结果是两败俱伤。最后的结局，它们共同被马其顿王国给吞并了。马其顿王国著名的国王亚历山大，他一口气消灭的波斯帝国，但是他的胜利可不是民主的胜利，他建立的是另外一个帝国。如果说胜利与失败一定要与内部的政治体制联系起来的话，不管是希腊还是波斯，最后都被另外一个帝国消灭了。

第三，在叙述希波战争的时候，西方的叙事比较强调波斯的残忍，比如把战俘变卖为奴隶。其实，在当时的双方，都是奴隶制度，而战俘都是奴隶的主要来源。后期，当雅典转而进攻的时候，他们所获战俘，同样也卖为奴隶。即使民主总是比专制具有道德优势，但对于奴隶而言，这与他们无关。

4. 波斯帝国的遗产

波斯帝国是世界上第一个具有世界性的帝国，它横跨亚洲、欧洲和非洲，尤其是向东方的征服，打通了南亚、中亚和西亚。很多文化区域一时之间被统一在一个帝国的版图之内，这其实也是后来亚历山大帝国的蓝本。战争的范围就是人类密切交往的范围，在战争的背后，反映了人类联系的空间范围。非洲北部、欧洲南部和亚洲地区，这是古代世界文化发展最显著的区域，他们之间的联系，代表着最重要的几个文化圈的联系，对后来的世界一体化进程发挥着基础性的功用。这一切，都是离不开波斯帝国的。

大流士时代代表着波斯帝国的强盛时期。他建设的波斯波利斯，虽然我们今天只能看见残垣断壁，但给人们留下的震撼依然是强烈的。可惜，原来的壮观的宫殿，被亚历山大的一把火吞噬了。波斯帝国真的是太了不起了，它建立的幅员辽阔的帝国东起印度，西达地中海，从西边的两河流域到中亚的两河流域都是波斯帝国的版图。此外，他们还修建了一条国王的御道，从印度直达地中海，每三十里设置一个驿站，并提供世界上最系统的邮差服务。后来的亚历山大东征，简直就是沿着这条御道前进的。此外，琐罗亚斯德教，也是来自波斯帝国，这一世界性宗教，为丰富人类的精神世界提供了巨大帮助。

虽然希波战争波斯失败了，但是作为伊朗人，他们仍然为祖先的业绩倍感自豪。现在，西方是这个世界的真正统治者，他们的武力最强，势力最大。但是波斯帝国会给伊朗人一个明确无误的启示，历史上曾经强大的伊朗，未来也有希望。想一想，当古希腊面对波斯帝国的巨大压力的时候，伊朗人是可以从中感受到历史的荣耀与自豪的。就精神层面而言，有没有这样的历史依据，有没有这样的历史荣誉，是完全不同的。

5. 帕提亚

公元前 330 年，亚历山大东征取得重要胜利，他在几次决定性的战役中击败了波斯，波斯帝国的大厦终于支持不下去了。亚历山大接受了波斯帝国的遗产，在征服战争中建立起自己的帝国，这就是塞琉古王朝。塞琉古王朝虽然庞大，但是维护的时间却很短暂，几乎是亚历山大刚刚去世，这个帝国就陷于分裂状态。控制伊朗地区的是塞琉古一世，他的统治有助于希腊人与波斯人融合。但是，居住在阿塞拜疆的米底人建立了新的王朝，这就是帕提亚王朝，他们一方面是古老波斯帝国的继承人，一方面坚持与塞琉古王朝斗争，最后他们不仅取代了塞琉古，而且建立更强大的新帝国。帕提亚在中国的史籍中是有记载的，中国称它为安息，而这要归功于张骞出使西域。

帕提亚王朝的统治，从公元前 256 年到公元 226 年，而与它并存的，在西方正是不可一世的罗马共和国。罗马把地中海变成内海，遥远的大不列颠也被征服。在东方，罗马也取得很辉煌的战绩，两河流域进入它的囊中，甚至打通了波斯湾。罗马向东扩张，帕提亚向西发展，他们共同瓜分了塞琉古王朝的地盘，可想而知，不可避免的争夺正式开幕。

罗马的扩张，没有遇到太像样的对手，所以对待东方的帕提亚，罗马的轻敌思想是理所当然的。公元前 53 年，罗马统帅指挥大军出发，这位统帅就是赫赫有名的克拉苏。克拉苏与凯撒、庞培齐名，号称罗马“三巨头”，而克拉苏最著名的功绩是镇压了斯巴达克斯起义，现在他控制罗马的东方，他希望继续立功，为自己的将来打下更雄厚的基础，由此可以摆脱三巨头的平衡，达到独占鳌头的政治局面。克拉苏的军队是三万名罗马主力，他的判断是帕提亚战斗力有限，所以希望速战速决解决战斗。

克拉苏统帅领先头部队前进，为了加快速度，他听任辎重队伍落后，并渐渐拉开距离。帕提亚军队显然掌握一切情报，他们看准时机，集中力量攻击克拉苏的辎重部队。等到克拉苏的先锋部队感觉到了问题，回头增援的时候，他们的辎重军队已经不复存在，人被杀了，物资也没有了踪影。没有了给养，克拉苏的军队还能做什么呢？很快，他们被帕提亚的军队包围，罗马军队大部分被杀掉。克拉苏最后提出谈判请求，这当然是投降的谈判。没有想到，面对十分不利的局面，克拉苏的火气还很大。谈判破裂，并当场发生格斗，后果可想而知。克拉苏被杀，将近一万名罗马士兵成为俘虏。两万士兵被杀，一万被俘，这是罗马共和国建立以来损失最惨重的。这就是著名的卡莱战役。

克拉苏是三巨头中资格最老的，他进攻帕提亚是有政治考虑的，没有想到，战争结果对凯撒最后胜出十分有利，帕提亚人帮了凯撒的大忙。

卡莱战役是罗马人的耻辱，凯撒曾经为此要远征帕提亚，但被刺杀，并未成行。十八年之后，到了“后三巨头”时代，负责东方的安东尼经过认真准备，决定对帕提亚进行最后征服。决战在弗拉斯帕城爆发，双方都投入巨大的战力。结果，再次以罗马人的失败而告结束。罗马有四万两千人被消灭。罗马此后放弃了征服帕提亚的梦想，双方和谈，达成和平协议。

其实，双方的战斗并没有终止，时断时续，互有胜负。直到罗马帝国又出现了一个有理想的大人物，他就是卡拉卡拉，即安东尼皇帝。当时，罗马和帕提亚的主要问题是争夺对亚美尼亚的控制权。安东尼皇帝不仅要征服波斯，他要效仿亚历山大远征，据传说他还要征服印度，征服中国，它要建立一个真正的全世界的大帝国。可见，当时罗马帝国已经对中国有所了解。不过，所有的这些伟大理想，必须从征服帕提亚开始。公元 217 年，罗马帝国的远征军出发了。战争一直不顺利，总是不停地失败，帕提亚的军队实在太有战斗力了。罗马皇帝无法取得战争的胜利，对于部下的责难、发泄成为他最日常的行为。最后，忍无可忍的部下发动哗变，杀掉了这位皇帝，与帕提亚签订了和约。罗马再次失败，至于亚美尼亚地区，自然再次进入帕提亚的控制。

帕提亚也曾经吃过罗马的亏，这是肯定的，但是帕提亚成为罗马东向扩张的一堵高墙，它总是能够终止罗马军队的征服脚步。相对而言，罗马要比希腊更具有攻击性，其帝国扩张的辉煌是希腊无可比拟的。但是，又是帕提亚能够让罗马饱尝失败的痛苦。在游览伊朗的那段时间里，我们的导游瓦希德先生（毕业于德黑兰大学）总是不愿放弃阐述自己的历史观点，他认为伊朗历史上最伟大的朝代就是帕提亚。

6. 萨珊波斯

帕提亚的强盛同样是不能永续的，但推翻帕提亚的势力不是来自外部的罗马帝国，而是来自内部的暴动。新的势力，来自更正统的波斯人，他们的领导人叫作阿达希尔，他的血缘关系来自荣耀的阿黑门尼德。他所建立的王朝就是萨珊波斯王朝，古老的琐罗亚斯德教又在这片土地上活跃起来，而这个王朝一直存在了四个世纪之久。

公元 226 年，萨珊波斯建立代替了帕提亚（安息），它继承的不仅是土地和人民，还有西方的敌人，即罗马帝国。对于罗马帝国而言，帕提亚的灭亡确实是好消息，但是取而代之的萨珊波斯同样不断地给罗马制造噩梦。

公元 243 年，罗马的皇帝是戈尔迪亚，他发现萨珊波斯的皇帝正在忙于东征，认为这是一个难得的机会，于是乘机下手，偷袭萨珊。当时萨珊波斯是第二任皇帝沙普尔在位。罗马既然是偷袭，所以开始还是挺顺利的，取得了一些胜利。不过，到了第二年，沙普尔的反击开始了，双方在泰西封附近的马克西展开决战，结果罗马大败。一种说法是罗马的皇帝战死沙场，罗马的惨状可想而知，连总指挥都打死了。另外一种说法是，在战败的背景下戈尔迪亚被部下杀死了。总之，罗马失败，被迫割地求和赔款。

和约是签署了，但罗马方面并不准备认真执行。波斯王很生气，沙普尔决定主动进攻，率领两路大军，直接攻入罗马。公元 259 年，罗马皇帝瓦列里安亲自迎战，双方在卡雷城大打出手。这一战，再次以罗马的失败宣告结束。这次，罗马的皇帝更惨，他成了波斯人的阶下囚。在波斯波利斯附近的帝王谷里，我们至今仍然能看到当年留下来的浮雕，沙普尔国王高坐在马上，罗马的皇帝跪地求饶。这次战争波斯不仅俘虏了罗马的皇帝，也俘虏了很多的罗马士兵，波斯人强迫罗马士兵去做苦役，完成了很多重大工程，很多桥梁在他们手中建成，波斯人称之为罗马皇帝之桥。

此后，双方的战争与和平交替进行，胜败不常。公元 363 年，罗马皇帝朱利安再次率兵进攻，结果又失败了。朱利安是第二个战死于波斯战场上的罗马皇帝。罗马所有的皇帝的战死的记录都是波斯人创造的，萨珊波斯的版图因为一连串对罗马帝国的胜利，也有了很大扩展。在罗马帝国分裂以后，波斯曾经对东罗马帝国发动多次进攻，甚至多次围攻过东罗马首都拜占庭。

萨珊波斯在胡司洛国王的时候最为强盛，他曾经有过彻底消灭东罗马的计划和行动，当然并没有成功。因为有这样的想法，所以当东罗马给出非常有利的求和条件时他竟然没有接受，错失良机。东罗马也知道危在旦夕，不得不拼死抵抗。这导致了波斯帝国内部矛盾上升，胡司洛不仅吃了败仗而且被政变者篡位，628 年在监狱中被杀害。此后，波斯帝国开始衰落，而一个更厉害的角色正在崛起，波斯的历史光荣正在失落。

波斯，从古波斯帝国到萨珊波斯，都曾扮演过历史上的重要角色。对于西方而言，波斯是他们最主要的对手，最麻烦的克星。在军事上，西方饱受波斯的打击，波斯代表着天敌。不过，波斯又是难以逾越的障碍，除了亚历山大之外，波斯背后广袤的东方，对于西方而言，主要用遐想来领略。在这样的背景下，波斯每每被描绘成大反派，穷凶极恶、罪恶滔天。但是，从非西方的立场观看，结论可能会完全不同，波斯在与西方对峙的同时，也在为人类世界做贡献，庞大帝国的经营，需要很多管理技术和政治方略，加强帝国内部团结，引导帝国内部多种文化和平共处，这同样是重要的人类遗产。而这一切，对于波斯的继承人而言，都会演变成一种精神力量，那是伊朗人的历史荣耀。

三、宗教精神

1. 波斯亡国

萨珊波斯陨落的过程中，东方正有一个国家蓬勃向上，那就是唐朝。波斯在最后一刻，曾经向唐朝求援，希望唐朝能够帮助他们挽救危亡。唐朝伸出了援手，但不是很有力。后来，唐朝还接受并支持过波斯在逃王子。

给波斯带来危机的不是传统敌人，东罗马帝国还没有这样的实力。新的势力来自阿拉伯半岛。这个在历史上长期沉默的区域，终于要起身发言了，而这注定要影响整个人类的进程和地球的文化格局。

阿拉伯半岛几乎就是荒岛，沙漠是这里的最重要的风景。长期以来，在这里居住的阿拉伯人都以放牧为生，他们好像命里注定要这样默默无闻地生活在世界的边缘。但是，一个伟人出现了，他让这里的人们忽然生发出自豪感，他们发现了自己身上一直隐藏的伟大使命。穆罕默德创立了伊斯兰教，这个新的宗教很快就成了阿拉伯人的精神支柱。在迅速处理好内部的关系之后，阿拉伯人开始展开对外的扩张。

波斯成为阿拉伯帝国的目标一点都不奇怪，谁让他们是近邻呢？谁让波斯那么富有呢。波斯人向来瞧不起那些生活在沙漠中的牧人，他们认为阿拉伯人是野蛮人。但是，波斯人却没有想到，阿拉伯帝国拥有如此神奇的战斗力。不过就是两场战役之后，波斯人就彻底失败了。这一次，该轮到波斯的国王被俘了。阿拉伯人提出的要求很简单，请你皈依伊斯兰教。没有想到，伊嗣埃三世断然拒绝，并且轻蔑地讽刺阿拉伯人是吃蜥蜴、杀婴的野蛮人。按理，这最后一位波斯国王的生命应该到此终结。但是，历史上还有一种说法，伊嗣埃三世一直后撤到东部省呼罗珊，但组织抵抗不力，公元 651 年，他在木鹿附近被一位臣民杀死。似乎后一种说法更可靠，那么前一种说法呢？大概是伊朗人后来的传说，表达的希望如此，是一种不甘失败的文学想象。

波斯幅员辽阔，阿拉伯帝国的全面征服波斯，最后的年代已经到了公元 700 年。但是，波斯的伊斯兰化趋势是无法避免的。对于伊斯兰教而言，波斯人的加入，才让这个宗教的国际性得以呈现。波斯人对于来自阿拉伯帝国的征服，是一百个不服气，因为就文化贡献而言，此前的阿拉伯人是无论如何不能与波斯相提并论的。波斯人生活很精致，追求环境的优美，文学丰富，诗歌浪漫，他们创造出很多生活经典。波斯文化后来对阿拉伯人有很大的影响，波斯人也为此自豪。但是至今仍然有阿拉伯作家认为，波斯文化提供的都是腐朽和奢华。波斯人对世界贡献了祆教（也称拜火教，即琐罗亚斯德教）和摩尼教，这两个宗教对中国古代都有影响。特别是摩尼教，在中国也称明教，多次武装民众，成为农民起义的精神武器。

现在，具有悠久文化传统的波斯改信伊斯兰教了，世界宗教的版图因此发生巨大改变。波斯成为阿拉伯帝国的一个行省，波斯人被迫放弃琐罗亚斯德教，皈依伊斯兰教。现在伊朗也有一部分信仰拜火教的人，大概全国不超过两千多人，而伊朗有七千多万人口。因为阿拉伯帝国的兴起和扩张，伊斯兰教得以推行到世界各地，阿拉伯地区、伊朗地区、中亚地区、北非地区等都是伊斯兰教的信仰区域。现在世界范围内，伊斯兰教势力的增长是最快的，在人口比重上，穆斯林的人口也是越来越多。

自从被阿拉伯人征服以后，伊朗就进入了苦难的岁月，被征服成为伊朗的家常便饭。此外，苦难还表现在伊斯兰教内部，即伊朗人最终选择了伊斯兰教内部的少数派，即什叶派，而什叶派在漫长的历史过程中，饱受多数派（逊尼派）排挤和压迫。如果说，此前的波斯多是历史的荣耀的话，那么此后，伊朗人要经受太多的磨难，不用说，苦难同样也能培育出特有的民族精神。

2. 选择什叶派

伊朗人为什么会选择什叶派呢？这真是一个复杂问题。什叶派是伊斯兰教内部的一个最大的反对派，与逊尼派相对，而“什叶”本身的含义就是党派之意。

第四任哈里发叫阿里，他是穆罕默德的堂弟，同时也是穆罕默德的女婿。他这个人比较忠厚善良，在政治斗争中失败，并被刺杀。此后，同情阿里的人认为阿里应该成为真正的继承人，这一派人就被叫作什叶派，或者直接称作阿里派。因为政治失败，他们没有掌握权力，所以支持的人数有限。另外，因为挺阿里，所以认为现在掌权的都是非法的，那么遭受掌权者打击也就很自然。总之，什叶派的产生是政治斗争的结果，但后来又发展出教义，于是渐渐演变成为有独特教义的教派。

什叶派挺阿里和阿里的后裔，只承认阿里的后裔担任穆斯林的领袖，即伊玛目。随着阿拉伯帝国的势力进入波斯，阿里儿子侯赛因（第二子）也来到波斯，特别是他还娶波斯帝国最后一代国王的女儿即波斯公主为妻，于是这个派别就开始赢得波斯人支持。波斯人认为阿里的后裔与波斯缔结了这样重要的关系，为了支持波斯王的后裔，也就应该支持阿里派。或者，其中还有更深刻的社会心理背景。伊朗人选择伊斯兰教中的少数派或者反对派，是一种变相地反抗，即对阿拉伯帝国征服的反抗。

其实，什叶派内部也有各种争议，也有派系的继续划分。比如叙利亚当局，他们也是什叶派，但它是属于伊斯玛仪派，而全世界最大的什叶派叫“十二伊玛目派”，这就是伊朗的什叶派。伊玛目，是一个阿拉伯的词汇，在礼拜的时候有一个领拜人，这个人就叫伊玛目。后来，领拜人就成了精神和实际领袖。在什叶派内部，伊玛目的地位和能力都进行了强化，以至于神化。比如说，伊玛目是由真主任命的，而且他是跟穆罕默德衣钵相传。穆罕默德不仅把帝国的统治权即哈里发传给了阿里，并且把真主的启示，也全面深刻地传给了阿里，而阿里的继承者们，都获得了这个传承。所以，伊玛目不仅是什叶派的实际领袖，这表现在行政上他是最权威，最有能力的。另外，就是在伊斯兰的教义中他也是最全面、最深刻的领袖。什叶派强调这个伊玛目就是实际的领袖和绝对权威。这一点，你在逊尼派占统治地位的国家和地区，是很少能见到的。比如，你到伊朗会看到不一样的风景，那就是什叶派允许领袖崇拜，可以看到领袖的具体形象。而在逊尼派那里，你是看不到人物形象的，因为伊斯兰教反对偶像崇拜，任何偶像的出现都是不正确的。在伊朗，重要的场合都会有领袖的画像或者照片，那些牺牲的烈士们的照片也会挂满街头。

3. 国家被奴役

从国家的形势上，我们看到此后的伊朗总是被人征服，从宗教上，什叶派又总是受到迫害。这双重的苦难，持续了千年以上。什么样的民族，能够忍耐这么久呢？如此忍耐，会锻炼出怎样的民族性格呢？

从661年到1036年，是阿拉伯人统治的时期。1037年塞尔柱突厥人率领军队打到了伊朗，他们的统治维持到1153年，这是突厥人统治时期。接下去就是成吉思汗西征了，1219年到1335年，这是蒙古人统治时期。旭烈兀根据成吉思汗的指示在伊朗建立了一个王国叫作伊利汗国，这是蒙古人建立的四大汗国之一。伊利汗国之后，1380年又是帖木儿王朝，帖木儿，也是个蒙古后裔。可以说从1219年到1500年都是蒙古人的统治时期。

伊朗，苦难深重啊。每一次的外族入侵都带来了很严重的牺牲，大面积的死伤，破坏性也很大，毕竟战争就是毁灭。伊朗人不仅需要在这种苦难中生存下来，还要争取更多的权力和更大的自由。外族入侵，一方面给伊朗带来了现实的苦难，另外也有有利的一面。伊朗的历史特别强调伊利汗国时期，就是蒙古人统治时期的重要性，重要性在什么地方呢？蒙古人不信伊斯兰教，也不懂伊斯兰教，所以他们到来之后先消灭主要的敌人，主要的对手是什么呢？就是阿拉伯帝国。阿拉伯帝国信仰的是什么呢？逊尼派。蒙古人不管那一套，把逊尼派的领袖啊，什么哈里发呀，都抓起来杀掉了。所以蒙古人事实上推翻阿拉伯帝国的统治，结果很自然就跟逊尼派产生了矛盾。但是，蒙古人是外来征服者，要长期治理这个国家，还得需要当地人配合。所以，蒙古人只剩下原来的反对派，这就是什叶派。于是，什叶派在蒙古人统治时期，地位开始提高，这是第一点。此外，什叶派的伊朗人，很善于管理国家，他们有大量的职业官僚群体存在，这跟伊朗的传统文化也有关系。管理国家需要很多技术官僚，而蒙古人都是军事将领，攻城略地他们擅长，管理国家他们却不懂。于是，伊朗人与蒙古人的合作不可避免。相应的，什叶派的地位也就因此获得提高。

什叶派在伊朗获得政治上的翻身十分重要，这是后来伊朗发展的重要一环。在阿拉伯帝国时期，逊尼派对什叶派进行过无情打击，希望从根本上消灭什叶派。那个时候，只要是什叶派，就有生命危险。什叶派，真是苦难深重。正因为这样，在什叶派内部就允许一种自我保护的策略，即忍隐说。当你的人身安全受到威胁的时候，你可以隐瞒自己的信仰倾向，可以不说自己是什叶派。全世界的什叶派到底有多少？大家的统计不一样，有的说是八千万，有人说八千万绝对是保守数字，因为很多在逊尼派占主导地位的国家，什叶派是隐藏的，表面上看不出来，他也不承认，但是它内心是认为自己是什叶派。可以想象，多么严酷的背景下才会产生如此违背心愿的策略啊。

伊朗人恢复自己的统治，已经是十六世纪。1502 年，萨法维王朝建立，这才在伊朗重新开始了伊朗人的统治。到了这个时期，什叶派在伊朗的社会上已经成了最大的实力派。所以，萨法维王朝第一个宣布以什叶派为自己的国教。从 661 年到 1502 年，经过了如此漫长的时间，如此漫长的耐心等待，经过了无数的牺牲和斗争，伊朗人现在终于实现了自由。

4. 宗教苦难

伊朗最大的派别叫十二伊玛目，这也需要进行简单地介绍。十二伊玛目，就是一共十二位伊玛目。第一个伊玛目就是阿里，他是穆罕默德的女婿和穆罕默德的堂弟。阿里的夫人叫法蒂玛，她是穆罕默德的女儿，一般地说，在什叶派里面，阿里和法蒂玛都是被崇拜的对象。第二个伊玛目是阿里的长子，叫哈桑，他被人家下毒药给药死了。第三个伊玛目是阿里的次子侯赛因，他在 680 年被人杀害。这些伊玛目都是阿里直系的子孙。一代一代的伊玛目，就是什叶派的实际领袖，有的领袖斗争性比较强，有的领袖妥协性比较强，但是这些伊玛目都是坚持什叶派的。从第五代伊玛目开始，他们重点去发展什叶派的宗教理论。最后第十二任伊玛目，他叫穆罕默德·马赫迪，他就变成了隐遁的伊玛目，就隐藏起来了。人世间谁也不知道这个伊玛目，因为他隐藏起来了。开始，隐藏的伊玛目还有代理人，后来连代理人取消了。于是，伊玛目就在人间，但谁也不知道谁是伊玛目，这就是伊玛目隐遁。现在还是隐遁期，不过在未来的某一天伊玛目一定会重新出现，然后领导人民获得最后的胜利。

隐遁理论对于什叶派很重要。这个理论在我看来其实就有点像祆教的说法，祆教主张光明与黑暗的斗争，现是黑暗时代，而光明一定会到来，并最终获得胜利。马赫迪，这位第十二任伊玛目，他以后出现的时候，就代表着光明时代的到来。因为什叶派长期受到迫害，所以整个伊朗和信仰什叶派穆斯林群体中，它们的内心深处都是很悲情主义的。同时，他们也主动利用这种悲情主义进行自我教育，坚信隐遁的伊玛目，坚信未来的胜利。

什叶派历史上有一个事件后来变成了一个神圣的节日。公元 680 年，那是阿拉伯帝国的倭亚玛王朝的时代。哈里发齐亚德要除掉第三代伊玛目侯赛因，派出重兵前往卡尔巴拉。敌人的阴谋，侯赛因并不是不清楚，他知道必死无疑，但是他还是毅然上路，他希望用自己的牺牲换来民众的觉醒和伸张什叶派的权利。有六十多人追随他而去，结果被齐亚德的几千军人全部屠杀，包括所有的孩子，除了侯赛因一个重病的儿子没有参加战斗外，没有一个人幸免于难。为了纪念这个战役或者屠杀，每年伊斯兰历法的1月10日，都会有纪念活动，这个节日叫作阿苏拉节。

节日那天，各地都会举行大型游行活动，街上到处插着黑色的旗帜。青年男子，往往要赤裸上身，用皮鞭自己抽打自己，很多人都是鲜血淋淋。为什么要这样做呢？他们要用自己的痛苦来理解当初侯赛因被屠杀时候的痛苦，他们希望用自己的痛苦来代替侯赛因所受的痛苦，也是告诉人们，不要忘记前代伊玛目做出的巨大牺牲，要一代又一代地把这种痛苦和感情传递下去。这种节日，唤醒了一种牺牲精神，这既是伊玛目做出的牺牲，我们不仅不要忘记这种牺牲，还要向伊玛目学习，不怕牺牲、勇于牺牲。这种节日的实际效果是很明显的。在伊朗各地，随处都可以看到街上悬挂的烈士照片，他们很多是两伊战争时的牺牲者，烈士之家会享受国家的照顾，而烈士也是极高的一种荣誉。当这种牺牲精神转化为道德信条的时候，一个民族的抗压能力会得到极大的强化，而外人可能会变得无法理解。

关于伊朗什叶派的研究，提供两个书目参考：程彤《正统观念与伊朗什叶派》，宗教文化出版社 2010 年。王宇洁《伊朗伊斯兰教史》，宁夏人民出版社 2006 年。

总之，一方面伊朗有很荣耀的历史和过去。他们曾经强大，曾经给西方当时的代表势力造成种种打击。在如今西方施加压力的时候，伊朗人会因为这样的历史增强民族自豪感，强化自信心。同时，在政治和宗教历史上，他们也曾饱受侵略和压迫，导致伊朗人抗压力极强，坚持到底，宁折不弯。

伊朗可以看成是中国的一面镜子。我们不会也不一定向伊朗学习，事实上我们也学不成。伊朗和中国都有悠久的历史，都有属于自己的文化传统。两国都是东方国家，都不被西方认可，近代以后，也都饱受西方的欺凌。不同之处，伊朗曾经有过痛击西方的历史，而中国古代与西方相隔遥远，在中国强盛的时候没有机会比试，等到西方强盛并出现在中国面前的时候，中国只剩下不断地失败。因此，伊朗人有强烈的文化自豪感，中国没有。对于中国文化，中国人比其他国家的人更讨厌中国文化，这是近百年来的一个问题，也是我们基本的教育内容。我们的教育就是告诉你中国如何如何不好，跟伊朗完全不同。伊朗有什叶派这种宗教，他们有宗教热情，非常不得了，而中国人没有这样的宗教热情。中国更善于妥协。我觉得中国，中国的领导人和中国的人民都会有这样的情形，关键的时候比一比吧，两利相较取其重，两害相较取其轻。这是民族性格，到底哪个好，显然我们不能判断。不过，我觉得至少我们中国人应该向伊朗人学习一点，就是珍惜自己的文化传统，毕竟这个传统是别人没有的，这是中国最独特的地方。可以慢慢地培养自豪感，不要一味批判，把国人搞得很自卑。

最后说明一点。古代历史的许多名词，翻译是不同的，这里没有交代具体差异。还有历史事件的时间，也多有参差，这里仅仅选择一种进行交代。因为没有深入研究，所讲难免太表面，挂一漏万，敬请谅解。

《中国典籍与文化》第八辑，国家图书馆出版社，2013 年

访谈

民间另有传统

——《学习博览》访谈

很多人认识孟宪实，是从他上“百家讲坛”讲唐史开始的。“百家讲坛”如同一座学术明星梦工厂，一批学者像易中天、于丹、刘心武、阎崇年、王立群等人都通过“百家讲坛”迅速打响了自己的知名度，成为炙手可热的“学术明星”。

1. 上“百家讲坛”讲唐朝那些事儿

谈到上“百家讲坛”，孟宪实说纯属偶然。2006 年 6 月份，孟宪实的夫人在家中接到一个电话，对方称是中央电视台“百家讲坛”的工作人员，想请孟宪实老师去“百家讲坛”讲唐史。因为专心于研究，不想被打搅，对于外面不熟悉机构的邀请，孟宪实一般是拒绝的，夫人因此也把这件事情推掉了。等孟宪实回到家，夫人就把此事告诉了他，孟宪实说：“‘百家讲坛’平台不错，可以试一试啊。”

过了一段时间，“百家讲坛”的工作人员来了一趟孟宪实所在的人民大学，在他为学生授课的时候，拍了几张照片回去。“我估计他们是要先了解一些我的台风什么的。”孟宪实说。

之后，“百家讲坛”让孟宪实先试讲一段，孟宪实就选中了长孙皇后这个人物。试讲通过之后，就想把长孙皇后系列讲出来。但是讲了几集之后，“百家讲坛”方面觉得孟宪实讲的“内容太多了，太密集了”。于是作了调整，干脆，直接讲《唐太宗》。

跟易中天和于丹等人追求语感上“汪洋恣肆”不同，孟宪实走的是沉稳的学术路线。换言之，这位曾被网友戏称为“肥版裴勇俊”的唐史学者，并没有易中天、于丹那样“油”，他一举手，一投足，都带有几分怯羞，但他坚守学术的良知，不会胡说历史。有学者指出，孟宪实讲唐史，是经得起任何一位唐史专家来推敲的。

讲到唐高宗的时候，有粉丝反映，一路听来，发现孟宪实的风格已经悄悄地有所转变，相对于前期平稳流畅的表述，孟宪实的表达逐渐带上了更多的口语化和幽默的特点。但他仍然没有走到易中天那么“远”，孟宪实始终谨守着学者的基本规范，表达方式更现代，但像“诺，就相当于是现在的 OK”这样的句子，他还是不说。

当然了，每个主讲人都有自己的个性和风格。孟宪实说：“作为我个人来讲，我是想通过对历史的讲述，让大家获得历史学的启发。不一定非得一本正经，但必须通过对历史故事的分析，让人获益。”

孟宪实对唐史的解读，既尊重历史的真实，又在此基础上有不一样的阐发，可谓别开生面。历史上的唐太宗李世民杀害兄弟，逼父亲退位，但他又开创了贞观之治的盛世，对此，孟宪实也有他的见解：“当然，从道德评判上这有些残酷。我们评价一个人不是看他没干什么，而是看他干了什么。谁都想控制权力，但看他最后用权力干了什么。像李世民，他就把权力用得非常理性，非常和平。”“李世民从谏如流，而且很谦虚，比如他对魏征说，我就是一块璞玉，你就是雕琢玉的人；说我就是矿石，你就是采矿的人，把我开采出来，我才有今天。这很难得。”孟宪实在唐史研究中浸淫多年，对于史实的敏感度自然胜过普通人。他擅长在人们熟知的历史说法中找出自相矛盾的地方，比如：如果高宗真的软弱，他怎么敢去勾搭他父亲的女人？他怎么能够力排众议、废王立武？

在这些精彩解读的背后，是他多年的史学功底。而他扎实的学术根基是从南开大学开始打下来的。

2. 在历史研究中思考现实问题

1979 年，孟宪实作为一名应届毕业生参加高考，进入到南开大学历史系学习，他说他们赶上了“一个思考的时代”。

那时，人们刚才“文革”中走出来，认识到“文革”对社会带来了非常严重的破坏，大家进行了比较深刻的反思：怎么才能避免“文革”这种动乱再次出现，怎么才能让国家正常发展。南开大学有一个很好的学风就是主张做学问要理论联系实际。因此学历史不是沉浸在故纸堆里，而是用来解释现实，理解现实。当时，在南开，无论是老师还是学生，大家都在积极思考中国的问题，思考中国往何处去的问题。

孟宪实说，对他思想触动很大的是苏联问题。当时中国批判赫鲁晓夫，批判修正主义，但是它是怎么产生的，人们还在思考和讨论，在这个过程中，有很多国外揭露的文章被翻译过来。他还记得有一本书叫《斯大林时代》，揭露了斯大林时代的肃反运动等，这种悲剧性的历史让人感觉触目惊心。大家很自然地思考，我们跟苏联有多远，因为我们的体制是跟苏联学习的。

孟宪实说，他在南开一边思考一些现实问题，一边读书。而且通过一系列的阅读之后，他看待历史和现实开始有了一种深刻、严肃的态度。他说，在当时的大背景之下，他们这一代人养成了关心国家、关心社会、喜欢思考大问题的习惯。很多现实的问题都看起来跟自己不相关，但是在每个人的心里，都感觉个人的幸福和个人的一切都跟国家和社会紧密地联系在一起。那个时代，整个社会的精神状态和价值取向都是积极向上的。

在南开大学四年，孟宪实说自己受益匪浅。南开云集了一批优秀的教授，有讲殷周史的王玉哲，讲元史的杨志玖，讲史学史的杨翼骧，讲目录学的来新夏，讲思想史的刘泽华，还有讲明清专题的冯尔康等。这些老师讲课各有各的风格，各有各的精彩，但是有一个共同点，就是给学生启发，让学生自己去独立思考问题。当然，最让孟宪实喜欢的是刘泽华先生，他研究专制主义的思想史课程很有魅力，深深地吸引着他。

3. 研究吐鲁番学，转向社会史

1983 年，大学毕业后，孟宪实去新疆做了一名大学老师。在乌鲁木齐，他一边和诗人喝酒，一边作诗。没想到酒越喝越多，诗却越做越少。苦闷之余，他开始将目光投向学术。

记得毕业时，刘泽华先生对他说，毕业没有关系，坚持思考必有所成；如果放弃思考，就会一事无成。孟宪实牢记这句话，始终不放弃思考。但是，当时新疆地处偏远，要做研究，资料非常有限。巧妇难为无米之炊，研究要想做下去，必须要在资料上有所突破。他开始探索在新疆找点本地的资料，于是就发现了“吐鲁番出土文书”。这是在吐鲁番古墓里出土的一种考古资料，没有经过传统史家的整理，在史学界称为第一手资料。当时吐鲁番地区有个风俗，就是把那些废弃的公文书，做成鞋、腰带、帽子等葬具，埋入墓中。因为吐鲁番特殊的环境，气候很干燥，所以这些文书都保存良好。这些文书的时间大致在南北朝到唐朝这段时间，是研究唐代历史珍贵的资料。

接触“吐鲁番出土文书”之后，孟宪实的研究开始摆脱资料不足的限制，研究方向也逐渐从思想史向社会史转变。因为他觉得，思想史固然重要，但是思想如果不能和社会结合，就容易变得空洞。社会史才是反映整个社会面貌的根本所在。他一头扎在吐鲁番学里，以自由之思想做考据，在考据学里发现了新天地。

4. 求学北大，研究隋唐史

1991 年，北京大学在全国招收助教进修班，让各地的大学老师到北大去学习。当时，孟宪实因为参加了那个特殊时期的活动，不让上课，并被发配到学校图书馆工作。看到进修班的通知后，孟宪实就去报名了。图书馆的领导对他的遭遇一直很同情，就同意他去报考。孟宪实参加了考试，很顺利地被北大录取。在进修班学习时，有新疆师大的人给北大写信来告发孟宪实。但是北大的老师对于这种情况早已司空见惯、习以为常了，不仅没有把告发当回事，反而觉得越是这样越反映出被告的人不同一般。

他毫不犹豫地参加了北京大学的硕士考试，命运之神再一次眷顾了他，1994 年，孟宪实以 32 岁之龄成为北大历史系硕士班的一名新生。他一方面是跟随导师吴宗国教授做唐代制度史的研究，一方面跟随在助教班就结识的荣新江教授做敦煌学和吐鲁番学的研究。1996 年到 1997 年，读研三的孟宪实获得一次去日本学习的机会，到日本新潟大学人文学部做短期留学一年，跟随关尾史郎教授做吐鲁番的研究。

1998 年，孟宪实研究生毕业后，又考上了吴宗国教授的博士。北大博士赵孟回忆说，很多北大历史系的同学都称呼孟宪实为“孟老师”，后来，“发现孟宪实这个‘老师’不是白当的。虽然表面上是‘同年’，他的学识可比我们这群毛头小子强了太多，很多时候，就是他在讲，我们在听。孟老师分析问题极有见地，常常能够在一些看似寻常的历史表象中找到联系，总结出一些有趣的观点来，发人所未发。在全国观众听到孟老师的精彩演讲之前多年，我就常常享受这种待遇了”。

5. 发现中国民主的传统

2001 年，博士毕业的孟宪实到中国人民大学当一名教师。也就是在这一年，他再回到母校南开大学，进入南开大学中国社会史研究中心博士后流动站，两年之后出站，他做的出站报告是《敦煌民间结社研究》（北京大学出版社，2009 年）。

说到他做敦煌民间结社问题研究的起因，是在 2000 年，孟宪实参加了在首都师大举办的有关敦煌藏经洞发现

100 周年纪念的一个学术会议，并提交了一篇研究论文，从此开始了对敦煌民间结社问题的研究。

孟宪实说，他在新疆的时候就下决心做社会史的研究，一直到研究敦煌民间结社问题，才算真正开始做社会史的研究。而且，更为重要的是，他在敦煌的民间结社里，发现了中国民主自治的传统，这个发现意义重大。

我们以前都认为中国有两千年的专制主义的传统，没有民主的传统。中国近代历史上，无论是维新派的康有为，还是革命派的孙中山，都一致认为中国没有民主的传统。实际上，他们都错了。敦煌民间结社的研究表明，中国实际上是有民主传统的，只不过没有体现在皇帝的朝廷里，而是体现在民间的组织里。敦煌的民间结社，就是一个最典型的民主组织。

6. 民主不是西方的专利

学习博览：敦煌的民间结社有哪些特征呢？

孟宪实：作为一种民间组织，敦煌民间结社是人群的自觉行为的结果，他们组织起来为的不是改造社会，仅仅是为了解决大家生活中的困难，增强生活的安全感，建立朋友式的友谊，在精神层面也能体现朋友之谊。他们有一系列的组织原则：

第一，自愿原则。结社要求人们自愿参加，不能强迫。第二，社人大会地位最高。社人大会是最高权力机构，所有的事情大家要一起商量之后再做决定，意见出现分歧的时候，少数服从多数。第三，社条为社内行为的最高准则。社条是集体制定，大家共同遵守。一旦有纠纷，就要举行一个隆重的仪式，打开社条，看如何处理。即便社长犯了社条，也要受到处罚。譬如社条规定，开会迟到是要受罚的。我们看到的材料是，社长迟到了，该罚多少就罚多少。第四，社务公开。公开了，就有人民监督，不用再担心徇私舞弊了。社里内部的账目是公开的，都有证人，不可能发生经济贪污问题。第五，社人平等原则。所有社人一律平等，大家都是平等的成员，多数都以兄弟相称。

以上这些原则，不都是民主的基本原则吗？民主说起来就是这些最简单的原则，追求公平正义。敦煌的这种民间结社普遍反映的就是民主的原则。

学习博览：可是在很多人眼里，民主看起来是一种很复杂的事情，要实行起来似乎不是那么容易？

孟宪实：你看敦煌的民间结社，他们制定那些基本原则，都是最基础的民主原则。这需要很复杂的程序吗？不需要。需要很精密的计算吗？不需要。凡是涉及人们自身的利益问题，他们的判断都不会有问题。所以，民主是比专制更简单的一种组织形态，它更容易建立，更容易说服大众，更容易运行。而专制是很难的，专制组织的建立需要太多的条件，耗费的成本也是很高的，如果没有暴力征服过程，专制体制的建立几乎是无从说起的。有人说在中国实行民主很难，我们没有民主的土壤，这或者是因为了解不够。一千年前的敦煌民间结社，证明在民间实行民主化管理并不困难，因为那个时期的国民文化素质不知道比现在差多少，很多人连自己的名字都不会写，但他们却能够顺畅地运用民主这样的组织方式。

学习博览：根据您的研究，敦煌的这种民间结社是否有普遍性？

孟宪实：在隋唐五代宋这段时期，民间结社是一种很普遍的现象。不仅有互助性质、宗教性质的结社，还有行会组织等。

大家为什么都愿意参加结社？首先是需要一种精神上的追求，在组织里有一种归属感，譬如家中有大事小情，如果乡亲们都不出面帮助，那简直就是人生失败。如果能够结社，社里的人都会来帮忙，人性的社会性就有了展示途径。共同的消费，共同的宗教活动等等，也能丰富人们的精神生活。其次，结社还能够帮助解决一些实际的生活问题。加入组织了，平时互相帮忙。譬如谁家老人去世了，家中势力孤单，一个人的能力无法办丧事，社里大家会一人凑一个份子，就能把丧事办了。

其实，我们最基层的老百姓知道利用人类组织的形式来解决自己的生活问题。民间结社是非常简单有效的一种民主的形式，被底层群众广泛接受。那时候，很多老百姓都是不识字的，文化水平很低，但是他们照样能把这套民主的程序完成得很好。比如发会议通知，需要一家一户送过去，社员在接单子的时候需要在自己的名单上签名画押，很多人不会写字，就按个手印确认。事实证明，中国民间有自己的民主传统，民主并非西方特产。我们再不能愚蠢地推说，因为百姓素质低所以不能搞民主。

学习博览：我们的民间结社最早可以追溯到什么时候?

孟宪实：民间结社有悠久的历史，一直都是民间一个源远流长的传统。早在先秦就有“社”、“会”之说。在春秋战国民间结社曾经颇为盛行，如墨家的团体就是有组织、有领袖、纪律严明的民间结社现象。东汉的党人、五斗米道、太平道也可以说是一种民间结社。

我曾经参加了一个社会史的会议，提交的论文是《论魏晋时期坞壁的组织原则——民间社会的民主传统个案》。在当时国家失序、天下大乱的情况下，一个村或者几个村子的民众自发组织起来，成立一个叫坞壁的社会组织，选举领袖、制定章程、分工协作以实现战时的自保目标。其中，领袖的选举就是通过选票选出来的，而且制定规章也需要讨论通过等程序。

为什么在战乱的背景下，国家丧失了固有职能，人民就会选择民主的方式建立组织？这说明人民在日常生活中就一直秉持着这些最基本的原则，不过日常生活不用建立组织，这些民主原则就成为隐性的存在，是一种看不见的传统。有人说，发明出一些新的原则来选举领导，这是很可笑的，因为民主就是这些日常生活的基本原则，不需要去重新炮制一套，只要去遵循这些基本的规则即可。

学习博览：您的这个发现意义太重大了，完全颠覆了很多人的看法。

孟宪实：几年前有个法国《费加罗报》的记者来采访我，我谈到敦煌民间结社研究，他感觉非常惊讶，他说他们西方人一直也认为中国没有民主的传统。此前有一个人大的德国留学生，名字叫作马克斯（很特殊，所以记住了），他听了我的社会史的课之后，就找我说："老师您改变了我对中国的看法，原来我们一直觉得中国没有民主传统，现在看来中国是有民主传统的，只是我们不知道而已。"

实际上，中国古代国家和社会一直都是两种存在，他们之间有联系，但也有区别。国家政权通常只能管到县一级，乡以下基本上属于自治状态。这种自治传统之中，就时常会有民主的原则。我的导师刘泽华先生认为中国一直有着专制主义的传统，他是从国家层面考虑的。我发现的中国民主的传统是在民间，在基层社会。这两个传统长期以来，是以并行的方式存在的，它们共同构成了中国的传统。从文化观念上看，专制主义传统是大传统，民主传统是小传统；但是从国民人数上来讲，专制主义才是"小传统"，民主才是"大传统"；从未来发展来，专制主义已经被淘汰掉了，而民间这种民主的传统更适合未来社会的发展，是我们建设现代国家更为重要的基础。

7. 建立对中国传统文化的自信

学习博览：您是哪一年调入中国人民大学国学院的？

孟宪实：中国人民大学国学院于2005年5月28日正式宣布成立，冯其庸先生担任国学院首任院长。同时，从文学院和历史学院调动部分师资组建国学院，那个时候，我就从历史系调入国学院。

其实，我做敦煌民间结社的研究跟国学院的研究方向和目标是一致的，那就是要打破过去一味地否定中国传统文化的习惯。我们应该怎么对待我们的传统文化？五四以来，我们受西方的强烈影响，对中国传统文化采取了彻底的批判、完全否定的态度，这当然是很有问题的。中国的传统文化除了王权专制主义的部分，还有一些优质的资源和美的传统，譬如民间社会民主的传统。我们需要对中国传统的文化进行充分研究，文化的“糟粕”当然要废弃，比如专制主义传统，但是我们也要研究和发现“精华”。没有经过充分研究，简单引入西方做出的结论就对中国的一切进行否定，结果让我们走了弯路。邯郸学步式的文化政策，绝不能再继续下去了。

学习博览：您对中国的传统文化，有哪些建设性的看法？

孟宪实：中国的现代化建设是不是要以中国传统文化

为基础？抛弃了这个基础，我们怎么发展？能把美国、法国等西方文化直接移植过来吗？肯定做不到。那么我们只能立足在中国传统文化的基础上，回过头来重新清理文化问题，重估文化价值，一起讨论怎么继承，怎么发展，怎么扬弃，这样才能够有所创新，有所发展。

对于传统文化的缺失，造成了当下很多的问题。我们没有了文化方向感，不知道怎么去引领人民和引导社会。另一个大的危害，就是社会普遍道德的缺失。我们可能会比较重视自然环境的破坏，但是忘了最要命的，是对道德环境的破坏。举个简单的例子，现在我们的社会信任是零，我们卫星可以上天，蛟龙可以入海，但是却不能建一个合格的奶粉厂，是缺钱和缺技术吗？社会信任危机的根源是我们一直以来对社会道德环境的严重破坏。我们长期以来坚持对中国传统文化的批判，甚至温良恭俭让、仁义礼智信都不敢坚持。没有了个人的道德修养，没有了家庭道德训练，没有了社会良知和道德品质，这个社会如何不发生信任危机呢？

系统的品德教育必须进行，而重拾传统文化的因子是捷径，没有必要重新创造新概念，应该承认，几千年形成的品德精神，本身就是中国优秀文化的一部分。过去，我们习惯地认为，只要生产进步了，一切都会改变，包括道德。现在看来，工具理性不管多发达，还是要服务于文化的核心需求，那就是社会的价值观。西方曾经乐观地认为，西方可以改造世界，但是哈佛教授承认，已经现代化的非西方社会的实践证明，它们并没有西方化（亨廷顿《文明的冲突与世界秩序的重建》）。现在的中国人，有人因为担心专制主义复辟，所以寄希望于在中国实现西方化。不必把政治当作目标，说到底，政治和制度都具有工具主义的功用，它们都会为经济和文化服务的。也就是说，中国文化才是核心问题，至少在今天强调文化意义是正确的。

至于我们如何重估中国文化的价值，这并非一句话可以概况的，题中应有之意，那就是充分研究才是前提，不研究就无权判断。今天，至少我们可以这样说。

学习博览：中国传统文化里面优秀的基因是否具有普世价值。

孟宪实：中国传统文化历经几千年的发展，是中国古人总结出来的智慧结晶，当然具有普世性。普世性来自人性，所谓人性就是人共有的特性或者相近的特性。人比动物高级的地方在于，人要追求一些正义美好的东西。否认普世性，就是否认人性，那么就会沦为人兽不分。普世价值有很多，并不是西方人的专利，我们的传统文化也有很多的普世价值，譬如仁义、诚信、与人为善、己所不欲勿施于人等等，这些发明于中国的价值观念，当然也是具有普世性的。我们应该提炼中国文化的核心价值，并使它成为全人类共同的精神财富。

推动国学复兴、建设文化自信

——《江城税月》访谈

在庆祝中国共产党成立95周年大会上的重要讲话中，习近平总书记指出“文化自信，是更基础、更广泛、更深厚的自信”。文化自信成为继道路自信、理论自信和制度自信之后，中国特色社会主义的“第四个自信”。在这一背景下，今天我们如何认识传统文化，怎样看待国学，成为国人关注的话题。日前，中国人民大学国学院孟宪实教授做客湖北省图书馆，作主题演讲。其间，本刊记者就推动国学复兴和提高文化自信相关问题专访了他。

一、得天独厚的中国文明与两千年文化自信

《江城税月》：我们谈国学，国学到底是指什么？它起于何时，兴于何时呢？

孟宪实：“国学”这个词源于《周礼》，自古皆指国家

的教育机构。近代所说的国学，则指我们国家的学问，就是中国文化。进一步说，国学主要指传统文化。传统文化包含的内容很多，像经史子集的著作、诸子百家的学说，都属于国学的范畴。

一方面，国学的内容古已有之，这就是义理、辞章和考据之学。另一方面，国学概念是在西学强力东进的背景下提出的，是与西学对比而存在的一种表述。当时的国人希望通过传统文化和西方文化的讨论，解决好未来发展的蓝图问题。所以，国学的概念很简单，国学就是中国文化，只不过这个概念是在近代特殊条件下出现、引入的。现在所知，在辛亥革命甚至更早以前，“国学”这个概念就已经在使用，用以表述中国的传统文化。

中国文化的基本内容，春秋战国时期已经确立，经过秦汉唐宋元明清的发展，形成了中国文化巍然之势。中国古人看待中国文化，从春秋战国一直到鸦片战争之前，中国人都充分肯定中国文化，对中国文化充满自信。只不过，后来国人对中国文化的观念发生了转变。

《江城税月》：您刚才说到，两千多年来，中国古人对中国文化都充满了绝对自信，这种自信是如何形成的呢？

孟宪实：古人对中国文化的自信，不是形而上学的认识，而是历史发展造成的。中国历史上，政治和军事都曾遭遇过挫折与失败，但在文化竞争上，中国文化从未失败过。中国历史上多次改朝换代，也曾有外族入侵，北方少数民族的军事力量可以推翻中原政权，但军事上的征服迎来的是文化上的反征服。北方少数民族入主中原后，不得不学习中原文化，遵从中原的文化传统，最终被汉化。因此，虽然政治失败、军事失败的故事并不鲜见，但并不影响中国人的文化自信。

与此同时，世界几大文明古国中唯一没有中断的是中华文明。中国文化的特殊性这时就呈现出来，那就是，两千多年以来，在文化基本面貌形成以后，从未发生断裂。这一方面说明中国文化的韧劲很足，另一方面也说明外来文化影响有限。

这种情况，也是由历史环境造成的。四大文明古国之中，中国位于东亚，而其他几个文明古国都位于欧亚大陆西部，与中国相隔千山万水。我们独自成长在亚洲的东方，周边没有强大的文明体系，足以构成对我们的影响。这就减少了中国文化发展过程中的振荡，使得中国文化可以逐步积累、独自发展，于是就养成了中国文化的独特性。这种情况，不是文化选择的结果，是自然造成的事实，如果从价值的角度去看，有利的方面是存在的，不利的方面也存在。

《江城税月》：中国社会独自发展，形成了中国独有的文化，这种文化包括社会结构与西方到底有多大区别呢？

孟宪实：区别有很多，我介绍其中比较重要的一点。

我们都知道西方近代发生了资产阶级革命。资产阶级革命的一个重要的历史任务，就是消灭封建贵族。而中国早在春秋战国时就完成了这一历史使命。

中国夏商周的社会可以看作是贵族社会，但是经过春秋战国550年的历史运动、社会变迁，最后消灭了贵族。其后直至中国古典社会消亡，中国社会都是一个士大夫的社会。在士大夫社会中，通过察举、科举制，平民出身的人可以上升成为统治阶级的一员。英雄不问出身，靠个人奋斗，最后成名、成家、成就一番事业的大有人在，《二十四史》中这样的人比比皆是。直到今天，这种精神仍在中国人中延续。现在提倡“中国梦”，我觉得“中国梦”最显著的特征就是鼓励个人奋斗，这符合中国传统文化的基本精神。

总之，中国古代是一个非贵族的社会，而同一时期，西方则长期没有摆脱贵族社会，直到资产阶级的近代革命。古代中国，比起同时代的西方，社会的流动性更大，开放程度更高。近代化过程中，西方确实提供了很多值得学习借鉴的东西，中国也在多方面向西方学习。但在社会结构问题上，却是西方向中国靠拢。西方在经过资产阶级革命后才完成了中国早在两千年前就完成的历史使命，消灭了贵族，进入平民社会。所以，就中国文化的平民主义倾向来讲，一直比西方文化更突出。中国古代的制度文化，比如选官制度，都是在没有贵族的背景下出现的，所以近代以后西方就从中国吸取了很多这方面的内容，如公务员制度，最早就可以上溯到中国古代的科举考试制度。

二、中西文明的激烈碰撞与百余年文化迷思

《江城税月》：中国人对自己文化的自信是在何时，又是如何转变为缺乏自信了呢？

孟宪实：近代以后，鸦片战争爆发，中国文化与西方文化发生了全面碰撞，中国人的文化观在鸦片战争时期发生了第一次重大转变。两次鸦片战争，中国都战败了。国人分析失败原因，结论是船坚炮利不如人，认为要想改变现状，应该承认自身不足，向西方学习，“师夷长技以制夷”。而这个认识的前提是，承认我们的文化在科技方面不如西方。原先，国人对自己的文化是全面肯定，现在，就不是全面肯定了。后来发起了洋务运动，学习西方的科技。但中日甲午战争的失败为洋务运动画上了句号。

国人总结甲午战争的失败，认为关键是中国的制度不如人。这时，国人的文化观发生了第二次改变。接下来发生了戊戌变法，变法者希望借此改革中国的政治制度，实行君主立宪，从政治制度上全面向西方学习。然而，戊戌变法失败。后来，以孙中山为代表的革命者领导的辛亥革命，成功推翻清朝统治，使民主思想深入人心。从戊戌变法到辛亥革命，中国人承认自身制度文化不如人，这个改

变影响深远。

辛亥革命胜利不久，中国就进入军阀割据时期，陷入了比原来更严重的政治混乱。中国当时的思想家们就讨论辛亥革命之后，中国为什么会成为这个样子？这个讨论形成了一次思想文化运动，即新文化运动。新文化运动直接接续的是五四运动。到新文化运动、五四运动时，国人完成了第三次文化观的转变，即认为中国文化不如人。到这时，国人对于中国文化的认识发生逆转，持全面否定态度。

《江城税月》：过去一段时间对中国传统文化的批判、否定，造成了哪些问题？

孟宪实：五四时期对于中国历史进程的积极意义，已经被学者们充分论证过。但那个时期设立的关于中国发展现代化的路径，是以否定自身文化为前提的，甚至于考虑在中国现代化建设过程中，如何排除中国传统文化的影响。比如说，改革汉字。第一步为汉字加拼音。第二步是简化汉字。这两步一走，使得我们如今读古书有困难，部分地隔绝了国人和中国传统文化的联系。按原计划，第三部是汉字拼音化。拼音由辅助汉字学习变为取而代之。这个方案没有实现，未来还要不要实行呢？现在看来不可能了。

对中国传统文化的长期否定，造成了一系列问题。简单地说，第一，造成了中国人的普遍的文化自卑感。第二，一段时间以来，在国家的未来设计中，没有确立清晰的文化目标。第三，长期以来不肯定传统文化，致使道德教育无法健全。

《江城税月》：如您所言，可以说，国人对于中国文化，有过长达百余年的文化迷思。破而后立，那么是从什么时候开始向好转变呢？

孟宪实：中国人对传统文化新认识的历程，就是从五四以来的全面否定，到现在开始点滴承认，多少肯定。所以，现在努力学习国学、了解传统文化的人越来越多。他们开始读经典，从经典中汲取积极正面的能量，不少高校也陆续开设了国学院、国学班，社会正向着积极健康的方向转变，这是好事，也让人对国学的未来充满信心。

我所在的中国人民大学国学院成立于 2005 年，迄今已有 11 个年头。在这 11 年中，正是中国国学向纵深发展的一个时期。当年我校成立国学院时，也曾经推动了中国的国学热，国学作为一门学问，重新再回到大学课堂，再回到系统的教育、科研之中，这件事在当时引起了很大反响。

最近十几年来的国学热，是社会自发的。其间，有两类人成了学习和弘扬国学的重要推动者。一类是成功人士，他们积极地补上国学这一课，希望以此弥补自己传统文化方面的不足。第二类就是母亲，为了使孩子获得更完整的文化和道德教育，开始去了解、接触和学习国学。

尤其可喜的是，近年来，中央也提倡文化自信，十八大以后，强调优秀传统这个方向，是十分醒目的，这对于我们重新认识中国文化，重新定位中国文化意义重大。

三、呼声渐高的国学复兴与勃兴的文化自信

《江城税月》：中央提倡文化自信，与国学复兴有何关系？您认为未来国学的发展方向是什么？

孟宪实：习近平总书记在庆祝中国共产党成立95周年大会上，强调指出："文化自信，是更基础、更广泛、更深厚的自信。在5000多年文明发展中孕育的中华优秀传统文化，在党和人民伟大斗争中孕育的革命文化和社会主义先进文化，积淀着中华民族最深层的精神追求，代表着中华民族独特的精神标识"。中华优秀传统文化，与国学有着相同的内涵和外延，正面看待、积极看待国学，国学就是优秀传统文化。我们要继承、要发扬的当然不是糟粕，而是文化的优秀面。在我看来，要建设先进的中国文化，不能不以传统文化为根基，至于文化自信，更应该从优秀传统文化的发扬做起。

任何民族、任何国家的现代化路程，都包括了文化的现代化，我们也不可能例外。保存、建设、发扬中国文化，是中国在全球化背景下不得不走的路，作为中国文化的传人，我们别无选择。建设有中国特色的社会主义，有没有文化的要素，如果有，国学的复兴就不能缺席。

《江城税月》：我们现在经常看到有关国学的机构、活动和话题，您怎么看当前的“国学热”？

孟宪实：民间开始兴起“国学热”，在中国有近二十年的历程了。以推广国学的名义办各种班和活动，虽然有应对社会需要的方面，但泥沙俱下是难免的，有的可能属于矫枉过正，有的则走上完全错误的方向。

我们不主张、也不认为国学能解决当今世界的所有问题。我的看法是，国学不是现存教育的替代性产品，而是补充性产品。国学的复兴不是取代现有的文化教育体系，比如物理、化学等，我们要进行的是补课，补充国学教育的不足。所以，我并不赞同一些家长让孩子离开学校，到培训机构接受全日制的所谓“读经”教育，因为这与教育的社会化目标相背离。国学目前的状态下，社会普及还是需要的，因为长期以来国学教育的缺失，导致国学依然属于稀缺产品。国学的全面发展，还有待于中国教育的主力军——国民教育系统的全面参加。教育部曾经颁发优秀传统文化教育发展纲要，那个纲要落实了，中国的国学教育就迎来了曙光。

《江城税月》：如何在现代教育中落实国学教育？少年儿童和大学生应如何学国学？

孟宪实：中国传统文化在现代教育体制中应该得到应有的重视。我们的大学教育是专业教育，此前的教育阶段应该属于国民教育。国民对于国学的认识，文化自信心的养成，都有赖于国民教育，其实就是中学阶段的教育。但是现在，中学生的升学压力很大，如果把国学教育与高考结合起来，这是现时段的问题。长远看，还是国学在基础教育阶段，如何渗透到所有学科中去的问题，说到底这是如何在国民教育阶段体现文化价值是一个重要问题。以语文老师为例，不应该仅仅讲语文技术，如怎样遣词造句、怎样做作文，还要传授和传播语文所承载的文化价值。

少年儿童和大学生学习国学的方法、渠道就是读书。文化就在书中。现在文化的普及读物很多，可以根据个人现在的读书状况来决定下一阶段看什么书。但是，我觉得中国人还是应该从《论语》读起，《论语》是最早教我们中国人做人的书。还有《孝经》，都是重要启蒙读物。这些传统经典蕴含着最基本的人伦观念，无论你是哪个年龄层，只要原来没有读过，现在读都有意义。如果学习能力允许，我建议大家多阅读国学原著，从《论语》中学习伦理道德，从《庄子》中学习乘物游心，从《墨子》中学习正义担当等。

凤凰枝文丛

三升斋随笔	荣新江 著
八里桥畔论唐诗	薛天纬 著
跂予望之	刘跃进 著
潮打石城	程章灿 著
会心不远	高克勤 著
硬石岭曝言	王小盾 著
云鹿居漫笔	朱玉麒 著
老营房手记	孟宪实 著
读史杂评	孟彦弘 著
古典学术观澜集	刘　宁 著
龙沙论道集	刘　屹 著
春明卜邻集	史　睿 著
仰顾山房文稿	俞国林 著
马丁堂读书散记	姚崇新 著
远去的书香	苗怀明 著